# Agatha Christie



# Seguindo a correnteza

*Tradução de* Lúcia Brito

www.lpm.com.br

L&PM POCKET

Coleção **L&PM** POCKET, vol. 812

Texto de acordo com a nova ortografia.
Título original: *Taken at the Flood*

Primeira edição na Coleção **L&PM** POCKET: setembro de 2009
Esta reimpressão: fevereiro de 2023

*Tradução*: Lúcia Brito
*Capa*: designedbydavid.co.uk © HarperCollins/Agatha Christie Ltd. 2008
*Preparação*: Patrícia Yurgel
*Revisão*: Simone Diefenbach

CIP-Brasil. Catalogação na Fonte
Sindicato Nacional dos Editores de Livros, RJ.

---

C479s

Christie, Agatha, 1890-1976
Seguindo a correnteza / Agatha Christie; tradução de Lúcia Brito. – Porto Alegre, RS: L&PM, 2023.
256p. – (Coleção L&PM POCKET; vol. 812)

Tradução de: *Taken at the Flood*
ISBN 978-85-254-1921-7

1. Ficção policial inglesa. I. Brito, Lúcia. II. Título. III. Série.

09-3243. CDD: 823
CDU: 821.111-3

---


Rua Comendador Coruja 314, loja 9 – Floresta – 90220-180
Porto Alegre – RS – Brasil / Fone: 51.3225.5777 – Fax: 51.3221.5380

Pedidos & Depto. Comercial: vendas@lpm.com.br
Fale conosco: info@lpm.com.br
www.lpm.com.br

Impresso na Gráfica e Editora Pallotti, Santa Maria, RS, Brasil
Verão de 2023

## Agatha Christie
## (1890-1976)

Agatha Christie é a autora mais publicada de todos os tempos, superada apenas por Shakespeare e pela Bíblia. Em uma carreira que durou mais de cinquenta anos, escreveu 66 romances de mistério, 163 contos, dezenove peças, uma série de poemas, dois livros autobiográficos, além de seis romances sob o pseudônimo de Mary Westmacott. Dois dos personagens que criou, o engenhoso detetive belga Hercule Poirot e a irrepreensível e implacável Miss Jane Marple, tornaram-se mundialmente famosos. Os livros da autora venderam mais de dois bilhões de exemplares em inglês, e sua obra foi traduzida para mais de cinquenta línguas. Grande parte da sua produção literária foi adaptada com sucesso para o teatro, o cinema e a tevê. *A ratoeira*, de sua autoria, é a peça que ficou mais tempo em cartaz desde sua estreia, em Londres, em 1952. A autora colecionou diversos prêmios ainda em vida, e sua obra conquistou uma imensa legião de fãs. Ela foi a única escritora de mistério a alcançar fama internacional também como dramaturga e a primeira pessoa a ser homenageada com o Grandmaster Award, em 1954, concedido pela prestigiosa associação Mystery Writers of America. Em 1971, recebeu o título de Dama da Ordem do Império Britânico.

Agatha Mary Clarissa Miller nasceu em 15 de setembro de 1890 em Torquay, Inglaterra. Seu pai, Frederick, era um americano extrovertido que trabalhava como corretor da bolsa, e sua mãe, Clara, era uma inglesa tímida. Agatha, a caçula de três irmãos, estudou basicamente em casa, com tutores. Também teve aulas de canto e piano, mas devido ao temperamento introvertido não seguiu carreira artística. O pai de Agatha morreu quando ela tinha onze anos, o que a aproximou da mãe, com quem fez várias viagens. A paixão por conhecer o mundo acompanharia a escritora até o final da vida.

Em 1912, Agatha conheceu Archibald Christie, seu primeiro esposo, um aviador. Eles se casaram na véspera do Natal de 1914 e tiveram uma única filha, Rosalind, em 1919. A carreira literária de Agatha – uma fã dos livros de suspense do escritor inglês Graham Greene – começou depois que sua irmã a desafiou a escrever um romance. Passaram-se alguns anos até que o primeiro livro da escritora fosse publicado. *O misterioso caso de Styles* (1920), escrito próximo ao fim da Primeira Guerra Mundial, teve uma boa acolhida da crítica. Nesse romance aconteceu a primeira aparição de Hercule Poirot, o detetive que estava destinado a se tornar o personagem mais popular da ficção policial desde Sherlock Holmes. Protagonista de 33 romances e mais de cinquenta contos da autora, o detetive belga foi o único personagem a ter o obituário publicado pelo *The New York Times.*

Em 1926, dois acontecimentos marcaram a vida de Agatha Christie: a sua mãe morreu, e Archie a deixou por outra mulher. É dessa época também um dos fatos mais nebulosos da biografia da autora: logo depois da separação, ela ficou desaparecida durante onze dias. Entre as hipóteses figuram um surto de amnésia, um choque nervoso e até uma grande jogada publicitária. Também em 1926, a autora escreveu sua obra-prima, *O assassinato de Roger Ackroyd.* Esse foi seu primeiro livro a ser adaptado para o teatro – sob o nome *Álibi* – e a fazer um estrondoso sucesso nos teatros ingleses. Em 1927, Miss Marple estreou como personagem no conto "O Clube das Terças-Feiras".

Em uma de suas viagens ao Oriente Médio, Agatha conheceu o arqueólogo Max Mallowan, com quem se casou em 1930. A escritora passou a acompanhar o marido em expedições arqueológicas e nessas viagens colheu material para seus livros, muitas vezes ambientados em cenários exóticos. Após uma carreira de sucesso, Agatha Christie morreu em 12 de janeiro de 1976.

# SUMÁRIO

Há uma maré nos assuntos dos homens
Que, quando pega na cheia, conduz à fortuna;
Deixando-a passar, toda a viagem de suas vidas
Está fadada a baixios e misérias.
Em um mar muito abundante agora flutuamos,
E devemos pegar a corrente quando é propícia,
Ou perder nossos ousados empreendimentos.

# Prólogo

## I

Todo clube tem um chato. O Coronation Club não era exceção, e o fato de um ataque aéreo estar em andamento não alterava a rotina.

O major Porter, outrora do exército da Índia, farfalhou seu jornal e pigarreou. Todo mundo evitou seu olhar, mas não adiantou.

– Vi que publicaram o anúncio da morte de Gordon Cloade no *Times* – disse ele. – Discretamente colocado, é claro. "No dia 5 de outubro, em resultado de ação do inimigo." Não deram o endereço. De fato foi bem perto de minha humilde morada. Um daqueles casarões no topo de Campden Hill. Posso dizer que me abalou um pouco. Como sabem, sou um *warden.** Cloade acabara de voltar dos Estados Unidos. Estivera lá naquele negócio de compras do governo. Casou-se enquanto estava lá. Uma jovem viúva... jovem o bastante para ser filha dele. Sra. Underhay. Aliás, conheci o primeiro marido dela na Nigéria.

O major Porter fez uma pausa. Ninguém demonstrou qualquer interesse, nem lhe pediu que continuasse. Os jornais foram mantidos com persistência diante dos rostos, mas era preciso mais do que isso para desencorajar o major Porter. Ele sempre tinha longas histórias para contar, na maioria das vezes sobre gente que ninguém conhecia.

* *Warden*: na Inglaterra, civil com funções especiais durante os avisos de ataque aéreo, tais como conduzir as pessoas para os abrigos. (N.T.)

– Interessante – disse o major Porter com firmeza, os olhos fixos distraidamente em um par de sapatos de verniz bastante bicudos, um tipo de calçado que ele desaprovava por inteiro. – Como disse, sou um *warden.* Coisa engraçada essa explosão. Nunca se sabe o que vai causar. Implodiu o porão e arrancou o telhado. O primeiro piso ficou praticamente intacto. Seis pessoas na casa. Três criados – um casal e uma empregada –, Gordon Cloade, sua esposa e o irmão da esposa. Todos estavam no porão, exceto o irmão da esposa, um ex-comando. Ele preferiu sua cama confortável no primeiro piso e, por Deus, escapou com poucos ferimentos. Os três criados foram mortos pela explosão. Gordon Cloade deveria valer bem mais que um milhão.

O major Porter fez outra pausa. Seus olhos haviam subido dos sapatos de verniz para as calças listradas, o casaco preto, a cabeça em formato de ovo e bigodes colossais. Estrangeiro, é claro! Isso explicava os sapatos. "Francamente", pensou o major Porter, "o que o clube está virando? Não dá para fugir de estrangeiros nem mesmo *aqui.*" Essa linha isolada de pensamento correu paralelamente à sua narrativa.

O fato de o estrangeiro em questão parecer dar-lhe plena atenção não aplacou nem de leve o preconceito do major Porter.

– Ela não deve ter mais do que 25 anos – prosseguiu. – É viúva pela segunda vez. Ou, de qualquer modo, é isso que *ela* pensa...

Ele fez uma pausa, esperando alguma curiosidade, algum comentário. Mesmo sem obtê-los, seguiu tenazmente:

– Aliás, tenho minhas próprias ideias a respeito. Negócio duvidoso. Como eu disse, conheci o primeiro marido dela, Underhay. Bom sujeito, comissário distrital na Nigéria em certa época. Absolutamente eficiente no trabalho, sujeito de primeira. Casou-se com essa garota na Cidade do Cabo. Ela estava lá com uma companhia itinerante. Em muito má situação, bonita, desamparada e tudo mais. Ouviu o pobre Underhay desmanchar-se em elogios sobre a sua região natal e os enormes espaços abertos, e disse entre suspiros "Que maravilha", e falou sobre como queria "escapar de tudo". Bem, ela casou-se com ele e escapou. Ele estava muito apaixonado, pobre homem. Mas de saída a coisa não engrenou. Ela detestou o sertão, ficou aterrorizada com os nativos e morta de tédio. Sua ideia de vida era dar voltas pela cidade, encontrar-se com o pessoal do teatro e falar dos assuntos daquele meio. Solidão à *deux* na selva não era em absoluto de seu agrado. Vejam bem, jamais me encontrei com ela, ouvi tudo isso do pobre Underhay. Foi um duro golpe para ele. Fez o que era certo, mandou-a para casa e concordou em dar o divórcio. Foi logo depois disso que o conheci. Ele estava todo tenso e no estado de ânimo em que um homem precisa conversar. Era um sujeito engraçado, à moda antiga em certos sentidos. E, católico, não apreciava o divórcio. Ele me disse: "Existem outras maneiras de se conceder liberdade a uma mulher". "Ei, olhe aqui, meu velho", eu falei, "não vá fazer nada tolo. Nenhuma mulher no mundo merece que você meta uma bala na cabeça."

"Ele disse que aquela não era absolutamente sua ideia. 'Mas sou um homem solitário', disse ele. 'Não tenho parentes que se preocupem comigo. Se houver um relato de minha morte, isso fará de Rosaleen uma viúva, que é o que ela quer.' 'E quanto a você?', perguntei. 'Bem', disse ele, 'talvez um sr. Enoch Arden apareça em algum lugar a mil milhas de distância ou algo assim e comece uma vida nova.' 'Poderia ser inconveniente para ela algum dia', adverti. 'Oh, não', disse ele, 'eu faria o jogo. Robert Underhay estaria mortinho.'

"Bem, não pensei mais naquilo, mas seis meses depois ouvi dizer que Underhay havia morrido de febre em algum cafundó. Seus nativos eram uma turma de confiança e voltaram com uma bela fábula circunstancial e umas últimas palavras rabiscadas por Underhay dizendo que eles haviam feito tudo que podiam por ele, que ele temia estar batendo as botas, e elogiando seu líder nativo. Aquele homem era devotado a Underhay, assim como todos os outros. O que quer que ele os fizesse jurar, eles jurariam. Então é isso... Talvez Underhay esteja sepultado no interior da África Equatorial, mas talvez não esteja. E, se não estiver, a sra. Gordon Cloade pode ter um choque um dia. E digo que será bem feito para ela. Jamais a encontrei, mas sei reconhecer uma mulherzinha interesseira! Ela sem dúvida destroçou o pobre Underhay. É uma história interessante."

O major Porter olhou em volta bastante ansioso em busca de uma confirmação para sua asserção. Encontrou dois olhares entediados e mortiços, o olhar semiesquivo do jovem sr. Mellon e a atenção educada de monsieur Hercule Poirot.

Então um jornal farfalhou, e um homem grisalho de rosto singularmente impassível ergueu-se em silêncio de sua poltrona junto à lareira e saiu.

O queixo do major Porter caiu, e o jovem sr. Mellon assoviou baixinho.

– Dessa vez o senhor conseguiu! – ele observou. – Sabe quem era?

– Que Deus abençoe minha alma – disse o major Porter em certa agitação. – Claro. Não temos intimidade, mas somos conhecidos... Jeremy Cloade, não é, irmão de Gordon Cloade? Palavra de honra, que coisa extremamente lamentável! Se eu fizesse ideia...

– Ele é advogado – disse o jovem sr. Mellon. – Imagine se ele o processar por calúnia ou difamação de caráter ou algo assim.

O jovem sr. Mellon gostava de causar alarme e abatimento em lugares como aquele, visto que isso não era proibido pela Lei de Defesa do Reino.

O major Porter continuou a repetir de modo agitado:

– Muito lamentável. *Muito* lamentável!

– Vai ser o assunto em Warmsley Heath no final do dia – disse o sr. Mellon. – É o lugar que todos os Cloade frequentam. Vão ficar até tarde discutindo que ação tomar.

Mas naquele momento soou a sirene indicando o final do ataque aéreo, e o jovem sr. Mellon deixou de ser malicioso e delicadamente guiou seu amigo Hercule Poirot para a rua.

– Atmosfera terrível, esses clubes – disse ele. – A mais estrondosa coleção de velhos chatos. Todavia, Porter é disparado o pior. Sua descrição do truque indiano da corda leva 45 minutos, e ele conhece todo mundo cuja mãe um dia tenha passado por Poona!

Isso aconteceu no outono de 1944. No final da primavera de 1946, Hercule Poirot recebeu uma visita.

## II

Hercule Poirot estava sentado à sua elegante escrivaninha numa agradável manhã de maio quando seu criado George aproximou-se e murmurou em tom respeitoso:

– Há uma dama, senhor, pedindo para vê-lo.

– Que espécie de dama? – perguntou Poirot, cauteloso.

Ele sempre apreciava a meticulosa exatidão das descrições de George.

– Eu diria que deve ter entre quarenta e cinquenta anos, senhor. Desalinhada e com um quê de artístico na aparência. Bons sapatos de caminhar, botinas. Casaco e saia de tweed... mas uma blusa de renda. Um colar questionável de contas egípcias e um lenço de chiffon azul.

Poirot estremeceu de leve.

– Não creio – disse ele – que eu deseje vê-la.

– Devo dizer a ela que o senhor está indisposto?

Poirot olhou-o, pensativo.

– Você já disse, suponho, que estou envolvido em um trabalho importante e não posso ser perturbado?

George tossiu de novo.

– Senhor, ela disse que veio especialmente do interior e não se importa com o quanto tiver que esperar.

Poirot suspirou.

– Jamais se deve lutar contra o inevitável – disse ele. – Se uma dama de meia-idade usando imitações de contas egípcias decidiu ver o famoso Hercule Poirot e veio do interior para fazê-lo, nada irá abatê-la. Ficará sentada no saguão até consegui-lo. Mande-a entrar, George.

George retirou-se, voltando logo depois para anunciar formalmente:

– Sra. Cloade.

A silhueta de tweed surrado e lenço esvoaçante entrou com um rosto radiante. Avançou para Poirot de mão estendida, com todos seus colares de contas sacudindo e tilintando.

– Monsieur Poirot – disse ela –, vim até o senhor guiada por espíritos.

Poirot pestanejou ligeiramente.

– De fato, madame. Talvez queira sentar-se e me contar...

Ele não conseguiu ir adiante.

– De ambas as formas, monsieur Poirot. Com a escrita automática *e* o tabuleiro ouija. Foi na noite retrasada. Madame Elvary (uma mulher maravilhosa) e eu estávamos usando o tabuleiro. Obtivemos as mesmas iniciais repetidamente. H.P. H.P. H.P. Claro que não captei o verdadeiro significado na mesma hora. Leva um pouquinho de *tempo*, sabe como é. Não se consegue ver com clareza nesse plano terreno. Quebrei a cabeça pensando em alguém com essas iniciais. Sabia que tinha de estar conectado com a última sessão. Realmente, uma sessão muito impactante, mas passou-se um tempo antes de eu atinar. E aí comprei um exemplar do *Picture Post* (orientação dos espíritos de novo, veja bem, porque geralmente compro o *New Statesman)* e lá estava o senhor. Uma foto sua e um relato do que o senhor havia feito. É maravilhoso, não acha, monsieur Poirot, como tudo tem um *propósito?* Sem dúvida o senhor é a pessoa apontada pelos Guias para elucidar essa questão.

Poirot inspecionou-a, pensativo. O mais estranho, e que realmente havia capturado sua atenção, é que ela tinha olhos azul-claros notavelmente perspicazes. Eles validavam, por assim dizer, seu método errático de abordagem.

– E o que, sra... Cloade, é esse o nome? – ele franziu o cenho. – Parece que ouvi o mesmo nome há algum tempo...

Ela assentiu com veemência.

– Meu pobre cunhado, Gordon. Tremendamente rico e mencionado pela imprensa *com frequência.* Foi morto no bombardeio aéreo há mais de um ano; um grande choque para todos nós. Meu marido é seu irmão mais novo. Ele é médico. Dr. Lionel Cloade... Claro – ela acrescentou – que ele não tem ideia de que estou lhe consultando. Ele não aprovaria. Médicos, tenho verificado, têm uma visão muito materialista. O espiritual parece estranhamente escondido para eles. Botam fé na ciência, mas o que eu digo é... o que *é* a ciência, o que ela pode fazer?

Para Hercule Poirot, parecia não haver resposta à questão a não ser uma meticulosa e esmerada descrição abrangendo Pasteur, Lister, a lâmpada de segurança de Humphry Davy, o conforto da eletricidade em casa e várias centenas de outros itens congêneres. Mas essa, naturalmente, não era a resposta que a sra. Cloade queria. De fato, sua pergunta, como tantas outras, não era realmente uma pergunta, de modo algum. Era apenas uma figura de retórica.

Hercule Poirot contentou-se em indagar de maneira prática:

– De que maneira acredita que eu possa ajudá-la, sra. Cloade?

– O senhor acredita na realidade do mundo dos espíritos, monsieur Poirot?

– Sou um bom católico – disse Poirot, cauteloso.

A sra. Cloade descartou a fé católica com um aceno e um sorriso de pena.

– Cega! A Igreja é cega... preconceituosa, tola... em não acolher a realidade e a beleza do mundo que jaz por trás deste aqui.

– Às doze horas – disse Hercule Poirot – tenho um compromisso importante.

Foi um comentário em boa hora. A sra. Cloade inclinou-se para frente.

– Devo chegar ao ponto de uma vez. Monsieur Poirot, seria possível o senhor encontrar uma pessoa desaparecida?

As sobrancelhas de Poirot ergueram-se.

– Seria possível. Sim – respondeu cautelosamente. – Mas a polícia, minha cara sra. Cloade, poderia fazê-lo com muito mais facilidade que eu. Eles têm todos os instrumentos necessários.

A sra. Cloade descartou a polícia com um aceno, assim como tinha feito com a Igreja Católica.

– Não, monsieur Poirot. É ao senhor que fui guiada... por aqueles que estão além do véu. Escute. Algumas semanas antes de morrer, meu cunhado Gordon casou-se com uma jovem viúva, uma tal sra. Underhay. Seu primeiro marido (pobre moça, que desgosto para ela) foi dado como morto na África. Um país misterioso, a África.

– Um continente misterioso – corrigiu Poirot. – Possivelmente. Qual parte...

Ela prosseguiu, impetuosa.

– África Central. A terra do vodu, dos zumbis...

– Os zumbis são das Índias Ocidentais.

A sra. Cloade continuou, ainda impetuosa.

– ...da magia negra... de práticas estranhas e secretas. Um país onde um homem pode desaparecer e nunca mais se ouvir falar dele de novo.

– É possível, é possível – disse Poirot. – Mas o mesmo é válido para Piccadilly Circus.

A sra. Cloade descartou Piccadilly Circus com um aceno.

– Em duas ocasiões recentes, monsieur Poirot, chegou a comunicação de um espírito que diz que seu nome é Robert. A mensagem foi a mesma em cada ocasião. *Não está morto...* Ficamos intrigados, não conhecemos nenhum Robert. Ao pedir orientação adicional, obtivemos isso: "R.U. R.U. R.U". E depois: "*Diga a R. Diga a R.*" "Diga a Robert?", perguntamos. "Não, *da parte* de Robert. R.U." "O que o U. quer dizer?" Então, monsieur Poirot, veio a resposta mais significativa. "*Little Boy Blue. Little Boy Blue. Ha ha ha!*" Está vendo?

– Não – disse Poirot. – Não estou.

Ela olhou-o com pena.

– A canção de ninar *Little Boy Blue.* "*Under* the *Haycock* fast asleep." *Underhay*, está vendo?

Poirot assentiu. Ele absteve-se de perguntar por que, se o nome Robert podia ser pronunciado, o nome Underhay não pôde ser tratado da mesma forma, e por que havia sido necessário recorrer a uma espécie de jargão barato de espião do serviço secreto.

– E o nome de minha cunhada é Rosaleen – concluiu a sra. Cloade de modo triunfal. – Está vendo? Confusos todos esses Rs. Mas o *sentido* é muito simples. "*Diga a Rosaleen que Robert Underhay não está morto.*"

– Arrã... e a senhora contou a ela?

A sra. Cloade pareceu ligeiramente surpresa.

– Err... bem... não. Veja bem, quero dizer... bem, as pessoas são tão *céticas*. Rosaleen, estou certa, também seria. E então, pobre moça, isso poderia aborrecê-la... O senhor entende, indagar-se onde ele estava e o que estava fazendo.

– Além de projetar sua voz através do éter? Certamente. Um método curioso, sem dúvida, de anunciar que se está a salvo.

– Ah, monsieur Poirot, o senhor não é um iniciado. E como vamos saber quais são as *circunstâncias?* O pobre capitão Underhay (ou é major Underhay?) pode ser prisioneiro em algum lugar no interior sombrio da África. Mas e se ele pudesse ser *encontrado,* monsieur Poirot? Se ele pudesse ser devolvido à sua querida e jovem Rosaleen? Pense na felicidade dela! Oh, monsieur Poirot, fui *enviada* ao senhor. Certamente, *certamente* o senhor não recusará o mandado do mundo espiritual.

Poirot olhou-a, ponderando.

– Meus honorários – disse ele mansamente – são muito dispendiosos. Diria que tremendamente dispendiosos! E a tarefa que a senhora sugere não seria fácil.

– Oh, claro... mas com certeza. Isso é muito lamentável. Eu e meu marido estamos em péssima situação, péssima de fato. Na verdade, meu aperto é pior do que meu marido sabe. Comprei algumas ações, por orientação espiritual, e até agora isso mostrou-se muito decepcionante. De fato, deveras alarmante. Elas despencaram e agora estão, suponho, praticamente desprovidas de liquidez.

Ela olhou-o com olhos azuis desanimados.

– Não ousei contar a meu marido. Simplesmente contei ao *senhor* a fim de explicar como me encontro. Mas com certeza, monsieur Poirot, reunir um marido e esposa jovens... é uma missão tão *nobre...*

– Nobreza, *chère madame,* não pagará passagens de navio, trem e avião. Nem cobrirá os custos de longos telegramas e cabogramas e de interrogatórios de testemunhas.

– Mas se ele for encontrado, se o capitão Underhay for encontrado vivo e bem, então... bem, penso poder dizer com segurança que, uma vez que isso ocorra, não haverá dificuldade em... reembolsar o senhor.

– Ah, então ele é rico, esse capitão Underhay?

– Não. Bem, não... Mas posso assegurá-lo, posso dar-lhe minha *palavra*... de que... de que a situação financeira não apresentará dificuldades.

Poirot sacudiu a cabeça lentamente.

– Sinto muito, madame. A resposta é não.

Ele teve pouca dificuldade em fazê-la aceitar aquela resposta.

Quando ela finalmente foi embora, ele ficou perdido em pensamentos, carrancudo. Agora lembrava por que o nome Cloade era-lhe familiar. A conversa no clube no dia do ataque aéreo voltou-lhe à mente. A enfadonha voz ribombante do major Porter seguindo adiante sem parar, contando uma história que ninguém queria escutar.

Ele lembrou do farfalhar de um jornal e do queixo subitamente caído e da expressão consternada do major Porter.

Mas o que o preocupava era tentar formar uma opinião sobre a agitada dama de meia-idade que acabara de partir. O padrão espiritualista loquaz, a imprecisão, o lenço esvoaçante, as correntes e amuletos retinindo em torno do pescoço. E, por fim, ligeiramente em discrepância com tudo isso, aquele súbito lampejo perspicaz num par de olhos azul-pastel.

– Por que exatamente ela veio me ver? – perguntou ele a si mesmo. – E o que, fico pensando, anda acontecendo em – ele olhou o cartão sobre a mesa – Warmsley Vale?

## III

Exatamente cinco dias depois, ele viu um pequeno parágrafo num jornal matutino. Referia-se à morte de um homem chamado Enoch Arden em Warmsley Vale, uma pequena e antiga aldeia a uns cinco quilômetros do conhecido campo de golfe Warmsley Heath.

Hercule Poirot disse a si mesmo outra vez:

– Fico pensando o que anda acontecendo em Warmsley Vale...

# Livro I

## Capítulo I

### I

Warmsley Heath consiste em um campo de golfe, dois hotéis, algumas *villas* modernas muito caras com vista para o campo de golfe, uma galeria que antes da guerra eram lojas de luxo e uma estação de trem.

Emergindo da estação de trem, uma via expressa abre caminho até Londres pela esquerda. À direita, há uma pequena trilha através de um campo com a placa:

*Trilha para Warmsley Vale.*

Warmsley Vale, escondida ao longe entre morros com mata, é tão diferente de Warmsley Heath quanto poderia ser. Em essência, é uma antiquada cidade microscópica de comércio agora degenerada em uma aldeia. Tem uma rua principal de casas georgianas, vários pubs, umas poucas lojas desprovidas de estilo e um aspecto geral de estar a 250 em vez de 45 quilômetros de Londres.

Todos os seus habitantes são unânimes no desprezo pelo célere crescimento de Warmsley Heath.

Nos arrabaldes há algumas casas encantadoras com agradáveis jardins do velho mundo. Foi para uma daquelas casas, a White House, que Lynn Marchmont retornou no começo da primavera de 1946, quando foi desmobilizada do Wrens.*

* Wrens: Women's Royal Naval Service. (N.T.)

Em sua terceira manhã, ela olhou pela janela do quarto através do gramado desleixado até os olmos na campina mais além e farejou o ar, feliz. Era uma tranquila manhã cinzenta com um aroma de terra macia e úmida. O tipo de aroma do qual ela havia sentido falta nos últimos dois anos e meio.

Que maravilha estar em casa de novo, que maravilha estar ali no seu quartinho, no qual ela havia pensado com tanta frequência e tanta nostalgia enquanto estava no além-mar. Que maravilha estar sem uniforme, poder meter-se em uma saia de tweed e um blusão, ainda que as traças tivessem sido *bastante* ativas durante os anos da guerra!

Era bom estar fora do Wrens e ser uma mulher livre outra vez, embora ela realmente tivesse gostado muito do serviço no além-mar. O trabalho havia sido razoavelmente interessante, houve festas, muita diversão, mas também um pouco da fadiga da rotina e a sensação de ser levada com seus companheiros como um rebanho, o que às vezes fazia com que se sentisse desesperadamente ansiosa por escapar.

Foi naquela época, durante o longo verão abrasador no Oriente, que ela pensou com tanta saudade em Warmsley Vale, na agradável casa fresca e arruinada e na querida mamãe.

Lynn amava sua mãe assim como se irritava com ela. Bem longe de casa, ela ainda a amava e tinha esquecido a irritação, ou lembrado apenas com uma pontada adicional de saudade. Querida mamãe, tão completamente enlouquecedora! O que ela não teria dado para ouvir mamãe enunciar um clichê em sua doce voz queixosa. Oh, estar em casa de novo e nunca, *nunca* ter de partir outra vez!

E agora ali estava ela, fora do serviço, livre e de volta à White House. Tinha voltado há três dias, e uma curiosa inquietação insatisfeita já se insinuava nela. Era tudo igual, quase tudo igual demais, a casa e mamãe e Rowley e a fazenda e a família. O que estava diferente e que não deveria estar era ela mesma...

– Querida... – o grito agudo da sra. Marchmont veio escada acima. – Devo levar uma bela bandeja para minha menina na cama?

Lynn berrou de modo brusco:

– Claro que não. Estou descendo.

"E por que", pensou ela, "mamãe tem de dizer *minha menina*? É tão *bobo!*"

Ela correu escada abaixo e entrou na sala de jantar. Não era um café da manhã muito bom. Lynn já estava percebendo a proporção desmedida de tempo e interesse consumidos em busca de alimento. Exceto por uma mulher nada confiável que vinha quatro vezes por semana, a sra. Marchmont estava sozinha na casa, lutando com a cozinha e a limpeza. Ela tinha quase quarenta anos quando Lynn nasceu e sua saúde não era boa. Lynn também percebeu com certo desalento o quanto a situação financeira delas havia mudado. A pequena mas adequada renda fixa que as mantivera confortavelmente antes da guerra agora estava reduzida quase à metade pela tributação. Impostos, despesas, salários, tudo tinha subido.

– Admirável mundo novo... – pensou Lynn, carrancuda. Seus olhos pousaram ligeiramente sobre os classificados do jornal do dia.

*"Ex-W.A.A.F. procura emprego que valorize iniciativa e energia." "Ex-W.R.E.N. procura emprego que requeira capacidade de organização e autoridade."*

Espírito empreendedor, iniciativa, comando, aqueles eram os atributos oferecidos. Mas o que se queria? Gente que soubesse cozinhar e limpar, ou redigir uma taquigrafia decente. Pessoas perseverantes que dominassem uma rotina e pudessem oferecer bons serviços.

Bem, aquilo não a afetava. O caminho diante dela estava claro. Casamento com o primo Rowley Cloade. Haviam noivado há sete anos, pouco antes de a guerra estourar. Há quase tanto tempo quanto podia lembrar, ela pretendia casar-se com Rowley. A opção dele por uma vida na fazenda havia sido prontamente aceita por ela. Uma boa vida, não excitante, talvez, e com um bocado de trabalho duro, mas ambos amavam a vida ao ar livre e o cuidado com animais.

Não que as perspectivas deles fossem bem aquilo que um dia haviam sido. Tio Gordon sempre prometera que...

– Foi o golpe mais medonho para todos nós, querida Lynn, conforme lhe escrevi. Gordon estava na Inglaterra há apenas dois dias. Nós nem o tínhamos *visto*. Se ele *apenas* não tivesse ficado em Londres. Se tivesse vindo direto para cá!

## II

– Sim, se apenas...

Na época Lynn havia ficado chocada e mortificada pela notícia da morte do tio, mas só agora o verdadeiro significado daquilo estava começando a tocá-la.

Por todo tempo que conseguia lembrar, a vida dela, a vida de todos eles, havia sido dominada por Gordon Cloade. O homem rico e sem filhos tinha colocado todos os parentes sob suas asas.

Até Rowley... Rowley e seu amigo Johnnie Vavasour começaram a trabalhar na fazenda em sociedade. O capital deles era pequeno, mas estavam cheios de esperança e energia. E Gordon Cloade havia aprovado.

Para ela, Gordon tinha dito mais.

– Você não consegue chegar a lugar nenhum na agricultura sem capital. Mas a primeira coisa a se descobrir é se esses rapazes realmente têm vontade e energia para dar certo nisso. Se eu os bancasse agora, não saberia, talvez por anos. Se eles tiverem a coisa certa dentro de si, se eu ficar convencido de que da parte deles está tudo certo, bem, Lynn, então você não terá que se preocupar. Vou financiá-los na medida adequada. Assim, não pense que suas perspectivas são ruins, minha garota. Você é exatamente a esposa de que Rowley precisa. Mas guarde para você o que eu lhe disse.

Bem, ela havia feito isso, mas Rowley sentira o interesse benevolente do tio. Cabia a ele provar ao velho que Rowley e Johnnie eram um bom investimento para o dinheiro.

Sim, todos eles dependiam de Gordon Cloade. Não que qualquer um da família fosse sanguessuga ou preguiçoso. Jeremy Cloade era sócio sênior de uma firma de advogados, e Lionel Cloade exercia medicina.

Mas por trás da vida de trabalho havia ao fundo a garantia reconfortante do dinheiro. Jamais houve qualquer necessidade de ser econômico ou poupar. O futuro estava assegurado. Gordon Cloade, um viúvo sem filhos, trataria disso. Ele havia dito a todos, mais de uma vez, que seria assim.

Sua irmã viúva, Adela Marchmont, permaneceu na White House quando poderia talvez ter se mudado para uma casa menor, que desse menos trabalho. Lynn frequentou escolas de primeira classe. Se não fosse a guerra, poderia ter feito qualquer tipo de curso dispendioso que lhe agradasse. Os cheques de tio Gordon entravam com regularidade confortável para proporcionar pequenos luxos.

Tudo havia sido tão *acertado*, tão *seguro*. E então sobreveio o casamento completamente inesperado de Gordon Cloade.

– Claro, querida – prosseguiu Adela –, que ficamos todos estupefatos. Se havia uma coisa que parecia totalmente certa era que Gordon jamais se casaria de novo. Veja bem, não era como se ele não tivesse laços de família suficientes.

"Sim", pensou Lynn, "família suficiente. Às vezes, talvez, família em excesso."

– Ele era tão gentil sempre – continuou a sra. Marchmont. – Embora talvez um pouquinho tirânico em certas ocasiões. Jamais gostou do costume de jantar em mesa nua. Sempre insistiu em que eu pusesse toalhas na mesa antiga. De fato, mandou-me as mais lindas toalhas de renda veneziana quando foi à Itália.

– Com certeza compensou aceder aos desejos dele – disse Lynn secamente. E acrescentou com certa curiosidade: – Como ele conheceu essa... segunda esposa? Você nunca me contou em suas cartas.

– Oh, minha querida, em um barco ou avião, ou coisa assim. Indo da América do Sul para Nova York, creio. Depois de todos aqueles anos! E depois de todas aquelas secretárias e datilógrafas e governantas e tudo o mais.

Lynn sorriu. Desde que ela conseguia lembrar, as secretárias, governantas e funcionárias do escritório de Gordon Cloade haviam sido submetidas ao mais rigoroso escrutínio e suspeita.

Ela perguntou, curiosa:

– Ela tem boa aparência?

– Bem, querida – disse Adela –, *eu* acho que ela tem um rosto deveras *tolo*.

– Você não é homem, mamãe!

– Claro – prosseguiu a sra. Marchmont – que a pobre garota passou pelo bombardeio e ficou em choque com a explosão e estava real e assustadoramente enferma e tudo mais, e na minha opinião ela jamais recuperou-se de verdade. Ela é um feixe de nervos, se é que você me entende. E às vezes de fato parece bem imbecil. Não creio que ela jamais pudesse ser uma grande companhia para o pobre Gordon.

Lynn sorriu. Ela duvidava de que Gordon Cloade tivesse escolhido casar-se com uma mulher anos mais moça que ele pela companhia intelectual.

– E depois, querida – a sra. Marchmont baixou a voz –, detesto dizer, mas ela não é uma dama!

– Que expressão, mamãe! O que isso importa hoje em dia?

– Ainda importa no interior, querida – disse Adela de modo plácido. – Estou dizendo apenas que ela não é exatamente uma de *nós*!

– Pobre coitada!

– De fato, Lynn, não sei o que você quer dizer. Todos nós tivemos o *maior* cuidado para sermos gentis e educados e acolhê-la entre nós em honra a Gordon.

– Ela está em Furrowbank, então? – perguntou Lynn, curiosa.

– Naturalmente que sim. Para onde mais ela iria ao sair do sanatório? Os médicos disseram que ela deve ficar fora de Londres. Está em Furrowbank com o irmão.

– Como é *ele*? – perguntou Lynn.

– Um rapaz *medonho*! – a sra. Marchmont fez uma pausa e então acrescentou com grande dose de intensidade: – Rude.

Um lampejo momentâneo de simpatia cruzou pela mente de Lynn. Pensou: “Aposto que *eu* seria rude no lugar dele!”

Ela perguntou:

– Como é o nome dele?

– Hunter. David Hunter. Irlandês, suponho. Claro que não são pessoas das quais se tenha ouvido falar um dia. Ela era viúva, sra. Underhay. Ninguém deseja ser *severo*, mas não se pode deixar de indagar que *tipo* de viúva seria essa para andar viajando desde a América do Sul em tempos de guerra. Sabe, não dá para deixar de achar que ela estivesse *procurando* um marido rico.

– Nesse caso, ela não procurou em vão – observou Lynn.

A sra. Marchmont suspirou.

– Parece muito extraordinário. Gordon sempre foi um homem tão astuto. E não que as mulheres não *tentassem*. A penúltima secretária, por exemplo. Deveras *espalhafatosa*. Era muito eficiente, creio, mas ele teve de se livrar dela.

Lynn disse em tom vago:

– Suponho que sempre haja uma Waterloo.

– Sessenta e dois – disse a sra. Marchmont. – Uma idade muito perigosa. E uma guerra, imagino, é inquietante. Mas não posso explicar o que foi o *choque* quando recebemos uma carta dele de Nova York.

– O que dizia exatamente?

– Ele escreveu para Frances; realmente não consigo *imaginar* por quê. Talvez tenha pensado que, devido à sua criação, ela fosse mais solidária. Ele disse que provavelmente ficaríamos surpresos ao saber que estava casado. Tudo havia sido muito repentino, mas ele tinha certeza de que todos nós logo gostaríamos muito de Rosaleen (um nome tão *teatral*, não acha, minha querida? Quer dizer, deveras fictício.). Ela teve uma vida muito triste, ele disse, e passou por muita coisa apesar de tão jovem. A forma destemida com que ela havia enfrentado a vida era realmente maravilhosa.

– Uma jogada bem conhecida – murmurou Lynn.

– Oh, eu sei. Concordo. Já se ouviu isso *tantas* vezes. Mas de fato era de se pensar que *Gordon*, com toda a sua experiência... bem, foi isso aí. Ela tem uns olhões enormes, azul-escuros, e o que chamam de halo esfumaçado ao redor da íris.

– Atraente?

– Oh, sim, ela com certeza é muito *bonita*. Mas não o tipo de beleza que *eu* admiro.

– Nunca é – disse Lynn com um sorriso de desagrado.

– Não, querida. Francamente, *homens*... Mas bem, não há explicações para os homens. Mesmo os mais sensatos fazem as coisas mais incrivelmente tolas! A carta de Gordon seguia dizendo que não devíamos pensar por um instante que isso significaria qualquer afrouxamento dos velhos laços. Ele ainda considerava todos nós como sua responsabilidade especial.

– Mas ele não fez um testamento depois de se casar? – perguntou Lynn.

A sra. Marchmont sacudiu a cabeça.

– O último testamento dele foi feito em 1940. Não sei de nenhum detalhe, mas na época ele deu a entender que todos nós estaríamos amparados caso lhe acontecesse alguma coisa. Aquele testamento foi revogado pelo casamento, claro. Suponho que ele faria um novo testamento quando chegasse em casa, mas não deu tempo. Ele morreu praticamente no dia seguinte ao desembarque no país.

– E então ela, Rosaleen, fica com tudo?

– Sim. O velho testamento foi invalidado pelo casamento.

Lynn ficou calada. Ela não era mais mercenária do que a maioria, mas não seria humano não se ressentir com o novo estado das coisas. Ela sentia que aquilo não era em absoluto o que Gordon Cloade teria pretendido. Ele poderia deixar o grosso de sua fortuna para a jovem esposa, mas com certeza teria feito certas provisões para a família que havia encorajado a depender dele. Muitas e muitas vezes ele havia insistido para que não economizassem, não fizessem reservas para o futuro. Ela ouvira-o dizer a Jeremy: "Você será um homem rico quando eu morrer". Para sua mãe ele havia dito muitas vezes: "Não se preocupe, Adela. Sempre vou cuidar de Lynn, você sabe disso. E eu odiaria que você deixasse essa casa, é o seu *lar*. Mande todas as contas dos consertos para mim". Ele encorajara Rowley a dedicar-se à lavoura. Havia insistido que Antony, filho de Jeremy, deveria entrar para o exército e sempre lhe deu uma bela pensão. Lionel Cloade fora encorajado a embrenhar-se em certas linhas de pesquisa médica que não eram lucrativas de imediato e a deixar sua carreira clínica arruinar-se.

Os pensamentos de Lynn foram interrompidos. De modo dramático e com lábios trêmulos, a sra. Marchmont exibiu um maço de contas.

– E olhe tudo isso – lamentou-se. – O que vou *fazer*? O que diabos vou fazer, Lynn? Nesta manhã o gerente do banco escreveu dizendo que estou sem fundos. Não sei como *posso* estar. Tenho sido tão cuidadosa. Mas parece que meus investimentos não estão rendendo o que costumavam render. Aumento de impostos, diz ele. E todas essas coisas amarelas, Seguro de Danos de Guerra ou algo assim, que se tem de pagar querendo ou não.

Lynn pegou as contas e olhou de relance. Não havia registro de extravagâncias entre elas. Troca de telhas no telhado, conserto de cercas, substituição de uma caldeira velha na cozinha, um novo cano de água. Elas somavam uma quantia considerável.

A sra. Marchmont disse em tom de lamento:

– Suponho que deva me mudar daqui. Mas para onde poderia ir? Não há uma casa pequena em lugar nenhum, simplesmente não *existe* algo assim. Oh, não quero preocupá-la com tudo isso, Lynn. Não quando você acaba de chegar em casa. Mas não sei o que fazer. Realmente não sei.

Lynn olhou para a mãe. Ela estava com mais de sessenta anos. Jamais fora uma mulher muito forte. Durante a guerra, havia acolhido evacuados de Londres, cozinhado e lavado para eles, trabalhado no W.V.S.*, feito geleias, ajudado na merenda escolar. Tinha trabalhado catorze horas por dia em contraste com a agradável vida mansa

* Women's Voluntary Service. (N.T.)

de antes da guerra. Lynn viu que agora ela estava muito perto de um colapso, exausta e com medo do futuro.

Uma raiva branda e silenciosa ergueu-se em Lynn. Ela disse lentamente:

– Essa Rosaleen não poderia... ajudar?

A sra. Marchmont corou.

– Não temos direito a nada. Absolutamente nada.

Lynn objetou.

– Acho que vocês têm um direito moral. Tio Gordon sempre ajudou.

– Não seria muito bonito, querida, pedir favores... não para alguém de quem não se gosta muito. E, de qualquer modo, aquele irmão dela não a deixaria dar um tostão!

E acrescentou, com o heroísmo dando lugar à pura maldade feminina:

– Quer dizer, isso se ele *é* mesmo irmão dela!

# Capítulo 2

Frances Cloade olhou pensativa para o marido do outro lado da mesa de jantar.

Frances tinha 48 anos. Era uma daquelas mulheres esguias e longilíneas que ficam bem de tweed. Havia uma certa beleza devastada um tanto arrogante em seu rosto, que não ostentava maquiagem, exceto um pouco de batom aplicado de qualquer jeito. Jeremy Cloade era um homem mirrado e grisalho de 63 anos, com um rosto descarnado e inexpressivo.

Naquele anoitecer, estava mais inexpressivo que de hábito.

Sua esposa registrou o fato com uma olhada de relance.

Uma garota de quinze anos movia-se desajeitada ao redor da mesa servindo os pratos. Seu olhar aflito estava fixo em Frances. Se Frances franzia as sobrancelhas, ela quase derrubava alguma coisa; um olhar de aprovação deixava-a radiante.

Em Warmsley Vale notava-se com inveja que, se havia alguém que podia ter criados, esse alguém era Frances Cloade. Ela não os subornava com ordenados extravagantes e era exigente quanto ao desempenho, mas sua calorosa aprovação de empenho e sua energia e vigor contagiantes tornavam o serviço doméstico algo criativo e pessoal. Ela estava tão acostumada a ser servida a vida inteira que considerava isso natural e não se constrangia, e apreciava um bom cozinheiro ou uma boa copeira tanto quanto apreciaria um bom pianista.

Frances Cloade havia sido a filha única de lorde

Edward Trenton, que treinava seus cavalos nos arredores de Warmsley Heath. A bancarrota definitiva de lorde Edward foi percebida por aqueles que estavam a par como uma evasão clemente de coisas piores. Houve rumores sobre cavalos que tinham fracassado de modo notório em ocasiões inesperadas e sobre investigações por parte dos organizadores de corridas do Jockey Club. Mas lorde Edward escapou com a reputação abalada apenas de leve e chegou a um acordo com os credores que lhe permitiu viver com extraordinário conforto no Sul da França. E teve de agradecer à perspicácia e ao empenho especial de seu advogado, Jeremy Cloade, por essas bênçãos inesperadas. Cloade fez bem mais do que um advogado em geral faz por um cliente e até adiantou garantias pessoais. Deixou claro que tinha uma profunda admiração por Frances Trenton e, no devido tempo, quando os assuntos do pai foram liquidados de forma satisfatória, Frances tornou-se a sra. Jeremy Cloade.

Ninguém jamais soube o que ela sentiu a respeito. Tudo que se podia dizer é que ela cumpriu sua parte da barganha de maneira admirável. Foi uma esposa eficiente e leal para Jeremy, uma mãe zelosa para o filho dele, incentivou os interesses de Jeremy de todas as formas e jamais sugeriu por atos ou palavras que a união fosse qualquer outra coisa que não um impulso espontâneo da parte dela.

Em resposta, a família Cloade tinha enorme respeito e admiração por Frances. Tinham orgulho dela, acatavam seu julgamento... mas nunca se sentiram realmente íntimos dela.

Ninguém sabia o que Jeremy Cloade pensava de seu casamento, porque ninguém jamais sabia o que Jeremy Cloade pensava ou sentia. "Sujeito frio e insosso" era o que as pessoas diziam de Jeremy. Sua reputação tanto como homem quanto como advogado era muito elevada. Cloade, Brunskill e Cloade jamais tocaram em qualquer negócio questionável. Não se pensava que fossem brilhantes, mas eram considerados muito honestos. A firma prosperou, e os Jeremy Cloade viviam em uma bela casa georgiana bem próxima do Market Place com um grande jardim murado nos fundos, onde na primavera as pereiras derramavam um mar de flores brancas.

Foi para uma sala com vista para o jardim nos fundos da casa que marido e mulher encaminharam-se ao deixar a mesa de jantar. Edna, a garota de quinze anos, levou café, respirando ansiosa e ruidosamente.

Frances despejou um pouco de café na xícara. Estava forte e quente. Ela disse a Edna em tom vivo e aprovador:

– Excelente, Edna.

Edna ficou rubra de satisfação e não obstante saiu assombrada com o que certas pessoas gostavam. Café, na opinião de Edna, tinha de ser de cor creme-claro, muitíssimo doce, com um monte de leite!

Na sala com vista para o jardim, os Cloade beberam seu café, preto e sem açúcar. Durante o jantar, haviam conversado de modo vago sobre conhecidos que encontraram, o retorno de Lynn, as perspectivas da agricultura no futuro próximo, mas agora, a sós, estavam calados.

Frances recostou-se na cadeira, observando o marido. Ele estava bem alheio ao interesse dela. Sua mão direita alisava o lábio superior. Embora Jeremy Cloade não soubesse, o gesto era característico e coincidia com perturbação interna. Frances não o havia observado com frequência. Certa vez quando Antony, o filho deles, havia ficado gravemente enfermo na infância; uma vez quando esperava o júri chegar ao veredito; na deflagração da guerra, esperando para ouvir as palavras irrevogáveis pelo rádio; na véspera da partida de Antony após a despedida no embarque.

Frances pensou um pouco antes de falar. Sua vida de casados havia sido feliz, mas nunca íntima no que se referia às palavras ditas. Ela respeitava as reservas de

Jeremy, e ele, as dela. Mesmo quando chegou o telegrama informando da morte de Antony em combate, nenhum dos dois se abateu.

Ele abriu o telegrama, então olhou para ela. Frances falou:

– É...?

Ele curvou a cabeça, aproximou-se e depositou o telegrama sobre a mão estendida de Frances.

Ficaram bem quietos por um tempo. Então Jeremy falou:

– Gostaria de poder ajudá-la, minha cara.

E ela respondeu com a voz firme, as lágrimas contidas, consciente apenas do vazio e da dor terríveis:

– É igualmente ruim para você.

Ele deu um tapinha no ombro dela:

– Sim – disse ele. – Sim...

Então foi para a porta, caminhando um pouco erraticamente, ainda que empertigado, de repente um velho... e falou:

– Não há nada a dizer. Nada a dizer...

Ela ficou muito grata a ele, apaixonadamente grata, por ele entender tão bem, e se despedaçou de pena ao vê-lo transformar-se em um velho de repente. Com a perda do filho, algo endureceu dentro dela, algo da simples bondade comum extinguiu-se. Ela ficou mais eficiente, mais ativa do que nunca. Às vezes as pessoas assustavam-se um pouco com seu bom senso implacável...

O dedo de Jeremy Cloade percorreu o lábio superior outra vez, irresoluto, inspecionando. E, do outro lado da sala, Frances perguntou de modo enérgico:

– Há algo errado, Jeremy?

Ele levou um susto. A xícara de café quase escorregou da mão. Ele se recompôs, colocou a xícara na bandeja com movimentos firmes. Então olhou para a esposa.

– O que você quer dizer com isso, Frances?

– Estou perguntando se há algo errado.

– O que haveria de errado?

– Seria tolice tentar adivinhar. Prefiro que me conte.

Ele disse sem convicção:

– Não há nada errado...

Ela não respondeu. Apenas aguardou, inquiridora. Pareceu ter posto a negação dele de lado como algo insignificante. Ele olhou-a, indeciso.

E só por um instante a máscara imperturbável de seu rosto sombrio escorregou, e ela flagrou um vislumbre de agonia tão turbulenta que quase exclamou em voz alta. Foi apenas um instante, mas ela não teve dúvidas sobre o que viu.

Frances falou em voz baixa e sem emoção:

– Acho que seria melhor você me contar...

Ele suspirou. Um suspiro profundo e infeliz.

– Você terá de saber, é claro – disse ele. – Mais cedo ou mais tarde.

E acrescentou o que para ela foi uma frase muito espantosa.

– Temo que você tenha feito um mau negócio, Frances.

Ela passou direto pela ilação que não entendeu para atacar no que interessava.

– O que é? – perguntou. – Dinheiro?

Ela não sabia por que citou o dinheiro primeiro. Não havia sinais especiais de aperto além daqueles normais para a época. Estavam com pouca gente no escritório e mais trabalho do que podiam dar conta, mas era assim em todos os lugares, e no mês anterior haviam recuperado alguns funcionários dispensados pelo exército. Também poderia ser que ele estivesse escondendo alguma doença; estava com uma cor ruim ultimamente e sobrecarregado pelo trabalho e pelo cansaço. Não obstante, o instinto de Frances voltou-se para o dinheiro, e pareceu que ela estava certa.

O marido assentiu.

– Entendo – ela ficou um momento calada, pensando. Na verdade, não dava a menor bola para dinheiro, mas sabia que Jeremy era totalmente incapaz de perceber isso. Para ele, dinheiro significava um mundo firme: estabilidade, obrigações, um lugar e situação definidos na vida.

Para ela, dinheiro era um brinquedo que caía no colo da pessoa e com o qual se jogava. Havia nascido e crescido em um ambiente de instabilidade financeira. Houve tempos maravilhosos quando os cavalos fizeram o que se esperava deles. Houve épocas difíceis quando os comerciantes não deram crédito e lorde Edward foi forçado a apertos ignominiosos para evitar os oficiais de justiça na escada de sua porta. Certa vez, viveram de pão puro por uma semana e mandaram todos os criados embora. Em uma ocasião, quando Frances era criança, tiveram os oficiais de justiça em casa por três semanas. Ela considerou o vagabundo em questão muito agradável para brincar e com muitas histórias sobre sua filhinha.

Se alguém não tinha dinheiro, simplesmente filava, ou ia para o exterior, ou vivia às custas de amigos e parentes por um tempo. Ou alguém ajudava com um empréstimo...

Mas, olhando o marido, Frances percebeu que no mundo Cloade não se fazia aquele tipo de coisa. Não se mendigava, nem se pedia emprestado, nem se vivia às custas de outras pessoas. (E, por outro lado, não se esperava que mendigassem, pedissem emprestado ou vivessem às suas custas!)

Frances sentiu muita pena de Jeremy e um pouco de culpa por estar tão fria. Refugiou-se na praticidade.

– Teremos de vender tudo? A firma vai falir?

Jeremy Cloade estremeceu, e ela percebeu que havia sido prosaica demais.

– Meu caro – disse ela, gentil –, me conte. Não posso continuar adivinhando.

Cloade falou em tom formal:

– Passamos por uma crise bem ruim há dois anos. O jovem Williams, você lembra, fugiu. Tivemos certa dificuldade para nos endireitarmos de novo. Então surgiram certas complicações devido à situação no Extremo Oriente depois de Cingapura...

Ela o interrompeu.

– Deixe os detalhes para lá, são tão insignificantes. Você estava em uma enrascada. E não teve como se safar?

Ele disse:

– Eu contava com Gordon. Gordon teria endireitado as coisas.

Ela deu um pequeno suspiro impaciente.

– Claro. Não quero culpar o pobre homem... afinal de contas, é simplesmente da natureza humana perder a cabeça por uma mulher bonita. E por que nesse mundo ele não haveria de se casar de novo se quisesse? Mas foi um infortúnio ele ter sido morto naquele ataque aéreo antes de ter acertado qualquer coisa, ou ter feito um testamento adequado, ou ajeitado seus negócios. A verdade é que ninguém acredita, nem por um minuto, não importa em que perigo esteja, que será morto. A bomba sempre vai atingir outra pessoa!

– Além de perdê-lo, e eu gostava muito de Gordon e tinha orgulho dele também – disse o irmão mais velho de Gordon Cloade –, sua morte foi uma catástrofe para mim. Ela ocorreu em um momento...

– Iremos à bancarrota? – perguntou Frances com interesse inteligente.

Jeremy Cloade olhou-a quase em desespero. Embora ela não percebesse, ele teria lidado muito melhor com lágrimas e abalo. Esse interesse prático, frio e desapaixonado derrotava-o por completo.

Ele disse com rispidez:

– É um bocado pior do que isso...

Ele observou Frances enquanto ela permanecia bem quieta, pensando no assunto. Ele disse a si mesmo: "Daqui a um minuto terei de contar. Ela saberá quem eu sou... Terá de saber. Talvez de início não acredite".

Frances Cloade suspirou e sentou-se ereta em sua enorme poltrona.

– Entendo – disse ela. – Desfalque. Ou esse tipo de coisa, caso a palavra não seja essa... como o jovem Williams.

– Sim, mas desta vez, você não entende, *eu sou* o responsável. Usei fundos sob custódia entregues a meus cuidados. Até aqui, cobri meus rastros...

– Mas agora tudo virá à tona?

– A menos que eu consiga o dinheiro necessário... rapidamente.

A vergonha que ele sentiu foi a pior que havia experimentado em toda a vida. Como ela aceitaria aquilo?

No momento, estava aceitando muito calmamente. Mas então ele pensou que Frances jamais faria uma cena. Nunca o acusaria ou reprovaria.

Com a mão na bochecha, ela estava franzindo o cenho.

– É tão estúpido – disse ela – que eu não tenha absolutamente nenhum dinheiro meu...

Ele disse em tom formal:

– Há o seu contrato de casamento, mas...

Ela observou de modo distraído:

– Mas suponho que já tenha ido também.

Ele ficou calado. Então falou com dificuldade, com sua voz seca:

– Sinto muito, Frances. Sinto mais do que possa falar. Você fez um mau negócio.

Ela olhou para ele de modo penetrante.

– Você já disse isso antes. O que quer dizer?

Jeremy falou novamente em tom formal:

– Visto que você foi bondosa o bastante para se casar comigo, tinha o direito de esperar... bem... integridade. E uma vida livre de ansiedades sórdidas.

Ela olhou para ele completamente pasma.

– Francamente, Jeremy! Por que nesse mundo você acha que me casei com você?

Ele deu um leve sorriso.

– Você sempre foi uma esposa muito leal e devotada, minha cara. Mas dificilmente posso me gabar de que você teria me aceitado em... hum...circunstâncias diferentes.

Ela arregalou os olhos e de repente explodiu em riso.

– Seu velho chato e maluco! Que mente novelesca e prodigiosa você deve ter por trás dessa fachada legal! Realmente pensa que me casei com você como prêmio por ter salvado meu pai dos lobos, ou dos organizadores de corrida do Jockey Club etc.?

– Você gostava muito de seu pai, Frances.

– Eu adorava papai! Ele era terrivelmente atraente, e viver com ele era a maior diversão! Mas sempre soube que ele era um encrenqueiro. E, se pensa que eu me venderia ao advogado da família para salvá-lo do que estava sempre prestes a acontecer com ele, então você nunca entendeu o elementar sobre mim. Nunca!

Ela olhou-o fixamente. Extraordinário, refletiu, serem casados há mais de vinte anos e um não saber o que passava na cabeça do outro. Mas como daria para saber, se uma cabeça era tão diferente da outra? Uma mente romântica, claro que bem camuflada, mas essencialmente romântica. Ela pensou: "Todos aqueles livros de Stanley Weyman no quarto dele. Eu deveria saber por causa *deles*! Pobre querido, que tolo!"

E disse em voz alta:

– Casei com você porque estava apaixonada, é claro.

– Apaixonada por mim? Mas o que você conseguiu ver em mim?

– Se você me pergunta isso, Jeremy, realmente não sei. Você era uma *mudança* e tanto, tão diferente de toda a turma do pai. A primeira coisa é que jamais falava em cavalos. Você não faz ideia do quanto eu estava *farta* de cavalos e de quem seriam os prováveis favoritos na Newmarket Cup! Você veio jantar uma noite, lembra? Sentei a seu lado e perguntei o que era bimetalismo, e você falou...

falou *de verdade*! Demorou o jantar inteiro, seis pratos; estávamos com dinheiro naquela época e tínhamos um chef francês!

– Deve ter sido extremamente tedioso – disse Jeremy.

– Foi fascinante! Ninguém jamais havia me levado a sério antes. E você era tão educado e, não obstante, jamais parecia olhar para mim ou pensar que eu fosse atraente, ou bela, ou qualquer coisa. Você mexeu com os meus brios. *Jurei* que faria você reparar em mim.

Jeremy Cloade disse, carrancudo:

– Reparei em você no mesmo instante. Fui para casa naquela noite e não preguei o olho. Você usava um vestido azul com centáureas...

Houve silêncio por alguns instantes, então Jeremy pigarreou.

– Tudo isso foi há muito tempo...

Ela veio ligeiro resgatá-lo de seu embaraço.

– E agora somos um casal de meia-idade em dificuldades, procurando a melhor saída.

– Depois do que você acaba de me contar, Frances, torna-se mil vezes pior essa... desgraça...

Ela o interrompeu.

– Vamos esclarecer as coisas, por favor. Você está se desculpando por ter agido fora da lei. Pode ser processado. Ir para a cadeia. – Ele estremeceu. – Não quero que isso aconteça. Vou lutar como nunca para impedir, mas não me atribua indignação moral. Lembre-se, não somos uma família moral. Meu pai, a despeito de ser cativante, era um tanto vigarista. E havia Charles, meu primo. Fizeram-no ficar de boca fechada e ele não foi processado, e o despacharam para as colônias. E também meu primo Gerald: *ele* falsificou um cheque em Oxford. Mas foi lutar e recebeu uma Cruz da Vitória póstuma por total bravura, devoção a seus homens e resistência sobre-humana. O que estou tentando dizer é que as pessoas são *assim*, não cem por cento más ou cem por cento boas. Não creio que eu mesma seja particularmente honesta; tenho sido porque não houve qualquer tentação para ser o contrário. Mas o que eu tenho é bastante coragem e – ela sorriu para ele – sou *leal*!

– Minha cara! – Ele levantou-se e foi até ela. Parou e colocou os lábios em seus cabelos.

– E agora – disse a filha de lorde Edward Trenton, sorrindo –, o que vamos fazer? Levantar dinheiro de algum modo?

O rosto de Jeremy endureceu.

– Não vejo como.

– Hipotecar essa casa. Oh, sei – ela foi rápida –, isso já foi feito. Sou uma estúpida. Claro que você fez todas as coisas óbvias. É o caso então de *pedir emprestado*? Para quem *podemos* pedir? Suponho que haja uma única possibilidade. A viúva de Gordon, a sombria Rosaleen!

Jeremy sacudiu a cabeça em dúvida.

– Teria de ser uma grande quantia... E não pode sair do capital. Apenas os rendimentos estão à disposição dela enquanto viver.

– Não sabia disso. Pensei que ela tinha tudo por inteiro. O que acontecerá quando ela morrer?

– Vai para o parente mais próximo de Gordon. Isso significa que seria dividido entre mim, Lionel, Adela e o filho de Maurice, Rowley.

– Vem para *nós*... – disse Frances lentamente.

Alguma coisa pareceu atravessar a sala... um ar gélido... a sombra de um pensamento...

Frances disse:

– Você não me falou que... Pensei que fosse dela para sempre... que ela poderia deixar para quem quisesse?

– Não. Pelo estatuto de 1925 referente à falta de testamento...

É improvável que Frances tenha ouvido a explicação. Quando a voz dele parou, ela disse:

– Pouco importa para nós em termos pessoais. Estaremos mortos e enterrados muito antes de ela chegar à meia-idade. Quantos anos ela tem? Vinte e cinco, vinte e seis? Provavelmente vai viver até os setenta.

Jeremy Cloade sugeriu em tom de dúvida:

– Poderíamos pedir um empréstimo a ela... colocando-o no campo da família? Ela pode ser uma moça de temperamento generoso. De fato sabemos tão pouco sobre ela...

Frances disse:

– De todo modo, temos sido razoavelmente simpáticos com ela... não maldosos como Adela. Ela pode mostrar-se sensível.

O marido alertou:

– Não pode haver nenhum indício sobre a... verdadeira urgência.

Frances retrucou, impaciente.

– Claro que não! O problema é que não é com a moça que teremos de tratar. Ela está sob total domínio daquele irmão dela.

– Um rapaz muito sem atrativos – disse Jeremy Cloade.

O sorriso de Frances cintilou de repente.

– Oh, não – disse ela. – Ele é atraente. *Muito* atraente. Bastante inescrupuloso também, imagino eu. Mas, quanto a isso, *eu* também sou inescrupulosa!

Seu sorriso endureceu. Ela olhou para o marido.

– Não seremos abatidos, Jeremy – disse ela. – Vai ter de haver *algum* jeito... Nem que eu tenha de assaltar um banco.

# Capítulo 3

– Dinheiro! – disse Lynn.

Rowley Cloade assentiu. Era um rapaz grande e anguloso com pele vermelha como tijolo, olhos azuis pensativos e cabelo muito loiro. Possuía uma lentidão que parecia mais proposital que arraigada. Ele usava a ponderação como outros utilizam a rapidez de resposta.

– Sim – disse ele –, parece que tudo se resume a dinheiro hoje em dia.

– Mas pensei que os agricultores tivessem se saído muito bem durante a guerra.

– Oh, sim, mas isso não significa nenhum bem permanente. Em um ano estaremos de volta onde nos encontrávamos: salários altos, trabalhadores de má vontade, todo mundo insatisfeito e sem saber onde está. A menos, claro, que se possa administrar a fazenda de modo realmente grandioso. O velho Gordon sabia disso. E era nisso que ele se preparava para entrar.

– E agora... – perguntou Lynn.

Rowley arreganhou os dentes.

– E agora a sra. Gordon vai a Londres e gasta alguns milhares em um belo casaco de vison.

– Isso é... perverso!

– Oh, não – ele fez uma pausa e disse: – Eu preferiria dar um casaco de vison para *você*, Lynn...

– Que tal é ela, Rowley? – Lynn queria um julgamento atual.

– Você vai vê-la hoje à noite. Na festa de tio Lionel e tia Kathie.

– Sim, eu sei. Mas quero que *você* me fale. Mamãe diz que ela é meio burra.

Rowley ponderou.

– Bem, eu não diria que o intelecto seja seu ponto forte. Mas na verdade penso que ela apenas parece meio burra por estar sendo tão horrivelmente cuidadosa.

– Cuidadosa? Cuidadosa com o quê?

– Apenas cuidadosa. Basicamente, imagino, quanto ao sotaque. Ela tem um sotaque bem irlandês, você sabe, ou então quanto ao garfo certo, e quaisquer alusões literárias que possam estar em pauta.

– Então ela realmente é... bastante... bem, inculta?

Rowley arreganhou os dentes num sorriso.

– Bem, ela não é uma dama, se é a isso que você se refere. Tem olhos adoráveis e uma aparência muito boa, e suponho que o velho Gordon tenha sucumbido a isso, somado ao extraordinário ar bastante ingênuo dela. Não *penso* que seja fingimento, embora nunca se saiba, é claro. Ela apenas fica por lá parecendo boba e deixa David mandar nela.

– David?

– O irmão. Eu diria que não existe muita coisa sobre expedientes escusos que *ele* não saiba! – Rowley acrescentou: – Ele não gosta muito de nenhum de nós.

– Por que gostaria? – disse Lynn de modo cortante, e acrescentou enquanto ele a olhava ligeiramente surpreso: – Quero dizer, *vocês* não gostam *dele*.

– Eu com certeza não gosto. Você também não vai gostar. Ele não é do nosso nível.

– Você não sabe de quem eu gosto ou não gosto, Rowley! Vi muita coisa do mundo nos últimos três anos. Eu... eu acho que minha visão alargou-se.

– Você viu mais do mundo do que eu, isso é verdade.

Ele disse isso mansamente, mas Lynn olhou-o de forma penetrante.

Havia alguma coisa por trás daquela entonação neutra.

Ele devolveu o olhar dela de modo direto, o rosto inexpressivo. Lynn lembrou que nunca foi fácil saber exatamente o que Rowley pensava.

"Que mundo esquisito e confuso", pensou Lynn. O homem costumava ir para as guerras, e a mulher ficava em casa. Mas ali as posições eram invertidas.

Dos dois rapazes, Rowley e Johnnie, um forçosamente tinha de ficar na fazenda. Haviam decidido na sorte, e Johnnie Vavasour foi o escolhido. Ele foi morto quase imediatamente, na Noruega. Ao longo de todos os três anos da guerra, Rowley nunca esteve a mais de dois ou três quilômetros de casa.

E ela, Lynn, estivera no Egito, Norte da África, Sicília. Estivera sob fogo mais de uma vez.

Cá estava Lynn-em-casa-vinda-da-guerra, e cá estava Rowley-mantido-em-casa.

Ela se indagou, de repente, se ele se incomodava...

Deu uma semirrisada nervosa.

– As coisas às vezes parecem um pouco de pernas para o ar, não?

– Oh, não sei. – Rowley fitava o campo lá fora de modo vago. – Depende.

– Rowley – ela hesitou –, você se *incomoda*... quero dizer... Johnnie...

A mirada gélida e sensata dele fez com que ela caísse em si.

– Deixe Johnnie fora disso! A guerra acabou. E eu tive sorte.

– Sorte, você quer dizer – ela parou em dúvida –, por não ter tido que... que ir?

– Sorte espetacular, não acha?

Ela não soube bem como receber aquela observação. A voz dele era macia com arestas ásperas. Ele acrescentou com um sorriso:

– Mas vocês, garotas da ativa, vão achar difícil acomodar-se em casa, é claro.

Ela disse, irritada:

– Ora, não seja estúpido, Rowley.

(Mas por que se irritar? Por quê?... A menos que fosse porque as palavras tivessem tocado um nervo sensível de verdade em algum lugar.)

– Oh, bem – disse Rowley. – Suponho que possamos muito bem tratar de nos casarmos. A menos que você tenha mudado de ideia.

– Claro que não mudei de ideia. Por que teria?

Ele disse em um tom vago:

– Nunca se sabe.

– Você quer dizer que pensa que eu – Lynn fez uma pausa – estou diferente?

– Não particularmente.

– Talvez *você* tenha mudado de ideia.

– Oh, não, *eu* não mudei. Pouquíssima coisa muda na fazenda, você sabe.

– Pois bem, então – disse Lynn, consciente de algum modo do anticlímax –, vamos nos casar. Quando quiser.

– Junho ou perto disso?

– Pode ser.

Ficaram calados. Estava decidido. A despeito de si mesmo, Lynn sentiu-se terrivelmente deprimida. Contudo, Rowley era Rowley, exatamente como sempre havia sido. Afetivo, contido, cuidadosamente dado a meias-palavras.

Eles se amavam. Sempre haviam se amado. Nunca tinham falado muito sobre seu amor. Por que haveriam de começar agora?

Iriam se casar em junho e viver em Long Willows (um belo nome, Lynn sempre tinha achado), e ela jamais iria embora de novo. Ir embora, isto é, no sentido que as palavras tinham para ela agora. A excitação das pranchas de embarque sendo erguidas, o rastro de uma hélice de navio, o arrepio quando um avião movia-se pelos ares e se elevava sobre a terra lá embaixo. Observar um contorno de litoral estranho adquirir um formato. O cheiro da poeira quente, do querosene, do alho... o matraquear e o tagarelar de línguas estrangeiras. Flores estranhas, poinsétias vermelhas erguendo-se orgulhosas em um jardim poeirento... Fazer e desfazer as malas, qual o próximo destino?

Tudo isso estava acabado. A guerra estava acabada. Lynn Marchmont tinha voltado para casa. "*Home is the sailor, home from the sea*"...* "Mas não sou a mesma Lynn que partiu", ela pensou.

Ela ergueu os olhos e viu Rowley a observá-la...

* "O marinheiro está em casa, vindo do mar." Poema de A.E. Housman. (N.T.)

# Capítulo 4

As festas de tia Kathie eram sempre a mesma coisa. Tinham uma qualidade de amadorismo bastante opressivo característica da anfitriã. O dr. Cloade tinha um ar de irritabilidade represada com dificuldade. Era invariavelmente cortês com os convidados, mas estes ficavam conscientes de que a cortesia era um esforço.

Na aparência, Lionel Cloade não era diferente do irmão Jeremy. Era mirrado e grisalho – mas não tinha a fleuma de advogado. Seus modos eram bruscos e impacientes, e sua irritabilidade nervosa havia afrontado muitos pacientes, deixando-os cegos para sua verdadeira habilidade e benevolência. Seu real interesse jazia na pesquisa, e seu hobby era o uso das ervas medicinais ao longo da história. Possuía um intelecto rigoroso, e para ele era difícil ter paciência com as excentricidades da esposa.

Embora Lynn e Rowley sempre chamassem a sra. Jeremy Cloade de "Frances", a sra. Lionel Cloade era invariavelmente a "tia Kathie". Gostavam dela, mas consideravam-na bastante ridícula.

A "festa", organizada ostensivamente para celebrar a volta de Lynn, era apenas um evento familiar.

Tia Kathie cumprimentou a sobrinha de modo afetuoso:

– Você parece tão bem e *morena*, minha querida. Egito, suponho. Você leu o livro que mandei sobre a profecia da pirâmide? *Tão* interessante. Realmente explica tudo, não acha?

Lynn foi salva de responder pela entrada da sra. Gordon Cloade e seu irmão David.

– Rosaleen, esta é minha sobrinha, Lynn Marchmont.

Lynn olhou a viúva de Gordon Cloade com curiosidade decorosamente velada.

Sim, ela *era* adorável, essa garota que se casou com o velho Gordon Cloade por causa do dinheiro. E era verdade o que Rowley dissera, ela tinha um ar de inocência. Cabelo negro, arrumado em ondas soltas, olhos azuis irlandeses com um halo esfumaçado em volta da íris. Lábios entreabertos.

O resto dela era predominantemente caro. Vestido, joias, unhas feitas, manto de pele. Uma figura muito bela, mas ela de fato não sabia como vestir roupas caras. Não as vestia como Lynn Marchmont poderia usá-las se tivesse meia chance! (Mas você jamais *terá* essa chance, disse uma voz em sua cabeça.)

– Como vai? – disse Rosaleen Cloade.

Virou-se hesitante para o homem atrás dela. E disse:

– Este... este é meu irmão.

– Como vai? – cumprimentou David Hunter.

Era um jovem esguio com cabelo e olhos escuros. Seu rosto era infeliz, desafiador e levemente insolente.

Lynn viu na mesma hora por que todos os Cloade tinham tanto desagrado por ele. Ela havia conhecido homens daquela índole no exterior. Homens imprudentes e levemente perigosos. Homens dos quais não se podia depender. Homens que faziam suas próprias leis e zombavam do universo. Homens que valiam seu peso em ouro em momentos críticos e que levavam seus comandantes à loucura fora da linha de fogo!

Lynn puxou conversa com Rosaleen:

– O que está achando de morar em Furrowbank?

– Acho que é uma casa maravilhosa – disse Rosaleen.

David Hunter deu uma risadinha zombeteira.

– O pobre velho Gordon tratou-se muito bem – disse ele. – Não poupou gastos.

Era a mais pura verdade. Quando Gordon decidiu fixar residência em Warmsley Vale, ou melhor, decidiu passar uma pequena parte de sua vida agitada ali, preferiu construir. Era individualista demais para se interessar por uma casa impregnada da história de outras pessoas.

Ele contratou um jovem arquiteto moderno e lhe deu carta branca. Metade de Warmsley Vale considerava Furrowbank uma casa medonha, tendo aversão por sua retidão alva, sua mobília embutida, suas portas de correr e suas mesas e cadeiras de vidro. A única parte que de fato admiravam com todo o entusiasmo eram os banheiros.

Havia pasmo no "é uma casa maravilhosa" de Rosaleen. A risada de David deixou-a vermelha.

– Você é a Wren que voltou, não é? – perguntou David a Lynn.

– Sim.

Os olhos dele esquadrinharam-na fazendo uma avaliação – e por algum motivo Lynn ficou vermelha.

Tia Katherine apareceu de repente outra vez. Ela tinha o dom de parecer materializar-se no espaço. Talvez tivesse aprendido o truque nas muitas sessões espiritualistas que frequentava.

– Ceia – disse ela um tanto esbaforida, acrescentando num parênteses: – Acho que é melhor do que chamar de jantar. As pessoas não ficam com *tanta* expectativa. Está tudo muito difícil, não? Mary Lewis me contou que repassa dez xelins do vendedor de peixe a cada duas semanas. *Eu* acho isso imoral.

O dr. Lionel Cloade deu sua risada nervosa e irritadiça enquanto conversava com Frances Cloade.

– Oh, pare com isso, Frances – disse ele. – Você não espera que eu acredite que você realmente pensa *isso*... Vamos entrar.

Passaram para a sala de jantar surrada e um tanto feiosa. Jeremy e Frances, Lionel e Katherine, Adela, Lynn e Rowley. Uma festa em família dos Cloade – com dois intrusos, pois Rosaleen Cloade, embora ostentasse o nome, não havia se tornado uma Cloade como Frances e Katherine.

Ela era uma estranha; estava constrangida, nervosa. E David... David era o fora da lei. Por necessidade, mas também por opção. Lynn pensava nessas coisas ao ocupar seu lugar à mesa.

Havia ondas de sentimentos no ar, uma forte corrente elétrica de... de que era? Ódio? Podia mesmo ser *ódio*?

Em todo caso, era algo *destrutivo*.

De repente, Lynn pensou: "Mas esse é o problema em todos os lugares. Reparei nisso desde que voltei para casa. É uma consequência da guerra. Má vontade. Maus sentimentos. Está por tudo. Em trens, ônibus, lojas, entre operários, balconistas e até trabalhadores rurais. E suponho que seja pior nas minas e fábricas. Má vontade. Mas aqui há mais do que isso. Aqui é particular. É *intencional*!"

E ela pensou, chocada: "*Será* que os odiamos tanto – esses estranhos que tomaram algo que pensávamos que era nosso?" E a seguir: "Não, ainda não. Poderíamos... mas ainda não. Não, são *eles* que *nos* odeiam".

Aquela pareceu uma descoberta tão avassaladora que ela sentou-se calada, pensando a respeito, e esqueceu de conversar com David Hunter, sentado a seu lado.

Pouco depois, ele perguntou:

– Refletindo sobre alguma coisa?

A voz era bastante agradável, levemente divertida, mas ela sentiu um golpe na consciência. Ele poderia pensar que ela estava se dando ao desplante de ser mal-educada.

Ela respondeu:

– Desculpe. Estava pensando sobre a situação do mundo.

David disse em tom calmo:

– Mas que extrema falta de originalidade!

– Sim, realmente. Somos todos tão sinceros hoje em dia. E não parece que isso faça muito bem.

– Em geral é mais prático desejar fazer o mal. Inventamos uma ou duas engenhocas bastante práticas nessa linha nos últimos anos. Inclusive aquela *pièce de résistance*, a bomba atômica.

– Era nisso que eu estava pensando... oh, não me refiro à bomba atômica. Me referia à má vontade. Má vontade explícita e prática.

David falou calmamente:

– Má vontade, com certeza. Mas discordo da palavra "prática". Eram mais práticos na Idade Média.

– Como assim?

– Magia negra em geral. Desejos maus. Imagens de cera. Feitiços na mudança de lua. Matar o gado do vizinho. Matar o próprio vizinho.

– Você não acredita realmente que *houvesse* algo como magia negra? – perguntou Lynn, incrédula.

– Talvez não. Mas de qualquer modo as pessoas *tentavam* com afinco. Hoje em dia, bem... – ele deu de ombros. – Com toda a má vontade no mundo, sua família não pode fazer muito a respeito de Rosaleen e eu, pode?

Lynn jogou a cabeça para trás com um solavanco. De repente estava se divertindo.

– É um pouco tarde para isso – disse ela educadamente.

David Hunter riu. Ele também parecia estar se divertindo.

– Significa que escapamos com o butim? Sim, estamos em uma bela situação.

– *E* estão tendo prazer com isso!

– Por termos um monte de dinheiro? Diria que sim.

– Não me referia apenas ao dinheiro. Me referia a *nós*.

– Por termos passado por cima de vocês? Bem, talvez. Todos vocês foram muito confiantes e complacentes quanto ao dinheiro do velho. Olhavam para ele como se já estivesse praticamente em seus bolsos.

Lynn disse:

– Você deve lembrar que durante anos fomos ensinados a pensar assim. Ensinados a não poupar, não pensar no futuro... encorajados a ir em frente com todo tipo de esquemas e projetos.

"Rowley", pensou ela, "Rowley e a fazenda."

– De fato vocês só não aprenderam uma coisa – disse David de modo agradável.

– Qual?

– Que nada é seguro.

– Lynn – gritou tia Katherine, inclinando-se à frente na cabeceira da mesa –, um dos espíritos comunicantes da sra. Lester é um sacerdote da quarta dinastia. Ele nos contou coisas maravilhosas. Você e eu, Lynn, precisamos ter uma longa conversa. Sinto que o Egito deve tê-la afetado fisicamente.

O dr. Cloade interrompeu:

– Lynn tem coisa melhor para fazer do que brincar por aí com toda essa tolice supersticiosa.

– Você é tão preconceituoso, Lionel – disse a esposa.

Lynn sorriu para a tia. E caiu em silêncio com o refrão das palavras de David girando em sua mente:

– *Nada é seguro...*

Havia pessoas que viviam num mundo assim, pessoas para as quais tudo era perigoso. David Hunter era uma delas... Não era o mundo em que Lynn havia crescido, mas era um mundo que não obstante continha atrativos para ela.

– Ainda estamos conversando?

– Ah, sim.

– Bom. E você ainda inveja Rosaleen e eu por nosso acesso tortuoso à riqueza?

– Sim – disse Lynn de forma espirituosa.

– Esplêndido. O que vai fazer a respeito?

– Comprar um pouco de cera e praticar magia negra!

Ele riu.

– Oh, não, você não fará isso. Você não é daquelas que confiam em métodos obsoletos. Seus métodos serão modernos e provavelmente muito eficientes. Mas você não vai vencer.

– O que o leva a pensar que haverá uma briga? Todos nós não aceitamos o inevitável?

– Todos se comportam lindamente. É muito engraçado.

– Por que – perguntou Lynn em um tom baixo – você nos detesta?

Algo tremeluziu naqueles olhos escuros insondáveis.

– Provavelmente eu não poderia fazê-la entender.

– Acho que poderia – disse Lynn.

David ficou calado por alguns instantes e a seguir perguntou em um tom de amenidade:

– Por que você vai se casar com Rowley Cloade? Ele é um idiota.

Ela disse de maneira cortante:

– Você não sabe nada a respeito disso. Ou dele. Não poderia sequer começar a saber!

Sem qualquer ar de estar mudando de assunto, David perguntou:

– O que você acha de Rosaleen?

– Ela é muito adorável.

– O que mais?

– Ela não parece estar se divertindo.

– Certíssimo – disse David. – Rosaleen é um bocado estúpida. Está apavorada. Sempre foi muito apavorada. Deixa-se levar pelas coisas e depois não sabe onde foi parar. Devo lhe contar sobre Rosaleen?

– Se for de seu agrado – disse Lynn, educada.

– É do meu agrado. No começo ela era louca por teatro e foi parar no palco. Claro que não era nada boa. Entrou numa companhia itinerante de terceira classe que ia para a África do Sul. Ela achou que África do Sul soava bem. A companhia enrascou-se na Cidade do Cabo. Então ela acabou casando com um oficial do governo da Nigéria. Não gostou da Nigéria. E não penso que ela tenha gostado muito do marido. Se fosse um sujeito de tipo violento que bebesse e batesse nela, tudo bem. Mas em vez disso era um intelectual que mantinha uma vasta biblioteca nos cafundós e gostava de conversas metafísicas. Assim ela foi parar de volta na Cidade do Cabo. O sujeito portou-se muito bem e deu a ela uma mesada adequada. Poderia ter dado o divórcio, mas por outro lado não faria isso porque era católico; de qualquer modo, ele por sorte morreu de febre, e Rosaleen ganhou uma pequena pensão. Então começou a guerra, e ela foi parar em um navio rumo à América do Sul. Não gostou muito da América do Sul, então foi parar em outro navio e nele conheceu Gordon Cloade e contou-lhe sua triste vida. Aí casaram-se em Nova York e viveram felizes por duas semanas, e pouco depois ele foi morto por uma bomba e ela ficou com uma casa enorme, um monte de joias caras e uma renda imensa.

– Que bom que a história tem um final feliz como esse – disse Lynn.

– Sim – disse David Hunter. – Desprovida de qualquer intelecto, Rosaleen sempre foi uma garota de sorte, o que está muito bem. Gordon Cloade era um velho forte. Tinha 62 anos. Poderia viver facilmente por vinte anos. Poderia viver até mais. Não teria sido muito divertido para Rosaleen, não? Ela tinha 24 anos quando se casou com ele. Agora tem apenas 26.

– Parece ainda mais jovem – disse Lynn.

David olhou através da mesa. Rosaleen Cloade estava remexendo no cabelo. Parecia uma criança nervosa.

– Sim – disse ele, pensativo. – Parece. Suponho que seja pela ausência completa de pensamento.

– Coitadinha – disse Lynn de repente.

David franziu o cenho.

– Por que a pena? – disse de modo ríspido. – *Eu* vou tomar conta de Rosaleen.

– Espero que tome.

Ele ficou carrancudo.

– Qualquer um que tente prejudicar Rosaleen terá de se ver comigo! E conheço muitas belas maneiras de fazer guerra. Algumas delas não são estritamente ortodoxas.

– Vou ouvir a história da sua vida? – perguntou Lynn friamente.

– Uma versão muito resumida – ele sorriu. – Quando a guerra estourou, não vi motivo para lutar pela Inglaterra. Sou irlandês. Mas, como todo irlandês, gosto de luta. As unidades de comando exerciam uma atração irresistível sobre mim. Tive alguma diversão, mas infelizmente saí de combate com um ferimento feio na perna. Então fui para o Canadá e trabalhei treinando sujeitos por lá. Estava desocupado quando recebi um telegrama de Rosaleen de Nova York dizendo que estava se casando! Na verdade, ela não me contou que haveria lucros, mas sou muito sagaz na leitura de entrelinhas. Voei para lá, juntei-me ao casal feliz e voltei para Londres com eles. E agora – ele sorriu de modo insolente para ela e disse: – *"Home is the sailor, home from the sea"*. É você! *"And the Hunter home from the Hill"*.* Qual é o problema?

– Nenhum – disse Lynn.

Ela levantou-se com os outros. Enquanto seguiam para a sala de estar, Rowley disse:

– Você parecia estar se dando muito bem com David Hunter. Sobre o que estavam falando?

– Nada em especial – disse Lynn.

---

* "E o caçador volta para casa vindo do morro." Poema de A.E. Housman. "Hunter" significa "caçador", sendo também o sobrenome do personagem. (N.T.)

## Capítulo 5

– David, quando voltaremos para Londres? Quando iremos para a América?

David Hunter lançou um rápido olhar surpreso para Rosaleen através da mesa do café da manhã.

– Não há pressa, não é? O que há de errado com esse lugar?

Ele passou os olhos pela sala onde tomavam café, apreciando-a. Furrowbank havia sido construída na encosta de um morro, e das janelas tinha-se uma vista ininterrupta da sonolenta zona rural inglesa. No declive do gramado haviam sido plantados milhares de narcisos. Eles estavam quase acabando, mas ainda restava um lençol de flores douradas.

Esfarelando a torrada no prato, Rosaleen murmurou:

– Você disse que iríamos para a América. Logo. Assim que pudesse ser arranjado.

– Sim, mas na realidade não dá para se arranjar isso com tanta facilidade. Existem prioridades. Nem você nem eu temos qualquer motivo profissional para apresentar. As coisas são sempre difíceis depois de uma guerra.

Ele sentiu-se levemente irritado consigo mesmo enquanto falava. Os motivos que expôs, embora bem genuínos, soavam como desculpa. Indagou-se se soavam dessa maneira para a garota sentada diante dele. E por que de repente ela estava tão interessada em ir para a América?

Rosaleen murmurou:

– Você disse que ficaríamos aqui por pouco tempo. Não disse que iríamos morar aqui.

– O que há de errado com Warmsley Vale? E Furrowbank? O que foi?

– Nada. São *eles*. Todos eles!

– Os Cloade?

– Sim.

– É com isso que me divirto – disse David. – Gosto de ver as caras presunçosas deles consumidas pela inveja e despeito. Não fique ressentida com minha diversão, Rosaleen.

Ela disse com voz embargada:

– Gostaria que você não sentisse isso. Não gosto disso.

– Tenha um pouco de coragem, garota. Fomos maltratados o bastante, você e eu. Os Cloade tiveram uma vida mansa. Mansa. Viveram às custas do grande irmão Gordon. Pulgas pequenas em uma pulga maior. Odeio esses tipos. Sempre odiei.

Ela disse, chocada:

– Não gosto de odiar pessoas. É perverso.

– Você não acha que eles odeiam você? Foram gentis com você? Amigáveis?

Ela falou sem certeza:

– Não foram grosseiros. Não me fizeram nenhum mal.

– Mas gostariam de fazer, lindinha. Gostariam – ele riu de modo despreocupado. – Se eles não tomassem tanto cuidado com a própria pele, você seria encontrada com uma faca nas costas em uma manhã dessas.

Ela tremeu.

– Não diga essas coisas pavorosas.

– Bem, talvez não uma faca. Estricnina na sopa.

Ela fitou-o com os olhos arregalados, a boca trêmula.

– Você está brincando...

Ele ficou sério de novo.

– Não se preocupe, Rosaleen. Vou cuidar de você. Eles vão ter de se ver comigo.

Tropeçando nas palavras, ela disse:

– Se o que você diz é verdade... sobre eles nos odiarem... *me* odiarem... por que não vamos para Londres? Estaríamos a salvo lá, longe de todos eles.

– O interior é bom para você, garota. Você sabe que estar em Londres lhe deixa doente.

– Isso foi quando as bombas estavam lá... as bombas – ela tremeu, fechou os olhos. – Nunca vou esquecer. *Nunca*...

– Sim, vai – ele pegou-a com gentileza pelos ombros, sacudiu-a de leve. – Saia disso, Rosaleen. Você sofreu um choque terrível, mas já passou. Não há mais bombas. Não pense nisso. Não lembre. O médico prescreveu ar do campo e vida no campo por um bom tempo. É por isso que tento mantê-la afastada de Londres.

– É por causa disso mesmo, David? Pensei que... talvez...

– Pensou o quê?

Rosaleen disse devagar:

– Pensei que talvez fosse por causa *dela* que você quisesse ficar aqui...

– Dela?

– Você sabe a quem me refiro. A garota da outra noite. A que estava no Wrens.

O rosto dele ficou subitamente sombrio e severo.

– Lynn? Lynn Marchmont.

– Ela significa alguma coisa para você, David.

– Lynn Marchmont? Ela é a garota de Rowley. O bom e velho Rowley-que-fica-em-casa. Aquele bovino obtuso bem apessoado.

– Observei você conversando com ela naquela noite.

– Oh, Rosaleen, pelo amor de Deus.

– E você a viu desde então, não viu?

– Encontrei-a perto da fazenda numa manhã dessas quando saí para cavalgar.

– E vai encontrá-la de novo.

– Claro que vou estar sempre encontrando com ela! Esse lugar é minúsculo. Você não consegue dar dois passos sem tropeçar em um Cloade. Mas você está enganada se acha que tenho uma queda por Lynn. É uma garota desagradável, orgulhosa, convencida e de língua afiada. Desejo que o velho Rowley seja feliz com ela. Não, Rosaleen, minha menina, ela não faz meu tipo.

Ela perguntou:

– Tem certeza, David?

– Claro que tenho certeza.

Ela disse meio timidamente:

– Sei que você não gosta que eu coloque cartas... Mas as coisas acontecem, acontecem mesmo. Apareceu uma garota que traria problemas e tristeza, uma garota vinda do além-mar. Apareceu um moreno estranho, também, entrando em nossas vidas e trazendo perigo com ele. Apareceu a carta da morte e...

– Você e seus morenos estranhos! – David riu. – Mas que poço de superstição que você é! Não se meta em tratativas com nenhum moreno estranho, esse é meu conselho.

David saiu de casa rindo, mas, quando estava longe, seu rosto anuviou-se e ele ficou carrancudo, murmurando para si mesmo:

– Azar o seu, Lynn. Chega em casa do exterior e causa transtornos.

E naquele exato instante ele percebeu que estava tomando de propósito um rumo no qual esperava encontrar a garota que acabara de criticar brutalmente.

Rosaleen observou-o afastar-se caminhando pelo jardim e sair pelo portãozinho que dava para uma trilha pública através dos campos. Então subiu para o quarto e olhou as roupas no armário. Ela sempre apreciava tocar e sentir seu novo casaco de vison. E pensar que ela seria dona de um casaco daqueles... ela nunca superou de vez o espanto por causa disso. Estava no quarto quando a copeira veio dizer que a sra. Marchmont havia chegado.

Adela estava sentada na sala de visitas com os lábios muito apertados e o coração batendo no dobro da velocidade normal. Vinha se enchendo de coragem há dias para fazer um pedido a Rosaleen, mas havia adiado, como era de sua natureza. Também tinha ficado atônita ao verificar que a atitude de Lynn havia mudado de forma inexplicável e que agora ela era rigidamente contrária à ideia de a mãe buscar alívio para suas ansiedades pedindo um empréstimo à viúva de Gordon.

Entretanto, outra carta do gerente do banco naquela manhã levou a sra. Marchmont à ação. Ela não podia demorar mais. Lynn saiu cedo, e a sra. Marchmont avistou David Hunter caminhando pela trilha, de modo que a área estava livre. Ela desejava encontrar Rosaleen a sós, sem David, julgando com acerto que Rosaleen sozinha seria uma missão muito mais fácil.

Embora estivesse terrivelmente nervosa enquanto esperava na sala de visitas ensolarada, sentiu-se um pouquinho melhor quando Rosaleen chegou com o que a sra. Marchmont sempre considerou seu "ar de burra" mais pronunciado que de costume.

"Fico me perguntando", pensou Adela consigo mesma, "se a explosão fez isso ou se ela sempre foi assim."

Rosaleen gaguejou.

– Oh, b-bo-bom dia. Aconteceu alguma coisa? Sente-se.

– Que manhã adorável – disse a sra. Marchmont, radiante. – Todas as minhas tulipas temporãs se abriram. E as suas?

A garota fitou-a com olhar vago.

– Não sei.

"O que se faz", pensou Adela, "com alguém que não fala sobre jardinagem ou cães, os temas infalíveis em conversas rurais?"

Em voz alta ela disse, incapaz de evitar a pontada de acidez que se infiltrou na entonação:

– Claro, você tem muitos jardineiros; eles tratam disso tudo.

– Creio que estamos com pouca gente. O velho Mullard quer mais dois homens, diz ele. Mas ainda parece haver uma terrível escassez de mão de obra.

As palavras saíram como uma espécie de papagaiada, muito parecida com a fala de uma criança que repete o que ouviu um adulto dizer.

Sim, ela *era* como uma criança. Seria esse o seu charme? – indagou-se Adela. Era isso que havia atraído o prático e sagaz empresário Gordon Cloade e o deixado cego para a estupidez e falta de estirpe dela? Afinal de contas, não podia ser apenas pela aparência. Muitas mulheres bonitas tinham usado seus truques para atraí-lo sem sucesso.

Mas infantilidade, para um homem de 62 anos, *poderia* ser um atrativo. Aquilo era, podia ser, real? Ou era uma fachada, uma fachada que tinha dado certo e assim se tornado uma segunda natureza?

Rosaleen estava dizendo:

– David saiu, temo que...

E as palavras fizeram a sra. Marchmont voltar a si. David poderia voltar. Sua chance era agora, e ela não devia deixar passar. As palavras empacaram na garganta, mas ela botou-as para fora.

– Queria saber... se você me ajudaria.

– Ajudá-la?

Rosaleen pareceu surpresa, sem compreender.

– Eu... as coisas estão muito difíceis... veja bem, a morte de Gordon fez uma grande diferença para todos nós.

E pensou: "Sua tola idiota. Você vai continuar com essa cara de embasbacada para mim? Você sabe a que me refiro! Você *deve* saber a que me refiro. Afinal de contas, você mesma foi pobre..."

Ela odiou Rosaleen naquele momento. Odiou-a porque ela, Adela Marchmont, estava ali sentada pedindo dinheiro. Pensou: "Não posso fazer isso... no fim das contas, não posso fazer".

Em um único breve instante todas as longas horas de pensamentos e preocupação e planejamentos vagos passaram de novo por sua mente de relance.

Vender a casa. (Mas se mudar para onde? Não havia casas pequenas no mercado; com certeza não casas baratas.) Aceitar hóspedes. (Mas não se consegue ter empregados. E ela simplesmente não conseguiria, ela *não conseguiria* lidar com a cozinha e todo o trabalho doméstico envolvido. Se Lynn ajudasse... mas Lynn ia se casar com Rowley.) Morar com Lynn e Rowley? (Não, ela jamais faria isso!) Conseguir um emprego. Que emprego? Quem queria uma mulher idosa sem capacitação e esgotada?

Ela ouviu sua própria voz, beligerante por desprezar a si mesma.

– Refiro-me a dinheiro – disse ela.

– Dinheiro? – disse Rosaleen.

Ela soou ingenuamente surpresa, como se dinheiro fosse a última coisa que ela esperasse ser mencionada.

Adela prosseguiu, obstinada, as palavras saindo aos tropeções:

– Estou no negativo no banco e com contas atrasadas... consertos na casa... e os impostos ainda não foram pagos. Veja bem, tudo foi reduzido à metade... minha renda, quero dizer. Suponho que sejam os impostos. Gordon costumava ajudar, sabe. Com a casa, quero dizer. Fazia todos os consertos e o telhado e a pintura e coisas desse tipo. E dava uma pensão também. Depositava no banco a cada trimestre. Sempre disse para eu não me preocupar, e é claro que não me preocupei. Quer dizer, estava tudo bem enquanto ele era vivo, mas agora...

Ela parou. Estava envergonhada, mas ao mesmo tempo aliviada. Afinal, o pior havia passado. Se a garota recusasse, teria recusado e era isso.

Rosaleen parecia muito desconfortável.

– Oh, querida – disse ela. – Eu não sabia. Nunca pensei que... eu... bem, claro, perguntarei a David...

Agarrando ferozmente os braços da cadeira, Adela disse em desespero:

– Você não poderia dar um cheque... agora?...

– Sim... sim, creio que poderia.

Parecendo sobressaltada, Rosaleen levantou-se, foi até a mesa. Procurou em vários escaninhos e enfim achou um talão de cheques.

– Seria... quanto?

– Seriam... seriam quinhentas libras – interrompeu Adela.

– Quinhentas libras – escreveu Rosaleen, obediente.

Adela teve um peso retirado das costas. No fim das contas, tinha sido fácil! Ela ficou consternada ao constatar que sua gratidão era menor do que o leve desdém pela facilidade de sua vitória. Rosaleen com certeza era estranhamente simplória.

A moça ergueu-se da escrivaninha e veio até ela. Estendeu o cheque de modo desajeitado. O embaraço agora parecia inteiramente da parte dela.

– Espero que assim esteja bem. Realmente sinto muito...

Adela pegou o cheque. A letra infantil e disforme espalhava-se de forma irregular pelo papel cor-de-rosa. Sra. Marchmont. Quinhentas libras. £500. Rosaleen Cloade.

– É muita bondade sua, Rosaleen. Obrigada.

– Oh, por favor... quer dizer... eu deveria ter *imaginado...*

– *Muita* bondade sua, minha cara.

Com o cheque na bolsa, Adela Marchmont sentiu-se uma mulher diferente. A moça tinha sido realmente um doce. Seria embaraçoso prolongar a entrevista. Deu adeus e partiu. No caminho passou por David, deu bom-dia de maneira agradável e seguiu adiante, apressada.

## Capítulo 6

– O que a Marchmont estava fazendo aqui? – inquiriu David assim que entrou.

– Oh, David. Ela precisava muito de dinheiro. Jamais pensei...

– E você deu, suponho...

Ele olhou-a em desespero parcialmente jocoso.

– Não dá para deixar você sozinha, Rosaleen.

– Oh, David, eu não pude recusar. Afinal...

– Afinal o quê? Quanto?

Rosaleen murmurou numa vozinha baixa:

– Quinhentas libras.

Para seu alívio, David riu.

– Uma bagatela!

– Oh, David, é um bocado de dinheiro.

– Não para nós hoje em dia, Rosaleen. Parece que você nunca entende realmente que é uma mulher muito rica. Do mesmo modo que, se ela pediu quinhentas, teria ido embora bem satisfeita com 250. Você precisa aprender a linguagem dos empréstimos!

– Sinto muito, David – ela murmurou.

– Minha querida! Afinal, é o *seu* dinheiro.

– Não é. Não realmente.

– Não comece com tudo aquilo de novo. Gordon Cloade morreu antes de ter tempo de fazer um testamento. É isso que se chama de sorte no jogo. Ganhamos, você e eu. Os outros... perderam.

– Não parece... certo.

– Ora, minha adorável irmã Rosaleen, você não está desfrutando disso tudo? Uma casa grande, criados... joias?

Não é um sonho realizado? Deus seja louvado! Às vezes penso que vou acordar e descobrir que *é* um sonho.

Ela riu com ele, e, observando-a de perto, ele ficou satisfeito. Ele sabia como lidar com sua Rosaleen. Era um inconveniente, pensou David, que ela tivesse uma consciência, mas era isso aí.

– É verdade mesmo, David, parece um sonho... ou coisa de filme. Estou gostando de tudo. Estou mesmo.

– Mas vamos guardar o que é nosso – ele advertiu. – Chega de presentes para os Cloade, Rosaleen. Cada um deles tem mais dinheiro do que você ou eu jamais tivemos.

– Sim, suponho que seja verdade.

– Onde Lynn estava hoje de manhã? – ele perguntou.

– Acho que ela foi a Long Willows.

A Long Willows. Ver Rowley, o idiota, o caipira! O bom humor dele evaporou-se. Decidida a se casar com o sujeito, não é?

Saiu da casa de mau humor, subindo em meio a um aglomerado de azaleias até sair pelo portãozinho no topo do morro. Dali, a trilha mergulhava morro abaixo passando pela fazenda de Rowley.

Parado ali, David viu Lynn Marchmont subir, vindo da fazenda. Ele hesitou por um momento, então cerrou o maxilar de modo belicoso e seguiu morro abaixo na direção dela. Encontraram-se em uma cancela no meio do morro.

– Bom dia – disse David. – Quando é o casamento?

– Você já perguntou isso antes – ela retorquiu. – E sabe muito bem. Em junho.

– Você vai levar isso até o fim?

– Não sei o que quer dizer, David.

– Oh, sim, você sabe – ele deu uma risada desdenhosa. – Rowley. O que é Rowley?

– Um homem melhor do que você. Mexa com ele se tiver coragem – disse ela em tom casual.

– Não tenho dúvida de que ele seja um homem melhor que eu. Mas tenho coragem. Por você, tenho coragem para qualquer coisa, Lynn.

Ela ficou em silêncio por um instante. Enfim disse:

– O que você não entende é que eu amo Rowley.

– Imagino.

Ela disse com veemência:

– Amo, estou dizendo. Amo.

David olhou-a de forma penetrante.

– Todos nós temos imagens de nós mesmos, de como queremos ser. Você se vê apaixonada por Rowley, acomodando-se com Rowley, vivendo contente aqui com Rowley, sem jamais querer ir embora. Mas esse não é seu verdadeiro eu, é, Lynn?

– Ah, o que é meu verdadeiro eu? Sendo assim, o que é o *seu* verdadeiro eu? O que *você* quer?

– Eu disse que queria segurança, paz depois da tormenta, calmaria após mares revoltos. Mas não sei. Às vezes, Lynn, suspeito que você e eu queremos... dificuldades.

E acrescentou de forma mal-humorada:

– Gostaria que você jamais tivesse aparecido por aqui. Eu era notavelmente feliz até você chegar.

– Você não é feliz agora?

Ele olhou para ela. Lynn sentiu o alvoroço crescer dentro de si. Sua respiração acelerou-se. Ela jamais havia sentido a estranha atração soturna de David com tanta intensidade. Ele estendeu a mão, agarrou-a pelo ombro, girou-a...

E de repente ela sentiu a pressão da mão dele afrouxar. Seu olhar estava cravado no alto do morro por cima do ombro dela. Lynn virou a cabeça para ver o que havia capturado a atenção dele.

Uma mulher cruzava o portãozinho acima de Furrowbank. David falou em tom ríspido:

– Quem é?

Lynn respondeu:

– Parece Frances.

– Frances? – ele ficou carrancudo.

– O que Frances quer?

– Minha querida Lynn! Só quem quer alguma coisa visita Rosaleen. Sua mãe já passou por lá nesta manhã.

– Minha *mãe?* – Lynn recuou. Fechou o rosto. – O que ela queria?

– Você não sabe? Dinheiro!

– Dinheiro? – Lynn enrijeceu.

– E já conseguiu – disse David.

Ele agora sorria com o sorriso frio e cruel que combinava muito bem com seu rosto.

Eles estiveram próximos há um instante, agora estavam a quilômetros de distância, separados por um antagonismo agudo.

Lynn gritou:

– Não, não, *não*!

David arremedou-a.

– Sim, sim, sim!

– Não acredito! Quanto?

– Quinhentas libras.

Ela ofegou de modo brusco.

David disse em tom divertido:

– Fico imaginando quanto Frances vai pedir. Realmente é pouco seguro deixar Rosaleen sozinha por cinco minutos! A pobre garota não sabe dizer não.

– Quem mais... esteve lá?

David sorriu, zombeteiro.

– Tia Kathie contraiu certas dívidas. Oh, não muito, apenas 250 cobriam, mas ela temia que isso chegasse aos ouvidos do doutor! Visto que foram causadas por pagamentos a médiuns, ele poderia não ser compreensivo. Ela não sabia, claro – acrescentou David –, que o doutor havia pedido um empréstimo.

Lynn falou em voz baixa:

– O que você não há de pensar de nós... o que você não há de pensar de nós!

Então, pegando-o de surpresa, Lynn deu meia-volta e correu desenfreadamente morro abaixo rumo à fazenda.

Ele observou-a ir, carrancudo. Ela tinha ido até Rowley, voado para lá como um pombo a voltar para casa, e o fato perturbou-o mais do que ele gostaria de admitir.

Olhou para o alto do morro e franziu o cenho.

– Não, Frances – sussurrou. – Acho que não. Você escolheu um mau dia.

E marchou, determinado, morro acima.

Passou pelo portão e pelas azaleias, atravessou o gramado e cruzou de mansinho pela porta envidraçada da sala de visitas no momento em que Frances Cloade dizia:

– Gostaria de poder explicar tudo melhor. Mas veja, Rosaleen, de fato é terrivelmente difícil de explicar...

Uma voz por trás dela disse:

– *É*?

Frances Cloade virou-se com vivacidade. Ao contrário de Adela Marchmont, ela não tinha tentado deliberadamente encontrar Rosaleen sozinha. A quantia era alta o bastante para tornar improvável que Rosaleen a cedesse sem consultar o irmão. Na verdade, Frances preferiria ter discutido o assunto com David e Rosaleen juntos a fazer com que David achasse que ela havia tentado arrancar dinheiro de Rosaleen em sua ausência.

Ela não o ouviu cruzar pela porta, absorta que estava na apresentação de um caso plausível. A interrupção sobressaltou-a, e ela percebeu também que por algum motivo David Hunter estava com um humor particularmente mau.

– Oh, David – disse ela com desenvoltura –, fico feliz que tenha chegado. Estava falando com Rosaleen. A morte de Gordon deixou Jeremy em um buraco sem fim, e queria saber se ela poderia ajudar. É o seguinte...

Seu palavreado fluiu sem hesitação. A enorme quantia envolvida. O apoio de Gordon... prometido verbalmente. Restrições do governo. Hipotecas...

Uma certa admiração instigou a mente sombria de David. Aquela mulher era uma mentirosa das boas! Plausível, a história toda. Mas não era verdade. Não, ele jurava que não. Não era verdade! Qual *seria,* indagou ele, a verdade? Jeremy estava na rua da amargura? Devia ser algo bastante desesperador para ele permitir que Frances viesse tentar aquela proeza. Ela também era uma mulher orgulhosa...

Ele disse:

– *Dez mil*?

Rosaleen murmurou numa voz assombrada:

– É um bocado de dinheiro.

Frances falou depressa:

– Oh, sei que é. Não teria vindo a você se não fosse uma quantia tão difícil de levantar. Mas Jeremy jamais teria entrado em tal negócio se não fosse o suporte de Gordon. É tão terrivelmente lamentável que Gordon tenha morrido de forma tão repentina...

– Deixando todos vocês ao relento? – A voz de David era desagradável. – Depois de uma vida ao abrigo de suas asas.

Houve um débil fulgor nos olhos de Frances quando ela disse:

– Você coloca as coisas de um modo tão pitoresco!

– Rosaleen não pode tocar no capital, você sabe. Apenas na renda. E ela paga cerca de 19,6% de imposto de renda.

– Oh, eu sei. A taxação é medonha hoje em dia. Mas se *poderia* dar um jeito nisso, não? Nós ressarciríamos...

– *Poderia* se dar um jeito. *Mas não será dado*!

Frances voltou-se vivamente para Rosaleen.

– Rosaleen, você é tão generosa...

A voz de David cortou a fala dela.

– O que vocês, Cloade, pensam que Rosaleen é? Uma vaca leiteira? Todos em cima dela... insinuando, pedindo, suplicando. E por suas costas? Escarnecendo, fazendo pouco-caso, odiando, *desejando que morra...*

– Não é verdade – gritou Frances.

– Não é? Vou lhe dizer: estou farto de todos vocês! *Ela* está farta de todos vocês! Não vão tirar dinheiro de nós! Assim, podem parar de vir choramingar atrás disso. Entendido?

O rosto dele estava negro de fúria.

Frances levantou-se. Seu rosto estava pétreo e inexpressivo. Ela vestiu uma luva de camurça de modo distraído, e ainda assim atenta, como se fosse um ato significativo.

– Você foi bastante claro, David – disse ela.

Rosaleen murmurou:

– Lamento. Realmente lamento...

Frances não prestou atenção nela. Rosaleen poderia nem estar na sala. Ela deu um passo na direção da porta de vidro e parou, encarando David.

– Você disse que tenho ressentimento contra Rosaleen. Isso não é verdade. Não tenho ressentimento contra Rosaleen... mas me ressinto... de você!

– O que quer dizer? – ele olhou-a, carrancudo.

– As mulheres têm de viver. Rosaleen casou-se com um homem muito rico, anos mais velho que ela. Por que não? Mas *você*! Você vive às custas de sua irmã, vive no bem-bom, vive na moleza... às custas *dela*.

– Fico entre ela e os gaviões.

Ficaram parados se olhando. Ele estava ciente da raiva dela e pensou subitamente que Frances Cloade era uma inimiga perigosa, que poderia ser inescrupulosa e imprudente.

Quando ela abriu a boca para falar, ele até sentiu apreensão por um momento. Mas o que ela disse foi singularmente evasivo.

– Hei de lembrar o que você falou, David.

Passando por ele, ela saiu pela porta.

David ficou se perguntando por que havia sentido tão intensamente que as palavras eram uma ameaça.

Rosaleen estava chorando.

– Oh, David, David... você não devia ter dito aquelas coisas para ela. Ela foi a mais gentil comigo dentre eles.

Ele disse, furioso:

– Cale a boca, sua tolinha! Quer que pisoteiem você e lhe sangrem até o último centavo?

– Mas o dinheiro... se... se não é meu de modo legítimo...

Ela acovardou-se diante do olhar dele.

– Eu... eu não quis dizer isso, David.

– Espero que não.

"Consciência", pensou ele, "era um inferno!"

Ele não havia contado com a questão da consciência de Rosaleen. Ela tornaria as coisas embaraçosas no futuro.

Futuro? Ele franziu o cenho ao olhar para ela e deixar os pensamentos correrem à solta. O futuro de Rosaleen... O dele... Ele sempre soube o que queria... Ele sabia agora... Mas e Rosaleen? Que futuro haveria para Rosaleen?

Enquanto o rosto dele fechava-se, ela gritou, estremecendo de repente:

– Oh! Há alguém caminhando sobre a minha sepultura!

Olhando com curiosidade para ela, David perguntou:

– Então você percebe que pode chegar a isso?

– O que você quer dizer, David?

– Quero dizer que cinco, seis, sete pessoas têm toda intenção de mandá-la depressa para a sepultura antes que você tenha seus direitos aqui!

– Você não se refere a... assassinato! – a voz dela estava horrorizada. – Você acha que essas pessoas matariam?... Não gente de bem como os Cloade.

– Não tenho certeza de que gente de bem como os Cloade não cometa assassinato. Mas não vão ter sucesso em assassiná-la enquanto eu estiver aqui para tomar conta de você. Primeiro vão ter de me tirar do caminho. Mas, se me tirarem do caminho... bem, cuide-se!

– David... não diga coisas tão horríveis.

– Escute – ele agarrou-a pelo braço. – Se um dia eu não estiver aqui, cuide-se, Rosaleen. A vida não é segura, lembre-se disso. É perigosa, tremendamente perigosa. E tenho o palpite de que seja especialmente perigosa para você.

# Capítulo 7

## I

– Rowley, pode me dar quinhentas libras?

Rowley fitou Lynn. Estava parada ali, sem fôlego por causa da corrida, o rosto pálido, a boca contraída.

Ele manteve um tom apaziguador e semelhante ao que usaria com um cavalo:

– Ei, ei, calma, garota. Do que se trata tudo isso?

– Quero quinhentas libras.

– Eu poderia dizer o mesmo quanto a isso.

– Mas Rowley, é *sério*. Pode me emprestar quinhentas libras?

– De qualquer forma, estou sem fundos. Aquele novo trator...

– Sim, sim – ela deixou de lado os detalhes da fazenda. – Mas você poderia conseguir dinheiro de algum modo? Se precisasse, você poderia?

– Para que você quer isso, Lynn? Está em algum tipo de aperto?

– Quero para ele – ela jogou a cabeça para trás, na direção da grande casa quadrada no morro.

– Hunter? Mas que diabos...

– Minha mãe. Ela pegou emprestado dele. Ela... ela está em uma enrascada por causa de dinheiro.

– Sim, suponho que esteja – Rowley pareceu solidário. – Muitas adversidades sobre ela. Quisera eu poder ajudar um pouco, mas não posso.

– Não suporto que ela pegue dinheiro emprestado com David!

– Aguente firme, garota. Na verdade, é Rosaleen que tem de dar o dinheiro. E, afinal de contas, por que não?

– Por que não? Você pergunta *"por que não"*, Rowley?

– Não vejo por que Rosaleen não viria em auxílio de vez em quando. O velho Gordon deixou todos nós em apuros ao morrer sem um testamento. Se a situação for colocada com clareza para Rosaleen, ela deve entender que o indicado seria dar uma ajuda geral.

– *Você* não pediu um empréstimo a ela?

– Não... bem, é diferente. Não posso simplesmente pedir dinheiro a uma mulher. É o tipo de coisa que não se gosta de fazer.

– Você não vê que eu não gosto de estar... estar devendo para David Hunter?

– Mas você não está. O dinheiro não é dele.

– É assim que é na realidade. Rosaleen está completamente sob controle dele.

– Oh, temo que sim. Mas o dinheiro não é dele legalmente.

– E você não vai, não pode... me emprestar algum dinheiro?

– Veja bem, Lynn: se você estivesse em uma verdadeira encrenca, como chantagem ou dívidas, eu poderia vender terras ou animais. Mas seria um procedimento bastante desesperado. Do jeito que está, estou apenas conseguindo evitar a falência. Ainda mais sem saber o que esse maldito governo vai fazer a seguir; tolhido em cada movimento, soterrado por formulários, às vezes de pé até a meia-noite tentando preenchê-los... é coisa demais para um só homem.

Lynn disse com amargura:

– Eu sei! Se ao menos Johnnie não tivesse sido morto...

Ele gritou:

– Deixe Johnnie fora disso! Não fale dele!

Ela cravou o olhar nele, perplexa. O rosto dele estava vermelho e congestionado. Parecia fora de si de tanta raiva.

Lynn deu as costas e voltou devagar para a White House.

## II

– Você não pode devolver, mãe?

– Francamente, querida Lynn! Fui direto ao banco. E depois paguei Arthurs e Bodgham e Knebworth. Knebworth estava ficando deveras abusado. Oh, minha querida, que *alívio*! Não pude dormir por noites e noites. De fato, Rosaleen foi muitíssimo compreensiva e bondosa.

Lynn disse em tom amargo:

– E suponho que agora você irá até ela sempre.

– Espero que não seja necessário, querida. Tentarei ser muito econômica, você sabe disso. Mas claro que hoje em dia tudo está muito caro. E fica cada vez pior.

– Sim, e *nós* ficaremos cada vez piores. Pedindo esmolas.

Adela ficou vermelha.

– Não penso que seja uma boa forma de colocar as coisas, Lynn. Conforme expliquei a Rosaleen, sempre dependemos de Gordon.

– Não deveríamos ter dependido. É isso que está errado, não deveríamos. – Lynn acrescentou – Ele está certo em nos desprezar.

– Quem nos despreza?

– Aquele odioso David Hunter.

– Francamente – disse a sra. Marchmont com dignidade –, não vejo em que possa importar por pouco que seja o que David Hunter pense. Por sorte ele não estava em Furrowbank hoje de manhã; do contrário, temo dizer que ele teria influenciado aquela moça. Ela está completamente sob domínio dele, é claro.

Lynn trocou de posição.

– Mãe, a que você se referiu quando disse, na primeira manhã depois que cheguei, "se ele *é* irmão dela"?

– Oh, *isso* – a sra. Marchmont pareceu ligeiramente embaraçada. – Bem, há algumas fofocas, você sabe.

Lynn apenas aguardou com ar inquiridor. A sra. Marchmont tossiu.

– Esse tipo de moça... o tipo aventureiro (o pobre Gordon foi completamente iludido, claro)... elas em geral têm... bem, um rapaz por trás delas. Suponha-se que ela tenha dito a Gordon que tinha um irmão. Telegrafou para ele no Canadá ou onde quer que estivesse. O homem aparece. Como *Gordon* vai saber se ele é irmão ou não? Pobre Gordon, absolutamente enfeitiçado, sem dúvida, e acreditando em tudo que ela diz. E assim o "irmão" vem com eles para a Inglaterra... e o pobre Gordon sem desconfiar de nada.

Lynn disse em tom arrebatado:

– Não acredito. Não *acredito*!

A sra. Marchmont ergueu as sobrancelhas.

– Francamente, minha querida...

– Ele não é assim. E ela... ela tampouco. Talvez ela seja uma tola, mas é um doce. Sim, ela é realmente um doce. Isso é apenas a mente suja das pessoas. Estou dizendo, não acredito.

A sra. Marchmont disse com dignidade:

– De fato não é necessário *gritar*.

# CAPÍTULO 8

## I

Uma semana depois, o trem das 17h20 entrou na estação de Warmsley Heath e dele desceu um homem alto e bronzeado com uma mochila.

Do outro lado da plataforma, um grupo de jogadores de golfe esperava o trem que partiria. O homem alto e barbudo levando a mochila entregou seu bilhete e saiu da estação. Ficou parado, indeciso, por uns minutos. Então viu a placa: *Trilha para Warmsley Vale*, e dirigiu seus passos para lá com vigorosa determinação.

## II

Em Long Willows, Rowley Cloade tinha acabado de preparar uma xícara de chá quando uma sombra projetada sobre a mesa da cozinha fez com que ele erguesse os olhos.

Se por um instante ele pensou que a garota parada junto à porta de entrada fosse Lynn, o desapontamento transformou-se em surpresa quando viu que era Rosaleen Cloade.

Ela vestia um traje de camponesa feito de algum tecido rústico em listras largas e berrantes em cor de laranja e verde. A simplicidade artificial daquilo custava uma fortuna maior do que Rowley jamais teria imaginado ser possível.

Até então ele sempre a vira com roupas caras e de algum modo urbanas, que ela usava com um ar artificial, assim como uma manequim, pensou ele, exibiria vestidos que não lhe pertenciam, mas sim à firma que a empregara.

Nessa tarde, com as listras rústicas em cores vivas, ele pareceu ver uma nova Rosaleen Cloade. Sua origem irlandesa estava mais aparente, o cabelo encaracolado negro e os adoráveis olhos azuis com o halo esfumaçado. A voz também tinha um som irlandês mais suave, em vez das cuidadosas entonações bastante afetadas com que ela costumava falar.

– Está uma tarde adorável – disse ela. – Então saí para dar uma caminhada. E acrescentou: – David foi a Londres.

Disse isso de modo quase culpado, ficou vermelha e pegou uma cigarreira de dentro da bolsa. Ofereceu a Rowley, que sacudiu a cabeça e a seguir olhou ao redor em busca de um fósforo para acender o cigarro de Rosaleen. Mas ela estava acionando sem sucesso um pequeno isqueiro dourado de aspecto dispendioso. Rowley tirou-o da mão dela e acendeu-o com um único movimento incisivo. Quando Rosaleen baixou a cabeça na direção dele para acender o cigarro, ele percebeu o quanto seus cílios eram longos e negros, tocando nas maçãs do rosto, e pensou consigo mesmo: "O velho Gordon sabia o que estava fazendo..."

Rosaleen deu um passo para trás e disse, admirada:

– Você tem uma bezerra adorável no campo principal.

Pasmo com o interesse dela, Rowley começou a falar sobre a fazenda. O interesse de Rosaleen surpreendeu-o, mas obviamente era genuíno e não fingido, e para sua surpresa ele verificou que ela era bastante versada em assuntos de fazenda. Falou com familiaridade sobre fazer manteiga e produção leiteira.

– Nossa, você poderia ser esposa de um fazendeiro, Rosaleen – disse ele, sorrindo.

A animação sumiu do rosto dela.

– Tínhamos uma fazenda... na Irlanda... antes de eu vir para cá. Antes...

– Antes de você entrar para o teatro?

Ela disse tristonha e um pouco, pareceu a ele, culpada:

– Não faz muito tempo... Lembro muito bem de tudo.

E acrescentou com um lampejo de vivacidade:

– Eu poderia ordenhar suas vacas agora mesmo, Rowley.

Essa era uma Rosaleen inteiramente nova. Será que David Hunter aprovaria essas referências casuais a um passado na fazenda? Rowley achou que não. Família antiga e tradicional irlandesa, dona de terras, era essa a impressão que David tentava transmitir. A versão de Rosaleen, pensou ele, estava mais próxima da verdade. Vida primitiva na fazenda, depois o chamariz do teatro, a companhia itinerante para a África do Sul, o casamento. Isolamento na África Central. Fuga. Hiato. E finalmente o casamento com um milionário em Nova York...

Sim, Rosaleen Hunter tinha percorrido um longo caminho desde a ordenha de uma vaca Kerry. Contudo, olhando-a, Rowley achava difícil acreditar que ela sequer houvesse começado. Seu rosto tinha aquela expressão inocente, ligeiramente burra; era o rosto de alguém que não tinha história. E ela parecia tão jovem... muito mais jovem que seus 26 anos.

Havia algo de atraente; ela possuía a mesma qualidade de patética que os pequenos novilhos que ele levara para o açougueiro naquela manhã. Ele olhou-a como havia olhado para eles. Pobres coitadinhos, ele tinha pensado, uma pena que tivessem de ser mortos...

Rosaleen fitou-o com olhar assustado. Perguntou, inquieta:

– No que você está pensando, Rowley?

– Você gostaria de dar uma olhada na fazenda e na leitaria?

– Claro que sim!

Entretido com o interesse dela, Rowley levou-a por toda a fazenda. Mas quando por fim sugeriu preparar-lhe uma xícara de chá, uma expressão assustada surgiu em seu olhos.

– Oh, não. Obrigada, Rowley. É melhor eu ir para casa. – Ela olhou o relógio. – Oh! Como está tarde! David estará de volta no trem das 17h20. Vai querer saber por onde eu ando. Eu... eu tenho que me apressar.

E acrescentou com timidez:

– Eu me *diverti*, Rowley.

E isso, ele pensou, era verdade. Ela *tinha* se divertido. Conseguiria ser natural, ser ela mesma, simples e sem artifícios. Ela temia o irmão, isso estava claro. David era o cérebro da família. Bem, dessa vez ela havia tido uma tarde de folga. Sim, era isso, uma tarde de folga, como uma criada! A rica sra. Gordon Cloade!

Ele sorriu com ar cruel, parado no portão observando-a apressar-se morro acima rumo a Furrowbank. Pouco antes de ela alcançar a cancela, um homem passou ali. Rowley indagou-se se era David, mas era um homem maior, mais pesado. Rosaleen recuou para deixá-lo passar, então pulou agilmente a cancela, o passo acentuando-se quase em uma corrida.

Sim, ela teve uma tarde de folga. E ele, Rowley, havia perdido mais de uma hora de tempo valioso! Bem, talvez não tivesse perdido. Rosaleen, pensou, pareceu gostar dele. Isso poderia vir a ser útil. Uma coisa linda... sim, e os novilhos daquela manhã eram lindos... pobres coitadinhos.

Parado ali, perdido em pensamentos, levou um susto ao ouvir uma voz e ergueu a cabeça de forma brusca.

Um homem grande com um chapéu largo de feltro e uma mochila atravessada nos ombros estava parado na trilha do outro lado do portão.

– É esse o caminho para Warmsley Vale?

Enquanto Rowley olhava fixamente, ele repetiu a pergunta. Com esforço, Rowley organizou as ideias e respondeu:

– Sim, siga pela trilha através do próximo campo. Vire à esquerda quando chegar à estrada e uns três minutos depois estará na aldeia.

Ele havia respondido essa pergunta específica muitas centenas de vezes com as mesmíssimas palavras. As pessoas pegavam a trilha ao deixar a estação, seguiam-na até o topo do morro e perdiam a fé quando desciam para o outro lado e não viam nem sinal do destino, pois Blackwell Copse escondia Warmsley Vale de vista. A aldeia ficava escondida em uma depressão com apenas a ponta da torre da igreja à mostra.

A pergunta seguinte não era tão usual, mas Rowley respondeu sem pensar muito.

– O Stag ou o Bells e Motley. O Stag de preferência. Ambos são igualmente bons... ou ruins. Acho que você vai conseguir um quarto imediatamente.

A pergunta o fez olhar com mais atenção para seu interlocutor. Hoje em dia as pessoas em geral reservam um quarto de antemão em qualquer lugar aonde vão...

O homem era alto, com o rosto bronzeado, barba e olhos muito azuis. Tinha uns quarenta anos e não era mal-encarado no estilo desordeiro ou até mesmo temerário. Mas também não tinha um rosto completamente agradável.

"Veio de algum lugar além-mar", pensou Rowley. Havia ou não havia um leve tom fanhoso colonial em seu sotaque? Curioso, de algum modo, seu rosto não era estranho...

Onde ele tinha visto aquele rosto, ou um rosto muito parecido, antes?

Enquanto tentava sem sucesso decifrar aquele problema, o estranho assustou-o perguntando:

– Pode me dizer se há uma casa chamada Furrowbank aqui?

Rowley respondeu lentamente:

– Ora, sim. No alto do morro. Você deve ter passado perto dela... isto é, se veio pela trilha desde a estação.

– Sim, foi o que fiz – ele virou-se, fitando o alto do morro. – Então é aquela... aquela casa branca grande com aspecto de nova?

– Sim, aquela mesma.

– Um lugar grande para se cuidar – disse o homem. – Deve custar um bocado para ser mantida.

"Um tremendo bocado", pensou Rowley. "E do *nosso* dinheiro..." Um assomo de raiva fez com que esquecesse por um momento onde estava...

Voltou a si com um sobressalto e viu o estranho vidrado no alto do morro com um curioso ar especulativo nos olhos.

– Quem vive lá? – perguntou. – É uma... sra. Cloade?

– Correto – disse Rowley. – Sra. Gordon Cloade.

O estranho ergueu as sobrancelhas. Pareceu levemente entretido.

– Ah – disse ele –, sra. Cloade. Muito bom para ela!

Então fez uma breve saudação com a cabeça.

– Obrigado, amigo – disse ele e, trocando de lado a mochila que carregava, marchou para Warmsley Vale.

Rowley voltou-se lentamente para o pátio da fazenda. Sua mente ainda matutava sobre uma coisa.

Onde diabos ele tinha visto aquele sujeito antes?

## III

Por volta das nove e meia daquela noite, Rowley empurrou para o lado uma pilha de formulários espalhados em cima da mesa da cozinha e se levantou. Olhou distraidamente a foto de Lynn sobre o consolo da lareira e então saiu de casa carrancudo.

Dez minutos depois abriu a porta do Stag Saloon Bar. Beatrice Lippincott, atrás do balcão, sorriu dando-lhe boas-vindas. O sr. Rowley Cloade, pensou ela, era um belo exemplar de homem. Junto com um caneco de cerveja, Rowley manteve as conversas de sempre com os demais frequentadores, fez comentários desfavoráveis sobre o governo, o tempo e diversas lavouras específicas.

Pouco depois, aproximando-se um pouco, Rowley conseguiu dirigir-se a Beatrice em voz baixa:

– Há um forasteiro hospedado aqui? Homem grande? Chapéu de aba mole?

– Correto, sr. Rowley. Chegou por volta das seis horas. É a esse que se refere?

Rowley assentiu com a cabeça e disse:

– Passou pela minha casa. Perguntou o caminho para cá.

– Correto. Parece estrangeiro.

– Fiquei pensando – disse Rowley – quem seria.

Ele olhou para Beatrice e sorriu. Beatrice sorriu de volta.

– Isso é fácil, sr. Rowley, se desejar saber.

Ela sumiu por debaixo do bar e ressurgiu com um livro grosso de couro no qual eram registradas as entradas.

Abriu-o na página que exibia os registros mais recentes. No último deles constava o seguinte:

*Enoch Arden. Cidade do Cabo. Britânico.*

## Capítulo 9

### I

Era uma manhã linda. Os pássaros cantavam, e Rosaleen, descendo para o café da manhã com seu dispendioso vestido de camponesa, sentia-se feliz.

As dúvidas e os medos que a vinham oprimindo pareciam ter se dissipado. David estava de bom humor, rindo e brincando com ela. A visita dele a Londres no dia anterior tinha sido satisfatória. O desjejum fora bem preparado e bem servido. Tinham terminado de comer quando o correio chegou.

Havia sete ou oito cartas para Rosaleen. Contas, pedidos de doação para caridade, alguns convites locais, nada de especial interesse.

David separou duas contas e abriu o terceiro envelope. O conteúdo, assim como o exterior do envelope, estava escrito a máquina.

> *Caro sr. Hunter:*
> *Penso que seja melhor abordar o senhor do que sua irmã, a "sra. Cloade", no caso de o conteúdo desta carta poder de algum modo vir a ser um choque para ela. Para ser breve, tenho notícias do capitão Robert Underhay que podem alegrá-la. Estou hospedado no Stag e, se o senhor for lá nesta noite, terei prazer em tratar do assunto.*
> *Anteciosamente,*
> *Enoch Arden*

Um som abafado saiu da garganta de David. Rosaleen ergueu os olhos sorrindo, em seguida seu rosto mudou para uma expressão de susto.

– David! David! O que foi?

Mudo, ele estendeu a carta para ela. Ela leu.

– Mas... David... eu não entendo. O que isso significa?

– Você sabe ler, não sabe?

Ela olhou para ele, atemorizada.

– David... isso significa... O que vamos fazer?

Ele estava com o cenho franzido, planejando com sua mente ligeira e capaz de enxergar longe.

– Está tudo bem, Rosaleen, não precisa ficar preocupada. Vou tratar disso.

– Mas isso significa que...

– Não se preocupe, minha querida. Deixe comigo. Escute, o que você tem de fazer é o seguinte: faça uma mala agora mesmo e vá para Londres. Vá para o apartamento e fique lá até eu fazer contato. Entendeu?

– Sim. Sim, claro que entendi, mas David...

– Apenas faça como eu disse, Rosaleen – ele sorriu. Foi gentil, tranquilizador. – Vá fazer a mala. Levarei você até a estação. Você pode pegar o trem das 10h32. Diga ao porteiro do apartamento que você não quer ver ninguém. Se alguém aparecer e perguntar por você, ele deve dizer que você está fora da cidade. Dê uma libra para ele. Entendeu? Ele não deve deixar ninguém subir para ver você, exceto eu.

– Oh...

Ela levou as mãos ao rosto. Olhou-o com adoráveis olhos apavorados.

– Está tudo bem, Rosaleen, mas é um ardil. Você não é muito chegada em coisas ardilosas. Esse é meu terreno. Quero você fora do caminho, de modo que eu tenha total liberdade, só isso.

– Não posso ficar aqui, David?

– Não, claro que não pode, Rosaleen. Tenha algum juízo. Preciso estar livre para lidar com esse sujeito, seja ele quem for...

– Você acha que é... que é...

Ele disse de maneira enfática:

– Não acho nada no momento. A primeira coisa é tirar você do caminho. Então posso descobrir em que pé estamos. Vá, seja uma boa menina, não discuta.

Ela deu as costas e saiu da sala.

David olhou a carta em sua mão, carrancudo.

Muito evasiva, educada, bem escrita. Poderia significar qualquer coisa. Poderia ser verdadeira solicitude em uma situação embaraçosa. Poderia ser uma ameaça velada. Ele estudou as frases várias vezes: "Tenho notícias do capitão Robert Hunderhay"... "Melhor abordar o senhor"... "Terei prazer em tratar do assunto"... "sra. Cloade". Maldição, ele não gostou daquelas vírgulas do aposto... *"sra. Cloade"*...

Olhou a assinatura. Enoch Arden. Algo agitou-se em sua mente. Alguma memória poética... a linha de um verso.

## II

Quando David adentrou no saguão do Stag naquela noite, não havia, como de hábito, ninguém por lá. Uma porta à esquerda indicava a Sala de Café, uma porta à direita, a Sala de Estar. Uma porta mais adiante dizia restritivamente *Apenas para Hóspedes.* Uma passagem à direita conduzia ao bar, de onde dava para ouvir um leve zumbido de vozes. Um pequeno cubículo envidraçado tinha a placa *Escritório* e uma campainha convenientemente instalada ao lado de sua janela corrediça.

Às vezes, David sabia por experiência, era preciso tocar quatro ou cinco vezes antes que alguém se dignasse a vir atender. Exceto pelo breve período das refeições, o saguão do Stag ficava deserto como a ilha de Robinson Crusoé.

Desta vez, o terceiro toque de David na campainha trouxe a srta. Beatrice Lippincott pela passagem do bar, com sua mão dando tapinhas no topete do cabelo à pompadour dourado para ajeitá-lo. Ela deslizou para dentro do cubículo de vidro e o saudou com um sorriso gracioso:

– Boa noite, sr. Hunter. Um tanto frio para essa época do ano, não?

– Sim, suponho que sim. Por acaso há um sr. Arden hospedado aqui?

– Deixe-me ver – disse a srta. Lippincott, dando ares de que não sabia ao certo, procedimento que sempre adotava para aumentar a importância do Stag.– Oh, sim, sr. *Enoch* Arden. Número 5. No primeiro andar. Não há como errar, sr. Hunter. Suba as escadas e não siga pela galeria, mas dobre à esquerda e desça três degraus.

Seguindo essas orientações complicadas, David bateu na porta do número 5, e uma voz disse:

– Entre.

Ele entrou, fechando a porta atrás de si.

## III

Saindo do escritório, Beatrice Lippincott chamou:

– Lily!

Uma garota de voz anasalada com um sorrisinho e olhos pálidos de groselha cozida respondeu à convocação.

– Pode cuidar aqui um pouquinho, Lily? Preciso ver uns lençóis.

Lily disse:

– Claro, srta. Lippincott.

Deu uma risadinha e acrescentou, suspirando com gosto:

– Acho o sr. Hunter *muitíssimo* bonito, a senhorita não?

– Ah, vi vários do tipo dele na guerra – disse a srta. Lippincott com um ar cansado. – Jovens pilotos e outros da estação de combate. Nunca dava para ter certeza quanto aos cheques deles. Com frequência tinham um jeito tão persuasivo que você aceitava os cheques indo contra seu bom-senso. Mas claro, Lily, que sou estranha quanto a isso, o que eu gosto é de *classe.* Quero classe sempre. O que digo é que um cavalheiro é um cavalheiro mesmo que dirija um trator.

Com esse pronunciamento enigmático, Beatrice deixou Lily e subiu as escadas.

## IV

Dentro do quarto número 5, David Hunter parou junto à porta e olhou o homem que havia se registrado como Enoch Arden.

Uns quarenta anos, um pouco maltratado, com indícios de ter sofrido uma queda no padrão de vida. No conjunto, um sujeito difícil. Foi a conclusão de David. Tirando isso, não era fácil averiguar. Tipo misterioso.

Arden disse:

– Olá. Você é Hunter? Bom. Sente-se. O que vai querer? Uísque?

Ele estava à vontade, David notou. Uma pequena variedade de garrafas, fogo ardendo na lareira naquele anoitecer fresco de primavera. Roupas cujo corte não era inglês, mas vestidas como os ingleses usam. O homem tinha a idade certa, também...

– Obrigado – disse David. – Vou tomar um gole de uísque.

– Diga quanto.

– Está bom assim. Não muita soda.

Eram como cães, movendo-se em posições estratégicas, dando voltas um ao redor do outro, lombos retesados, eriçados, prontos para serem amistosos ou para rosnar e morder.

– Saúde – disse Arden.

– Saúde.

Baixaram os copos, relaxaram um pouco. Fim do primeiro round.

O homem que se denominava Enoch Arden perguntou:

– Ficou surpreso ao receber minha carta?

– Francamente – disse David –, não entendi nada.

– N-não... n-não... talvez não.

David disse:

– Entendo que você conheceu o primeiro marido de minha irmã, Robert Underhay.

– Sim, conheci Robert muito bem – Arden estava sorrindo, lançando ao ar nuvens de fumaça preguiçosamente. – Bem, talvez tanto quanto alguém pudesse conhecê-lo. *Você* nunca se encontrou com ele, não é, Hunter?

– Não.

– Talvez isso seja bom.

– O que você quer dizer com isso? – David perguntou em tom ríspido.

Arden disse com desenvoltura:

– Meu caro, isso torna tudo mais simples, só isso. Peço desculpas por ter pedido que viesse aqui, mas pensei que fosse melhor manter – ele fez uma pausa – Rosaleen fora disso tudo. Não é preciso causar dor desnecessária a ela.

– Você se incomoda de ir direto ao ponto?

– Claro, claro. Muito bem, você nunca suspeitou... como diremos... de que houvesse algo, bem... *duvidoso* na morte de Underhay?

– Mas a quê, afinal, você se refere?

– Bem, Underhay tinha ideias deveras peculiares, você sabe. Pode ter sido cavalheirismo... é possível que tenha sido por um motivo bem diferente... mas digamos que, em determinado momento, há alguns anos, houvesse certas vantagens para Underhay em ser considerado morto. Ele era bom em comandar nativos, sempre foi. Não seria problema para ele fazer circular uma história verossímil com uma quantidade de detalhes corroborativos. Tudo que Underhay tinha de fazer era aparecer a alguns milhares de quilômetros de distância. Com um novo nome.

– A mim isso parece uma suposição das mais fantásticas – disse David.

– Parece? Parece mesmo?

Arden sorriu. Inclinou-se à frente, deu um tapinha no joelho de David:

– Suponha que seja verdade, Hunter. Hein? Suponha que seja verdade.

– Eu exigiria uma prova cabal disso.

– É mesmo? Bem, claro, não existe uma prova cabal. Underhay em pessoa poderia aparecer aqui. Em Warmsley Vale. O que você acharia dessa prova?

– Ao menos seria conclusiva – disse David secamente.

– Oh, sim, conclusiva. Mas um pouco embaraçosa... para a sra. Gordon Cloade, quero dizer. Porque então, claro, ela não *seria* a sra. Gordon Cloade. Inconveniente... Você deve admitir, um pouquinho inconveniente, não?

– Minha irmã – disse David – casou-se de novo em perfeita boa-fé.

– Claro que sim, meu caro. Claro que sim. Não estou questionando isso nem por um minuto. Qualquer juiz diria o mesmo. Nenhuma culpa poderia ser atribuída a ela.

– Juiz? – perguntou David rispidamente.

O outro disse em tom de escusas:

– Eu estava pensando em bigamia.

– Onde você quer chegar? – perguntou David, furioso.

– Não se exalte, meu rapaz. Quero apenas pensar com você e ver o que é melhor fazer. Isto é, melhor para sua irmã.

Ninguém quer um alarde sensacionalista. Underhay... bem, Underhay sempre foi do tipo cavalheiresco.

Arden fez uma pausa.

– Ainda é...

– É? – perguntou David asperamente.

– Foi o que eu disse.

– Você diz que Robert Underhay está vivo. Onde ele está agora?

Arden inclinou-se à frente. Sua voz tornou-se confidencial.

– *Você quer mesmo saber, Hunter*? Não seria melhor se *não soubesse*? Pense o seguinte: pelo que *você* sabe, e pelo que Rosaleen sabe, Underhay morreu na África. Muito bem: *se* Underhay está vivo, não sabe que sua esposa casou-se de novo, não faz a menor ideia. Porque, se *soubesse,* teria se apresentado, claro... Veja bem, Rosaleen herdou muito dinheiro do segundo marido. Pois bem, ela não tem direito a nada desse dinheiro... Underhay é um homem com um senso de honra muito suscetível. Ele não gostaria que ela herdasse dinheiro de modo ilegal. – Ele fez uma pausa. – Mas claro que é possível que Underhay não saiba de nada sobre o segundo casamento dela. Ele está muito mal, pobre sujeito. Muitíssimo mal.

– O que você quer dizer com *muito mal*?

Arden sacudiu a cabeça de modo solene.

– Com a saúde arruinada. Precisa de cuidados médicos, tratamentos especiais. Todos infelizmente muito *dispendiosos.*

A última palavra saiu em tom delicado, como para diferenciá-la das demais. Era a palavra pela qual David inconscientemente esperava.

Perguntou:

– Dispendiosos?

– Sim. Infelizmente tudo custa dinheiro. Underhay, pobre diabo, é praticamente um indigente.

E acrescentou:

– Não tem praticamente nada além da roupa do corpo...

Por um momento os olhos de David vagaram pela sala. Reparou na sacola jogada em cima de uma cadeira. Não havia nenhuma mala à vista.

– Fico pensando – disse David, e sua voz não era agradável – se Robert Underhay é mesmo o cavalheiro cortês que você pintou.

– Certa vez foi – o outro afirmou. – Mas a vida tende a tornar um homem cínico, você sabe.

Fez uma pausa e acrescentou com brandura:

– Gordon Cloade era de fato um homem incrivelmente rico. O espetáculo de riqueza excessiva desperta baixos instintos.

David Hunter levantou-se:

– Tenho uma resposta para você. Vá pro inferno.

Imperturbável, Arden disse sorrindo:

– Sim, achei que você fosse dizer isso.

– Você não passa de um maldito chantagista. Estou inclinado a desafiá-lo a provar o que diz.

– Tornar tudo público e dane-se? Sentimento admirável. Mas você não gostaria que eu realmente tornasse "público". Não digo que eu vá fazê-lo. Se você não comprar, tenho outro mercado.

– O que quer dizer?

– Os Cloade. Suponha que eu vá até eles. "Desculpem-me, mas estariam interessados em saber que o falecido Robert Underhay está bem vivo?" Rapaz, eles iriam vibrar!

David disse, desdenhoso:

– Você não vai conseguir nada deles. Estão quebrados, todos eles.

– Ah, mas existem coisas como um acordo prático. Tanto em dinheiro no dia em que ficar provado que Underhay está vivo, que a sra. Gordon Cloade ainda é a sra. Underhay e que, por conseguinte, o testamento de Gordon Cloade, feito antes do casamento, é válido...

David ficou calado por alguns minutos, então perguntou bruscamente:

– Quanto?

A resposta veio também de forma brusca:

– Vinte mil.

– Fora de questão! Minha irmã não pode tocar no capital, ela tem apenas uma renda vitalícia.

– Dez mil, então. Ela pode levantar isso com facilidade. Tem joias, não?

David ficou calado, então disse de modo repentino:

– Certo.

Por um momento o outro homem pareceu desnorteado. Foi como se a facilidade da vitória o surpreendesse.

– Nada de cheques – disse ele. – Pagamento em dinheiro!

– Você vai ter de nos dar tempo para conseguirmos pegar o dinheiro.

– Dou 48 horas.

– Fica para a próxima terça-feira.

– Certo. Você trará o dinheiro aqui – e acrescentou antes que David pudesse falar: – Não vou encontrar com você em um bosque ermo ou num leito de rio deserto; portanto, nem pense nisso. Você trará o dinheiro aqui, no Stag, às nove horas da noite na próxima terça-feira.

– Sujeito do tipo desconfiado, você, não?

– Sei me cuidar. E conheço seu tipo.

– Como queira, então.

David saiu do quarto e desceu as escadas. Seu rosto estava negro de fúria.

Beatrice Lippincott saiu do quarto número 4. Havia uma porta de comunicação entre o 4 e o 5, embora o fato dificilmente pudesse ser notado pelo ocupante do 5, uma vez que havia um guarda-roupa colocado bem diante dela.

As bochechas da srta. Lippincott estavam rosadas e seus olhos brilhavam de prazer e excitação. Ela alisou o cabelo à pompadour com uma mão agitada.

# Capítulo 10

Shepherd's Court, Mayfair, era um grande bloco de apartamentos de luxo. Incólume aos estragos da ação inimiga, no entanto foi incapaz de manter o padrão de conforto do pós-guerra. Ainda havia serviço, embora não fosse muito bom. Onde antes havia dois porteiros uniformizados, agora só havia um. O restaurante ainda servia refeições, mas, com exceção do café da manhã, elas não eram levadas aos apartamentos.

O apartamento alugado pela sra. Gordon Cloade ficava no terceiro andar. Consistia de uma sala de estar com um bar anexo, dois quartos com armários embutidos e um banheiro com decoração soberba, cintilante de azulejos e cromados.

Na sala de estar, David Hunter dava largas passadas para cima e para baixo, enquanto Rosaleen observava-o sentada em um grande canapé de extremidade reta. Ela parecia pálida e assustada.

– Chantagem – ele sussurrou. – Chantagem! Meu Deus, eu lá sou o tipo de homem que se deixa chantagear?

Ela sacudiu a cabeça, aturdida, perturbada.

– Se eu soubesse – dizia David. – Se eu apenas *soubesse*!

De Rosaleen veio um pequeno soluço agoniado.

Ele prosseguiu:

– É essa coisa de se trabalhar no escuro, trabalhar às cegas...

Ele virou-se de repente:

– Você levou aquelas esmeraldas para Bond Street para o velho Greatorex?

– Sim.

– Quanto?

A voz de Rosaleen estava alterada quando disse:

– Quatro mil. Quatro mil *libras*. Ele disse que, se eu não vendê-las, devo fazer um novo seguro para elas.

– Sim, pedras preciosas dobraram de valor. Bem, *podemos* levantar o dinheiro. Mas, se o fizermos, será apenas o começo. Significa que seremos sangrados até a morte. Sangrados, Rosaleen, até o último tostão!

Ela gritou:

– Oh, vamos deixar a Inglaterra! Vamos escapar. Não poderíamos ir para a Irlanda, América, *algum lugar*?

David voltou-se para olhá-la.

– Você não é uma lutadora, Rosaleen, não é? Seu lema é bater em retirada.

Ela gemeu:

– Estamos errados. Tudo isso foi errado... muito perverso.

– Não banque a conscienciosa comigo logo agora! Não dá para suportar. Estávamos indo muito bem, Rosaleen. Pela primeira vez na vida eu estava me dando bem. E não vou deixar que tudo desmorone, está ouvindo? Se ao menos não fosse uma maldita briga no escuro. Você entende, não é, que a coisa toda pode ser um blefe, nada além de um *blefe*? Underhay provavelmente está bem enterrado na África, como sempre pensamos que estivesse.

Ela estremeceu.

– Não, David. Você me assusta.

Ele olhou para ela, viu o pânico em seu rosto e na mesma hora mudou o comportamento. Foi até ela, sentou-se, segurou as mãos dela entre as suas.

– Você não deve se preocupar – disse ele. – Deixe tudo comigo. E faça o que eu disser. Você dá conta disso, não dá? Apenas faça exatamente como eu disser.

– Sempre faço, David.

Ele riu.

– Sim, sempre faz. Vamos nos safar dessa, não tema. Vou achar um jeito de acabar com os planos do sr. Enoch Arden.

– Não existe um poema, David... algo sobre um homem que volta...

– Sim – ele a interrompeu. – É bem isso que me preocupa... Mas vou chegar ao fundo dessa coisa, não tema.

Ela perguntou:

– Na terça-feira à noite você... vai levar o dinheiro para ele?

Ele assentiu com a cabeça.

– Cinco mil. Direi a ele que não posso levantar o resto de imediato. Mas *tenho* de impedir que ele vá aos Cloade. *Acho* que era apenas uma ameaça, mas não tenho *certeza.*

Ele parou, seus olhos ficaram sonhadores, distantes. Por trás deles sua mente funcionava, considerando e rejeitando possibilidades.

Então ele riu. Foi uma risada alegre e despreocupada. Havia homens, já mortos, que a reconheceriam...

Era a risada de um homem entrando em ação em um empreendimento arriscado e perigoso. Havia divertimento e desafio nela.

– Posso confiar em você, Rosaleen – ele disse. – Graças a Deus posso confiar por completo em você!

– Confiar em mim? – Ela ergueu seus grandes olhos inquiridores. – Para fazer o quê?

Ele sorriu de novo.

– Para fazer exatamente o que mandar. Esse é o segredo de uma operação bem-sucedida, Rosaleen.

Ele riu:

– Operação Enoch Arden.

# Capítulo 11

Rowley abriu o grande envelope cor de malva com certa surpresa. Quem no mundo, indagou-se, poderia estar escrevendo para ele, usando aquele tipo de papel de carta... e onde poderia tê-lo conseguido, aliás? Aqueles bilhetes enfeitados com certeza tinham acabado durante a guerra. Ele leu:

*Caro sr. Rowley:*
*Espero que não pense que estou tomando liberdades ao escrever-lhe dessa maneira, mas, se me desculpar, creio que estejam acontecendo coisas que o senhor tem de saber.*

Ele reparou no sublinhado com olhar perplexo.

*Relacionam-se à nossa conversa na outra noite, quando o senhor veio perguntar sobre uma certa pessoa. Se puder vir ao Stag, ficarei muito feliz em lhe contar tudo. Todos nós aqui achamos uma vergonha perversa seu tio ter morrido e o dinheiro dele ter se ido do jeito que foi.*
*Espero que não se aborreça comigo, mas realmente penso que o senhor deve saber o que está acontecendo.*
*Atenciosamente,*
*Beatrice Lippincott.*

Rowley fitou a missiva com a mente ardendo em especulações. Mas o que diabos seria aquilo? Boa e velha Bee. Ele conhecia Beatrice desde sempre. Comprava tabaco na loja do pai dela e passava o dia com ela atrás do balcão. Ela tinha sido uma moça bonita. Lembrava que, quando era criança, ouviu rumores a respeito de sua ausência em Warmsley Vale. Ela ficou fora por cerca de um ano, e todo mundo dizia que tinha ido embora para ter um filho ilegítimo. Talvez sim, talvez não. Mas hoje em dia ela com certeza era altamente respeitável e refinada. Cheia de troças e risinhos, mas de uma decência quase dolorosa.

Rowley deu uma olhada no relógio. Iria ao Stag agora mesmo. Ao inferno com todos aqueles formulários. Ela queria saber o que Beatrice estava tão ansiosa para lhe contar.

Passava um pouco das oito quando ele abriu a porta do bar. Houve os cumprimentos habituais, acenos com a cabeça.

– Boa noite, senhor.

Rowley aproximou-se do bar e pediu uma Guinness. Beatrice ficou radiante.

– Que bom vê-lo, sr. Rowley.

– Boa noite, Beatrice. Obrigado pelo bilhete.

Ela olhou-o de relance.

– Estarei aqui num minuto, sr. Rowley.

Ele assentiu e bebeu a cerveja meditativo, enquanto observava Beatrice terminar de servir. Ela chamou Lily por cima do ombro, e logo depois a garota veio substituí-la. Beatrice murmurou:

– Pode me acompanhar, sr. Rowley?

Ela conduziu-o por uma passagem e por uma porta com a placa *Particular*. Ali dentro era muito pequeno e excessivamente mobiliado com poltronas de pelúcia, um rádio barulhento, um monte de enfeites de porcelana e um boneco pierrô de aspecto bastante surrado atirado no encosto de uma cadeira.

Beatrice Lippincott desligou o rádio e indicou uma poltrona de pelúcia.

– Estou muito contente que tenha vindo, sr. Rowley, e espero que não tenha se incomodado por eu lhe escrever... mas fiquei ponderando o fim de semana inteiro. E, como disse, creio realmente que o senhor deva saber o que está acontecendo.

Ela parecia feliz e cheia de si, sem dúvida satisfeita consigo mesma.

Rowley perguntou com curiosidade moderada:

– O que está acontecendo?

– Bem, sr. Rowley, sabe o cavalheiro que está hospedado aqui, o sr. Arden, aquele sobre o qual veio perguntar?

– Sim?

– Foi na noite seguinte. O sr. Hunter veio aqui e pediu para vê-lo.

– O sr. Hunter?

– Sim, sr. Rowley. Número 5, eu disse, e o sr. Hunter acenou com a cabeça e subiu logo. Devo dizer que fiquei surpresa, pois o sr. Arden havia dito que não conhecia ninguém em Warmsley Vale e presumi que fosse um estranho aqui e não conhecesse ninguém do lugar. O sr. Hunter parecia muito zangado, como se tivesse acontecido algo que o houvesse aborrecido, mas claro que *na ocasião* não imaginei nada.

Ela fez uma pausa para respirar. Rowley não disse nada, apenas escutou. Jamais apressava as pessoas. Se elas queriam tempo, para ele estava bem.

Beatrice continuou, com dignidade:

– Um pouco mais tarde tive oportunidade de ir ao número 4 para verificar as toalhas e a roupa de cama. Fica ao lado do número 5, e acontece que há uma porta de comunicação... não que se saiba disso do número 5, porque o guarda-roupa grande fica bem diante dela, de modo que não se sabe que *há* uma porta. Claro que é mantida sempre fechada, mas acontece que dessa vez estava entreaberta. Embora não faça ideia de *quem* a abriu, *com certeza!*

Rowley nada disse outra vez, mas apenas concordou com a cabeça.

"Beatrice", pensou ele, "abriu. Ficou curiosa e subiu deliberadamente até o número 4 para descobrir o que pudesse."

– E então veja, sr. Rowley, não pude deixar de ouvir o que estava acontecendo. Realmente, depois do que ouvi, eu poderia ser nocauteada com uma pluma...

"Seria necessária uma pluma bem substancial", pensou Rowley.

Ele escutou com um rosto impassível, quase bovino, o sucinto relato de Beatrice sobre a conversa que ela ouviu por acaso. Quando concluiu, ela aguardou em expectativa.

Passaram-se dois minutos inteiros antes que Rowley saísse de seu transe. Então ele se levantou.

– Obrigado, Beatrice – disse ele. – Muito obrigado.

E com isso ele saiu da sala. Beatrice sentiu-se murchar de certo modo. Disse a si mesma que realmente achava que o sr. Rowley deveria ter falado alguma coisa.

# Capítulo 12

Quando Rowley deixou o Stag, seus passos voltaram-se automaticamente na direção de casa, mas, após caminhar algumas centenas de metros, ele estacou de repente e refez o trajeto.

Sua mente absorveu as coisas devagar, e só agora o espanto inicial causado pelas revelações de Beatrice estava começando a dar espaço a uma verdadeira apreciação do significado de tudo. Se a versão do que ela tinha ouvido estava correta, e ele não tinha dúvida de que na essência estava, havia surgido uma situação que interessava intimamente a cada membro da família Cloade. A pessoa mais adequada para lidar com isso sem dúvida era Jeremy, tio de Rowley. Como advogado, Jeremy Cloade saberia qual o melhor uso a ser feito dessa informação surpreendente e quais exatamente os passos a serem dados.

Embora Rowley tivesse gostado de agir por si, percebeu um tanto relutante que seria muito melhor apresentar o caso a um advogado sagaz e experiente. Quanto antes Jeremy estivesse de posse da informação, melhor, e com isso Rowley dirigiu seus passos direto para a casa de Jeremy, na High Street.

A jovem empregada que abriu a porta informou que o sr. e a sra. Cloade ainda estavam à mesa de jantar. Ela quis levá-lo até lá, mas Rowley recusou e disse que esperaria no gabinete de Jeremy até eles acabarem. Ele particularmente não gostaria de incluir Frances no colóquio. De fato, quanto menos gente soubesse, melhor, até eles terem estabelecido um curso definido de ação.

Ele perambulou, agitado, de um lado para outro no gabinete de Jeremy. Na mesa de tampo plano havia uma pequena pasta de documentos rotulada Sir William Jessamy (Falecido). As estantes continham uma coleção de volumes de Direito. Havia uma antiga foto de Frances em vestido de baile e uma do pai dela, lorde Edward Trenton, em traje de montaria. Sobre a mesa, havia a fotografia de um rapaz de uniforme, Antony, filho de Jeremy, morto na guerra.

Rowley estremeceu e deu as costas. Sentou-se em uma cadeira e fitou lorde Edward Trenton.

Na sala de jantar, Frances comentou com o marido:

– Fico pensando o que Rowley quer.

Jeremy disse com ar fatigado:

– Provavelmente infringiu alguma regulamentação do governo. Nenhum fazendeiro entende mais do que a quarta parte dos formulários que precisa preencher. Rowley é um camarada escrupuloso. Ele fica preocupado.

– Ele é bom – disse Frances –, mas terrivelmente lerdo. Sabe, tenho a sensação de que as coisas entre ele e Lynn não estão indo muito bem.

Jeremy murmurou de modo vago:

– Lynn... oh, sim, claro. Perdão, eu... eu não pareço capaz de me concentrar. A tensão...

Frances disse depressa:

– Não pense nisso. Vai ficar tudo bem, estou dizendo.

– Às vezes você me assusta, Frances. Você é tão terrivelmente despreocupada. Você não percebe...

– Percebo tudo. Não estou com medo. Sabe, Jeremy, realmente estou me divertindo...

– Isso, minha cara – disse Jeremy –, é exatamente o que me causa tanta ansiedade.

Ela sorriu.

– Venha – disse ela. – Você não deve deixar o jovem bucólico esperar demais. Vá ajudá-lo a preencher o formulário 1.199 ou o que quer que seja.

Porém, quando saíram da sala de jantar, a porta da frente foi fechada com estrondo. Edna veio informá-los que o sr. Rowley havia dito que não esperaria e que não era nada que de fato importasse.

# Capítulo 13

Naquela tarde específica de terça-feira, Lynn Marchmont saiu para uma longa caminhada. Ciente da inquietação e insatisfação crescentes dentro de si, sentiu necessidade de refletir sobre as coisas.

Ela não via Rowley há alguns dias. Depois da separação um tanto tempestuosa na manhã em que havia pedido a ele que emprestasse quinhentas libras, haviam se encontrado como sempre. Lynn percebeu que sua solicitação havia sido irracional e que Rowley tinha todo direito de negar. Não obstante, racionalidade jamais foi uma qualidade que empolgasse amantes. Por fora, as coisas estavam iguais entre ela e Rowley; por dentro, Lynn não estava tão certa. Ela tinha achado os últimos dias intoleravelmente monótonos, embora dificilmente gostasse de reconhecer para si mesma que a partida de David Hunter para Londres com sua irmã pudesse ter algo a ver com a monotonia. David, ela admitia com pesar, era uma pessoa excitante...

Quanto aos parentes, de momento achava-os exasperantes. Sua mãe estava no melhor dos humores e havia aborrecido Lynn no almoço daquele dia anunciando que tentaria encontrar um segundo jardineiro.

– O velho Tom realmente não consegue dar conta das coisas aqui.

– Mas querida, não podemos pagar – exclamou Lynn.

– Bobagem! Eu de fato acredito, Lynn, que Gordon ficaria terrivelmente contrariado se pudesse ver como o jardim decaiu. Ele sempre foi tão meticuloso quanto à borda, e à grama ser mantida cortada, e aos caminhos em bom estado... e olhe como estão agora. Sinto que Gordon gostaria que tudo fosse arrumado de novo.

– Mesmo que tenhamos de pegar dinheiro emprestado de sua viúva para fazer isso.

– Lynn, eu lhe contei que Rosaleen não poderia ter sido mais amável a respeito. Penso que ela realmente entendeu meu ponto de vista. Fiquei com um belo saldo no banco após ter pago todas as contas. E na verdade acho que um segundo jardineiro seria uma *economia*. Pense nos vegetais extras que podemos plantar.

– Poderíamos comprar um monte de vegetais extras por bem menos do que outras três libras por semana.

– Acho que podemos conseguir alguém por menos que isso, querida. Há homens saindo do serviço militar agora que *querem* emprego. É o que diz no jornal.

Lynn disse secamente:

– Duvido que você vá encontrá-los em Warmsley Vale. Ou em Warmsley Heath.

Mas, embora o assunto ficasse naquele pé, a tendência da mãe em contar com Rosaleen como uma fonte regular de sustento assombrava Lynn. Ela reviveu na memória as palavras sarcásticas de David.

Assim, sentindo-se descontente e zangada, saiu para caminhar e dissipar o humor sombrio.

Seu ânimo não melhorou ao encontrar tia Kathie na porta do correio. Tia Kathie estava de bom humor.

– Acho que em breve teremos boas notícias, Lynn querida.

– Do que você está falando, tia?

A sra. Cloade balançou a cabeça, sorriu e fez uma cara sábia.

– Recebi os mais espantosos comunicados, realmente espantosos. Um verdadeiro final feliz para todas as nossas dificuldades. Tive um revés, mas desde então recebi a mensagem: "Tente tente tente de novo. De início você não teve êxito etc.". Não vou revelar nenhum segredo, querida Lynn, e a última coisa que desejaria fazer seria levantar falsas esperanças prematuramente, mas tenho a mais firme crença de que muito em breve todas as coisas *estarão muito bem.* E já está na hora também. Estou realmente muito preocupada com seu tio. Ele trabalhou duro demais durante a guerra. Realmente precisa se aposentar e se dedicar aos estudos especializados, mas claro que não pode fazer isso sem uma renda adequada. E às vezes ele tem ataques de nervos tão esquisitos! Realmente estou muito preocupada com ele. Realmente está deveras estranho.

Lynn concordou, pensativa. A mudança de Lionel Cloade não havia passado despercebida por ela, nem suas curiosas variações de humor. Suspeitava de que às vezes ele recorresse a drogas para se estimular e indagava se até certo ponto não era viciado. Isso explicaria sua extrema irritabilidade nervosa. Ela questionou-se sobre o quanto tia Kathie sabia ou desconfiava disso. Tia Kathie, pensou Lynn, não era a tola que parecia ser.

Descendo a High Street, viu tio Jeremy entrando na casa dele. Parecia muito mais velho nas últimas três semanas, pensou Lynn.

Ela apressou o passo. Queria sair de Warmsley Vale, ir para os morros e espaços abertos. Andando em ritmo enérgico, logo sentiu-se melhor. Daria uma caminhada de dez ou onze quilômetros e realmente resolveria as coisas. Sempre, a vida inteira, ela havia sido uma pessoa resoluta e lúcida. Sabia o que queria e o que não queria. Nunca, até agora, tinha se contentado em apenas se deixar levar...

Sim, era isso! Deixar-se levar! Um estilo de viver sem rumo, sem forma. Desde que havia deixado o serviço militar. Ela foi tomada por uma onda de nostalgia daqueles dias de guerra. Dias em que as tarefas eram claramente definidas, a vida era planejada e estava em ordem... o peso das decisões individuais havia sido retirado dela. Mas, enquanto formulava a ideia, Lynn ficou horrorizada consigo mesma. Era isso, real e verdadeiramente, que as pessoas secretamente sentiam por toda parte? Era isso, em resumo, que a guerra fazia com as pessoas? Não eram os perigos físicos, as minas no mar, as bombas no ar, a batida seca de uma bala de rifle enquanto se andava por uma rota deserta. Não, era o perigo espiritual de aprender o quanto a vida era mais fácil quando você parava de *pensar*... Ela, Lynn Marchmont, não era mais a garota inteligente, lúcida e resoluta que havia se alistado. Sua inteligência havia se especializado, dirigida para canais bem definidos. Agora, outra vez senhora de si mesma e de sua vida, estava consternada com a relutância de sua mente em enfrentar e combater os problemas pessoais.

Com um sorriso súbito, Lynn pensou consigo que seria estranho se existisse aquele personagem de jornal, a "dona de casa" que cuidou de si mesma durante a guerra. Mulheres que, detidas por muitos "não se deve", não foram ajudadas por quaisquer "deve-se" específicos. Mulheres que tiveram de planejar, pensar e improvisar, que precisaram usar cada centímetro de inventividade que lhes foi dado e desenvolver uma criatividade que nem sabiam possuir! Elas, pensou Lynn, podiam ficar aprumadas sem arrimos, sendo responsáveis por si e pelos outros. E ela, Lynn Marchmont, bem-educada, esperta, tendo feito um trabalho que precisava de intelecto e rigorosa aplicação, agora estava desorientada, desprovida de resoluções. Sim, palavra odiosa: *à deriva*...

As pessoas que haviam ficado em casa; Rowley, por exemplo.

Mas na mesma hora a mente de Lynn saiu das generalidades vagas para o íntimo e pessoal. *Ela e Rowley*. Era esse o problema, o verdadeiro problema. *Ela queria mesmo se casar com Rowley?*

Lentamente as sombras estenderam-se em crepúsculo e penumbra. Lynn sentou-se imóvel, o queixo entre as mãos, nos arredores de um pequeno bosque na encosta do morro, com vista para o vale abaixo. Havia perdido a noção do tempo, mas sabia que estava estranhamente relutante em ir para casa, para a White House. Abaixo dela, ao longe à esquerda, estava Long Willows. Long Willows, sua casa se ela se casasse com Rowley.

Se! De volta àquilo: se – se – se!

Um pássaro saiu voando do bosque com um grito sobressaltado como o grito de uma criança zangada. A nuvem de fumaça de um trem subiu em redemoinho pelo céu formando o que parecia um ponto de interrogação gigante:

**???**

Casarei com Rowley? *Quero* me casar com Rowley? Alguma vez quis me casar com Rowley? Poderia suportar *não* me casar com Rowley?

O trem bufou adiante pelo vale acima, a fumaça agitou-se e se dissipou. Mas o ponto de interrogação não desapareceu da mente de Lynn.

Ela amava Rowley antes de partir.

"Mas voltei mudada", ela pensou. "Não sou a mesma Lynn."

A frase de um poema passou-lhe pela cabeça:

"A vida e o mundo e *meu próprio eu* estão mudados..."

E Rowley? Rowley *não havia* mudado.

Sim, era isso. Rowley não havia mudado. Rowley estava onde ela o havia deixado há quatro anos.

Ela queria se casar com Rowley? Se não, o que queria?

Galhos estalaram no bosque atrás dela, e a voz de um homem praguejou enquanto ele abria caminho.

– David! – ela gritou.

– Lynn!

Ele olhou espantado enquanto avançava esmagando a vegetação:

– O que você está fazendo aqui?

Ele estivera correndo e estava ligeiramente sem fôlego.

– Não sei. Só pensando... sentada, pensando. – Riu ela, indecisa. – Suponho... que esteja ficando muito tarde.

– Você não faz ideia da hora?

Ela olhou de modo vago para o relógio de pulso.

– Está parado de novo. Eu bagunço os relógios.

– Mais do que os relógios! – disse David. – É a eletricidade em você! A vitalidade. A *vida*.

Ele foi até Lynn e, um tanto perturbada, ela se ergueu depressa.

– Está ficando muito escuro. Tenho que me apressar para casa. Que horas *são*, David?

– Nove e quinze da noite. Tenho que correr feito um coelho. Tenho que pegar o trem das 21h20 para Londres.

– Não sabia que você tinha voltado para cá!

– Vim buscar algumas coisas em Furrowbank. Mas devo apanhar esse trem. Rosaleen está sozinha no apartamento e ela se ataca dos nervos se fica sozinha em Londres à noite.

– Em um apartamento? – a voz de Lynn era desdenhosa.

David disse em tom ríspido:

– O medo não é uma coisa lógica. Quando você sofreu com bombardeios...

Lynn ficou subitamente envergonhada. Arrependida. Ela disse:

– Sinto muito. Eu esqueci.

Com uma mordacidade repentina, David gritou:

– Sim, logo está esquecido. Tudo. De volta à segurança! De volta à mansidão! De volta onde estávamos quando todo maldito espetáculo teve início! Rastejamos para dentro de nossas pequenas tocas e brincamos de estar a salvo de novo. Você também, Lynn, é igualzinha ao resto deles!

Ela gritou:

– Não sou. *Não* sou, David. Estava pensando... agora...

– Em mim?

A rapidez dele sobressaltou-a. Seu braço estava em volta dela, segurando-a junto a ele. David beijou-a com lábios quentes e furiosos.

– Rowley Cloade? – perguntou ele. – Aquele imbecil? Por Deus, Lynn, é minha!

Então, tão subitamente quanto a havia agarrado, ele a soltou, quase empurrando-a para longe.

– Vou perder o trem.

Ele correu em frente encosta abaixo.

– David...

Ele virou a cabeça, gritando:

– Telefono para você quando chegar a Londres...

Ela observou-o correr através da escuridão crescente, ágil e atlético e cheio de encanto natural.

Então, abalada, com o coração estranhamente agitado, a mente caótica, caminhou devagar para casa.

Hesitou um pouco antes de entrar. Retraiu-se diante das boas-vindas afetuosas da mãe, das perguntas...

A mãe que havia pedido quinhentas libras emprestadas a pessoas que desprezava.

"Não temos o direito de desprezar Rosaleen e David", pensou Lynn enquanto subia os degraus de mansinho. "Somos iguais. Faríamos qualquer coisa... *qualquer coisa* por dinheiro."

Ficou parada no quarto, olhando com curiosidade para seu rosto no espelho. Era, pensou, o rosto de uma estranha...

E então a raiva sacudiu-a de forma aguda.

"Se Rowley realmente me amasse", ela pensou, "teria conseguido as quinhentas libras para mim de algum jeito. Teria... ele *teria*. Não deixaria eu ser humilhada por ter que pegá-las de David. David..."

David disse que ligaria para ela quando chegasse em Londres.

Ela desceu, caminhando como em um sonho.

"Sonhos", ela pensou, "podem ser muito perigosos..."

# Capítulo 14

– Oh, aí está você, Lynn – a voz de Adela estava animada e aliviada. – Não ouvi você chegar, querida. Faz tempo?

– Ah, sim, séculos. Estava lá em cima.

– Gostaria que me avisasse quando chega, Lynn. Sempre fico nervosa quando você está sozinha na rua depois que escurece.

– Francamente, mãe, acha que não posso cuidar de mim?

– Bem, têm saído coisas horríveis nos jornais ultimamente. Todos esses soldados dispensados... eles atacam moças.

– Suponho que as moças queiram isso.

Ela sorriu. Um sorriso bastante torto.

Sim, as garotas queriam perigo... Quem, afinal de contas, quer mesmo estar a salvo...?

– Lynn, querida, está escutando?

Lynn trouxe a atenção de volta com um solavanco.

A mãe tinha falado algo.

– O que disse, mãe?

– Estava falando sobre suas damas de honra, meu bem. Suponho que sejam capazes de conseguir cartões apropriados. É muita sorte sua ter todos os seus da desmobilização. De fato, lamento muitíssimo pelas moças que se casam hoje em dia apenas com seus cartões comuns. Quer dizer, não podem ter coisa alguma nova. Não externamente, quero dizer. Do jeito que estão as roupas de baixo hoje em dia, a pessoa tem de ir em busca *delas*. Sim, Lynn, você tem sorte mesmo.

– Muita sorte.

Ela estava dando voltas pela sala, rondando, pegando coisas, largando.

– Você tem de estar tão terrivelmente inquieta, querida? Você me deixa apreensiva!

– Desculpe, mamãe.

– Não há nada errado, há?

– O que haveria de errado? – perguntou Lynn de modo brusco.

– Bem, não pule no meu pescoço, querida. Agora, quanto às damas de honra. De fato, acho que você deveria convidar a garota Macrae. A mãe dela era a minha amiga mais próxima, lembra? E acho que ela ficará magoada se...

– Detesto Joan Macrae e sempre detestei.

– Eu sei, querida, mas isso importa mesmo? Estou certa de que Marjorie ficará magoada...

– Francamente, mamãe, é o *meu* casamento, não?

– Sim, eu sei, Lynn, mas...

– Isso se houver casamento!

Ela não queria dizer aquilo. As palavras escaparam sem que planejasse. Deveria tê-las engolido, mas era tarde demais. A sra. Marchmont arregalou os olhos para a filha, alarmada.

– Lynn querida, o que isso significa?

– Ah, nada, mãe.

– Você e Rowley brigaram?

– Não, claro que não. Não crie caso, mamãe, está tudo bem.

Mas Adela olhava a filha em verdadeiro alarme, sensível ao turbilhão por trás do exterior carrancudo de Lynn.

– Sempre senti que você estaria tão *segura* casada com Rowley – disse ela em tom lastimoso.

– Quem quer estar segura? – perguntou Lynn, desdenhosa. Virou-se de modo abrupto: – Foi o telefone?

– Não. Por quê? Está esperando uma ligação?

Lynn sacudiu a cabeça. Que humilhação ficar esperando o telefone tocar. Ele disse que ligaria à noite. Deve ligar.

"Você está louca", disse ela a si mesma. "Louca."

Por que esse homem a atraía tanto? A lembrança de seu rosto sombrio e infeliz surgiu diante dos olhos dela. Lynn tentou bani-la, tentou substituí-la pela fisionomia franca e bela de Rowley. Seu sorriso brando, seu olhar afetuoso. Mas, pensou Lynn, será que Rowley se interessava *mesmo* por ela? Se realmente se interessasse, com certeza teria entendido naquele dia em que ela foi pedir quinhentas libras para ele. Teria entendido, em vez de ser tão enlouquecedoramente razoável e prático. Casar-se com Rowley, morar na fazenda, jamais ir embora de novo, jamais ver céus estrangeiros, sentir aromas exóticos... jamais ser livre de novo...

O som agudo do telefone soou. Lynn respirou fundo, cruzou o corredor e levantou o fone.

Com o choque de um soco, a voz de tia Kathie chegou tenuamente pelo fio.

– Lynn? É você? Oh, fico muito feliz. Sabe, temo ter feito uma grande trapalhada... sobre o encontro no Instituto...

A voz tênue e flutuante prosseguiu. Lynn escutou, intercalou comentários, proferiu palavras tranquilizadoras, recebeu agradecimentos.

– Que alívio, querida Lynn, você é sempre tão gentil e tão prática. Realmente não consigo imaginar como deixei as coisas se bagunçarem tanto.

Lynn tampouco conseguia imaginar. A capacidade de tia Kathie para fazer trapalhadas com o mais simples dos assuntos elevava-se praticamente à genialidade.

– Mas sempre digo – concluiu tia Kathie – que tudo dá errado ao mesmo tempo. Nosso telefone está estragado e precisei vir a uma cabine telefônica, e não tinha dois pence aqui, apenas moedas de meio penny, e tive que pedir...

Por fim terminou. Lynn desligou e voltou para a sala de visita. Adela Marchmont, alerta, perguntou:

– Era...? – e fez uma pausa.

Lynn disse rapidamente:

– Tia Kathie.

– O que ela queria?

– Oh, apenas uma de suas confusões de sempre.

Lynn sentou-se de novo com um livro, lançando olhares para o relógio. Sim, era cedo demais. Ela não podia esperar a ligação para já. Às 23h05 o telefone tocou de novo. Ela foi até ele devagar. Dessa vez ela não teria expectativa, provavelmente era tia Kathie de novo...

Mas não.

– Warmsley Vale, nº 34? A srta. Lynn Marchmont pode receber uma chamada de Londres?

Seu coração quase parou.

– Aqui é Lynn Marchmont falando.

– Um minuto, por favor.

Ela esperou. Ruídos confusos, a seguir silêncio. O serviço telefônico estava cada vez pior. Ela esperou. Por fim pressionou o fone, irritada. Outra voz de mulher, indiferente, fria, falou desinteressada:

– Desligue, por favor. A senhorita receberá a ligação mais tarde.

Ela desligou, dirigiu-se à sala de visita, a campainha tocou de novo quando ela estava com a mão na porta. Voltou apressada para o telefone.

– Alô?

Uma voz de homem disse:

– Warmsley Vale, nº 34? Chamada pessoal de Londres para a srta. Marchmont.

– É ela.

– Um momento, por favor.

A seguir, ao longe:

– Fale, Londres, você está na linha...

E então, de repente, a voz de David:

– Lynn, é você?

– David!

– Eu tinha de falar com você.

– Sim...

– Olhe, Lynn, acho que é melhor eu dar o fora...

– O que quer dizer com isso?

– Dar o fora da Inglaterra de vez. É bem fácil fazer isso. Eu fingi que não era, para Rosaleen, simplesmente porque não queria ir embora de Warmsley Vale. Mas o que há de bom nisso tudo? Você e eu... não daria certo. Você é uma garota refinada, Lynn. E, quanto a mim, sou meio vigarista, sempre fui. E não se gabe de que eu andaria na linha por você. Eu poderia querer, mas não daria certo. Não, é melhor você casar-se com o diligente Rowley. Ele jamais lhe proporcionará um único dia de ansiedade enquanto você estiver viva. Eu lhe proporcionaria o inferno.

Ela ficou ali, segurando o fone sem dizer nada.

– Lynn, você ainda está aí?

– Sim, estou aqui.

– Você não disse nada.

– O que há para dizer?

– Lynn?

– Bem...?

Estranho como ela podia sentir claramente, com toda aquela distância, a excitação dele, o humor agitado...

Ele praguejou baixinho, disse em tom explosivo:

– Oh, para o inferno com tudo!

E desligou.

A sra. Marchmont, saindo da sala de visita, disse:

– Era...?

– Número errado – disse Lynn, subindo a escada ligeiro.

# Capítulo 15

Era costume no Stag que os hóspedes fossem chamados a qualquer hora que pedissem pelo simples processo de uma batida forte na porta e o anúncio em voz alta de que eram "Oito e meia, senhor" ou "Oito horas", conforme o caso. O chá era preparado mais cedo apenas se expressamente combinado e colocado no capacho do lado de fora da porta com um chocalhar da louça de cerâmica.

Naquela manhã específica de quarta-feira, a jovem Gladys executou a fórmula de praxe no número 5, gritando: "Oito e quinze, senhor", e largando a bandeja com uma pancada que derramou o leite da jarra. Então foi adiante, chamando mais gente e dando procedimento a suas outras tarefas.

Só depois das dez horas ela atentou para o fato de que o chá do número 5 ainda estava no capacho.

Deu algumas batidas pesadas na porta, não obteve resposta e por isso entrou.

O número 5 não era o tipo de cavalheiro que perdesse a hora dormindo, e ela lembrou que havia um conveniente telhado plano do lado de fora da janela. Era possível, pensou Gladys, que o número 5 tivesse escapulido sem pagar a conta.

Mas o homem que havia se registrado como Enoch Arden não havia escapulido. Estava caído de cara no chão no meio do quarto e, sem qualquer conhecimento de medicina, Gladys não teve dúvida de que estava morto.

Gladys jogou a cabeça para trás e gritou, a seguir saiu correndo do quarto escada abaixo, ainda gritando.

– Ai, srta. Lippincott... Srta. Lippincott... ai...

Beatrice Lippincott estava em sua sala particular com o dr. Lionel Cloade fazendo um curativo num corte em sua mão. Ele largou o curativo e virou-se, irritado, enquanto a garota entrava esbaforida.

– Ai, senhorita!

O doutor esbravejou:

– O que é isso? O que é isso?

– Qual o problema, Gladys? – perguntou Beatrice.

– É o cavalheiro do número 5, senhorita. Está caído no chão, morto.

O doutor fitou a garota e depois a srta. Lippincott. Esta fitou Gladys e depois o doutor.

Finalmente, o dr. Cloade disse de modo incerto:

– Besteira.

– Mortinho – disse Gladys, e acrescentou com certo prazer: – A cabeça foi despedaçada!

O doutor olhou para a srta. Lippincott.

– Talvez seja melhor eu...

– Sim, por favor, dr. Cloade. Mas realmente... mal acredito... parece muito impossível.

Foram em bando escada acima, Gladys à frente. O dr. Cloade deu uma olhada, ajoelhou-se e se inclinou sobre o corpo deitado.

Ergueu os olhos para Beatrice. Seu comportamento mudou. Ficou ríspido, autoritário.

– É melhor você telefonar para a delegacia de polícia – disse ele.

Beatrice Lippincott saiu, Gladys foi atrás dela.

– Ai, senhorita, acha que é *assassinato*?

Beatrice ajeitou o topete dourado com uma mão agitada.

– Feche a matraca, Gladys – disse ela em tom brusco. – Falar que é assassinato antes de *saber* que é assassinato é calúnia e você pode ser levada a juízo por isso. Não será nada bom para o Stag ter um monte de fofoca circulando por aí.

E acrescentou como uma generosa concessão:

– Vá preparar uma bela xícara de chá para você. Creio que esteja precisando.

– Sim, de fato, senhorita, preciso. Estou me revirando toda por dentro. Vou trazer uma xícara para a senhorita também!

Beatrice não fez objeção.

# Capítulo 16

O superintendente Spence olhou pensativo para o outro lado da mesa onde estava Beatrice Lippincott, que estava sentada com os lábios muito apertados.

– Obrigado, srta. Lippincott – disse ele. – Isso é tudo de que consegue se lembrar? Vou mandar datilografar para a senhorita ler e então, se não se incomodar em assinar...

– Oh, meu caro... não terei de prestar depoimento no tribunal de polícia, espero.

O superintendente Spence sorriu de modo apaziguador.

– Esperamos que não se chegue a isso – mentiu ele.

– Pode ter sido suicídio – disse Beatrice, esperançosa.

O superintendente Spence absteve-se de dizer que um suicida em geral não esburaca sua nuca com um par de pinças de lareira de aço. Em vez disso, replicou da mesma forma tranquila:

– Nunca é bom tirar conclusões às pressas. Obrigado, srta. Lippincott. Muito bom que tenha se apresentado tão prontamente para prestar declarações.

Quando ela foi conduzida para fora, ele repassou seu depoimento mentalmente. Ele sabia tudo sobre Beatrice Lippincott e tinha uma boa ideia do quanto se podia confiar na exatidão dela. Era coisa demais para uma conversa ouvida de forma genuína apenas por acaso e depois recordada. Um pouco de floreio devido à excitação. Mais um pouco porque o assassinato ocorreu no quarto número 5. Mas, tirando os excessos, o que restava era vil e sugestivo.

O superintendente Spence olhou para a mesa diante de si. Havia um relógio de pulso com o vidro quebrado, um pequeno isqueiro de ouro com iniciais, um batom em um estojo dourado e um par de pesadas pinças de lareira, cuja pesada base estava manchada de marrom ferruginoso.

O sargento Graves apareceu na porta e avisou que o sr. Rowley Cloade estava esperando. Spence acenou com a cabeça e o sargento encaminhou Rowley.

Assim como sabia tudo sobre Beatrice Lippincott, o superintendente também sabia tudo sobre Rowley Cloade. Se Rowley tinha vindo à delegacia de polícia, era porque tinha algo a dizer, e esse algo seria consistente, confiável e prosaico. Seria, de fato, algo que valia a pena ouvir. Ao mesmo tempo, sendo Rowley um tipo vagaroso, levaria algum tempo para falar. E não se podia apressar um tipo como Rowley Cloade. Fazendo isso, eles se tornavam tagarelas, repetitivos e em geral levavam o dobro do tempo...

– Bom dia, sr. Cloade. Que prazer em vê-lo! Pode lançar alguma luz sobre esse nosso problema? O homem que foi morto no Stag.

Para grande surpresa de Spence, Rowley começou com uma questão. Ele perguntou de forma abrupta:

– Vocês identificaram o sujeito?

– Não – disse Spence lentamente. – Não diria isso. Ele assinou o registro como Enoch Arden, mas não há nada com ele que mostre que *fosse* Enoch Arden.

Rowley franziu o cenho.

– Isso não é... muito estranho?

Era para lá de estranho, mas o superintendente Spence não pretendia discutir com Rowley Cloade o quão estranho ele achava que fosse. Em vez disso, disse em tom agradável:

– Vamos lá, sr. Cloade, sou eu que faço as perguntas. O senhor foi ver o morto ontem à noite. Por quê?

– O senhor conhece Beatrice Lippincott, superintendente? Do Stag.

– Sim, claro. E – disse o superintendente, tomando o que esperava ser um atalho – ouvi a história dela. Ela veio a mim contá-la.

Rowley pareceu aliviado.

– Bom. Temi que ela não quisesse se meter em um caso de polícia. As pessoas são engraçadas nesse sentido às vezes.

O superintendente concordou.

– Bem, então, Beatrice contou-me o que ouviu e me pareceu... não sei se lhe pareceu o mesmo... decididamente suspeito. O que quero dizer é... bem, somos parte interessada.

O superintendente concordou de novo. Ele havia percebido um agudo interesse local pela morte de Gordon Cloade e, conforme a opinião geral, considerava que a família de Gordon fora maltratada. Ele endossava a opinião de que a sra. Gordon Cloade "não era uma dama" e de que o irmão da sra. Gordon Cloade era um daqueles jovens comandos agitadores que, embora tivessem utilidade em tempo de guerra, deviam ser olhados com desconfiança em tempos de paz.

– Não creio que precise lhe explicar, superintendente, que, se o primeiro marido da sra. Gordon ainda estiver vivo, fará uma grande diferença para nós como família. A história de Beatrice foi a primeira insinuação de que tal situação poderia existir. Jamais sonhei com uma coisa dessas. Pensei que ela fosse indiscutivelmente viúva. E posso dizer que fiquei muito chocado. Pode-se dizer que levei um tempo para entender. Tive de absorver aquilo, sabe.

Spence assentiu de novo. Podia ver Rowley ruminando lentamente o assunto, revolvendo-o sem parar na cabeça.

– Primeiro pensei que seria melhor colocar meu tio nisso... o advogado.

– O sr. Jeremy Cloade?

– Sim, por isso fui até lá. Deve ter sido depois das oito. Eles ainda estavam jantando e sentei no gabinete do velho Jeremy para esperá-lo, e segui ponderando as coisas em minha mente.

– Sim?

– E enfim cheguei à conclusão de que faria um pouco por minha conta antes de envolver meu tio. Descobri, superintendente, que advogados são todos iguais. Muito lentos, muito cautelosos e precisam ter certeza absoluta dos fatos antes de avançar em um caso. A informação que eu tinha havia chegado a mim de modo clandestino. E me indaguei se o velho Jeremy poderia titubear um pouco a respeito de agir. Decidi ir ao Stag e ver esse camarada por mim.

– E fez isso?

– Sim. Fui direto para o Stag.

– Que horas eram?

Rowley ponderou.

– Deixe ver, devo ter chegado à casa de Jeremy às 20h20 ou por aí... cinco minutos, bem, não poderia dizer com exatidão, Spence. Depois das 20h30. Talvez 20h40.

– E então, sr. Cloade?

– Eu sabia onde o sujeito estava. Bee havia mencionado o número do quarto. Então subi direto, bati na porta e ele disse: "Entre", e eu entrei.

Rowley fez uma pausa.

– Penso que de algum modo não conduzi o assunto muito bem. Quando entrei, pensei que *eu* estivesse por cima. Mas aquele homem era bastante esperto. Não consegui extrair nada de concreto dele. Pensei que fosse se amedrontar quando insinuei que ele andava fazendo extorsão, mas aquilo pareceu apenas diverti-lo. Ele me perguntou, tremendo cara de pau, se eu também estava no mercado. Eu disse: "Você não pode jogar sujo comigo. *Eu* não tenho nada a esconder". E ele retrucou de modo bastante asqueroso que não se referia a isso. O caso, disse, é que *ele* tinha algo para vender e queria saber se eu seria um comprador. "O que você quer dizer?", perguntei. Ele falou: "Quanto você ou a família em geral me pagariam por uma prova conclusiva de que Robert Underhay, dado como morto na África, na verdade está bem vivo?" Perguntei por que diabos deveríamos pagar qualquer coisa. E ele riu e disse: "Porque tenho um cliente vindo essa noite que com certeza pagará uma quantia muito substancial por prova incontestável de que Robert Underhay está morto". Então... bem, então, temo ter perdido a cabeça; disse que minha família não estava acostumada a fazer esse tipo de negócio sujo. Se Underhay realmente está vivo, eu falei, o fato deveria ser bastante fácil de comprovar. Com isso eu já estava de saída quando ele riu e disse com um tom realmente muito esquisito: "Não creio que você vá provar sem a *minha* cooperação". Disse isso de um jeito estranho.

– E então?

– Bem, para ser franco, voltei para casa bastante perturbado. Senti que havia bagunçado as coisas, sabe. No fim gostaria de ter deixado que o velho Jeremy tratasse daquilo. Quer dizer, um advogado está acostumado a lidar com clientes ardilosos, ora.

– A que horas o senhor deixou o Stag?

– Não faço ideia. Espere um pouco. Deve ter sido pouco antes das nove, porque ouvi o toque do noticiário enquanto caminhava pela aldeia... vindo de uma janela.

– Arden disse quem estava esperando? Quem era o "cliente"?

– Não. Deduzi que fosse David Hunter. Quem mais poderia ser?

– Ele não pareceu de algum modo alarmado pelas perspectivas?

– Digo-lhe que o sujeito estava completamente satisfeito consigo mesmo e no topo do mundo!

Com um gesto suave, Spence indicou as pesadas pinças de aço.

– Reparou nelas na lareira, sr. Cloade?

– Essas? Não. Acho que não. O fogo não estava aceso.

Ele franziu o cenho, tentando visualizar a cena.

– Havia tenazes na lareira, tenho certeza, mas não posso dizer que tenha reparado quais eram. – Ele acrescentou: – Foi isso que...

Spence assentiu:

– Rebentou a cabeça dele.

Rowley franziu o cenho.

– Engraçado. Hunter é um sujeito de constituição leve. Arden era um homem grande. Poderoso.

O superintendente disse em voz monótona:

– A evidência médica é de que ele foi atingido por trás e que os golpes desferidos com a base das pinças partiram de cima.

Rowley disse, pensativo:

– Claro que ele era um sujeito do tipo presunçoso. Mas ao mesmo tempo eu não daria as costas tendo na sala um homem que eu estava tentando extorquir e que havia participado de combates muito duros na guerra. Arden não deve ter sido um tipo muito cauteloso.

– Se *tivesse* sido cauteloso, é muito provável que estivesse vivo agora – disse o superintendente em tom seco.

– Quisera Deus que estivesse – disse Rowley com fervor. – Do jeito que as coisas estão, sinto que estraguei tudo. Se ao menos não tivesse sido arrogante e ido embora, poderia ter tirado algo de útil dele. Deveria ter fingido que *estávamos* no mercado, mas a coisa era tão terrivelmente tola. Quer dizer, quem somos nós para dar um lance contra Rosaleen e David? Eles têm o dinheiro. Não conseguiríamos levantar cinco mil libras entre nós.

O superintendente pegou o isqueiro de ouro.

– Já viu isso antes?

Apareceu um vinco entre as sobrancelhas de Rowley. Ele disse lentamente:

– Vi em algum lugar, sim, mas não consigo lembrar onde. Não faz muito tempo. Não. Não consigo lembrar.

Spence não entregou o isqueiro para a mão estendida de Rowley. Largou-o e pegou o batom, tirando-o do estojo.

– E isso?

Rowley riu.

– Realmente, não faz o meu estilo, superintendente.

Pensativo, Spence espalhou um pouquinho no dorso da mão. Inclinou a cabeça de lado, fazendo uma avaliação.

– Cor de morenas, eu diria – ele comentou.

– Vocês, policiais, sabem de coisas engraçadas – disse Rowley.

Ele levantou-se.

– E vocês não... definitivamente não... sabem *quem* era o morto?

– Faz alguma ideia, sr. Cloade?

– Apenas me pergunto – disse Rowley lentamente. – Quer dizer, esse homem era nossa única pista para Underhay. Agora que está morto... bem, procurar Underhay vai ser como procurar uma agulha no palheiro.

– Haverá publicidade, sr. Cloade – disse Spence. – Lembre-se de que no devido tempo vai aparecer muita coisa sobre isso na imprensa. Se Underhay estiver vivo e ler a respeito... bem, pode se apresentar.

– Sim – disse Rowley em dúvida. – Pode.

– Mas o senhor não pensa assim?

– Penso – disse Rowley Cloade – que o primeiro round foi para David Hunter.

– Imagino – disse Spence.

Quando Rowley saiu, Spence pegou o isqueiro de ouro e olhou as iniciais D.H.

– Peça cara – disse ele ao sargento Graves. – Não é produção em massa. Bem fácil de identificar. Greatorex ou um daqueles lugares de Bond Street. Trate disso!

– Sim, senhor.

Então o superintendente olhou o relógio de pulso. O vidro estava quebrado, e os ponteiros marcavam 21h10.

Ele olhou para o sargento.

– Conseguiu o relatório sobre isso, Graves?

– Sim, senhor. A mola principal está quebrada.

– E o mecanismo dos ponteiros?

– Tudo bem com eles, senhor.

– Na sua opinião, o que o relógio nos diz, Graves?

Graves murmurou com cautela:

– Parece que poderia nos fornecer a hora em que o crime foi cometido.

– Ah – disse Spence –, quando se passou tanto tempo na corporação quanto eu, fica-se um pouco desconfiado de qualquer coisa tão conveniente quanto um relógio quebrado. Pode ser genuíno, mas é um truque velhíssimo e bem conhecido. Gire os ponteiros do relógio para a hora que lhe convém, quebre-o, e saia com um álibi eficaz. Mas você não pega um macaco velho com essa. Estou mantendo a mente muito aberta quanto à questão da hora em que o crime foi cometido. A evidência médica é: entre oito e onze da noite.

O sargento Graves pigarreou:

– Edwards, o segundo jardineiro de Furrowbank, disse ter visto David Hunter saindo de lá por uma porta lateral por volta das 19h30. As empregadas não sabiam que ele estava lá. Pensavam que estivesse em Londres com a sra. Gordon. Isso mostra que ele estava nas vizinhanças bem na hora.

– Sim – disse Spence. – Quero ouvir o relato de Hunter sobre suas atividades.

– Parece um caso claro – disse Graves, olhando as iniciais no isqueiro.

– Hmm – disse o superintendente. – Ainda há isso para ser levado em conta.

Ele indicou o batom.

– Tinha rolado para baixo da cômoda, senhor. Poderia estar ali há algum tempo.

– Verifiquei – disse Spence. – A última vez que uma mulher ocupou aquele quarto foi há três semanas. Sei que o serviço não é grande coisa hoje em dia, mas penso que ainda passam um pano embaixo dos móveis uma vez a cada três semanas. Em geral, o Stag é mantido bem limpo e arrumado.

– Não houve sugestão de alguma mulher metida com Arden.

– Eu sei – disse o superintendente. – Por isso o batom é o que chamo de incógnita.

O sargento Graves absteve-se de dizer: "*Cherchez la femme*". Ele tinha uma pronúncia em francês muito boa e sabia que chamar a atenção para isso irritava muitíssimo o superintendente Spence. O sargento Graves era um jovem diplomático.

# Capítulo 17

O superintendente Spence olhou o Shepherd's Court, Mayfair, antes de transpor seu agradável portal. Situado modestamente na vizinhança de Shepherd Market, era discreto, dispendioso e circunspecto.

Lá dentro, os pés de Spence afundaram no tapete fofo e grosso. Havia um canapé forrado de veludo e uma jardineira cheia de plantas floridas. Diante dele, um pequeno elevador automático, com um lance de escadas ao lado. À direita do saguão havia uma porta com a placa *Escritório*. Spence abriu-a e entrou. Viu-se em uma saleta com um balcão atrás do qual havia uma mesa, uma máquina de escrever e duas cadeiras. Uma estava próxima à mesa; a outra, mais decorativa, fora colocada em ângulo com a janela. Não havia ninguém à vista.

Ao ver uma campainha embutida no balcão de mogno, Spence apertou-a. Como nada aconteceu, apertou-a de novo. Cerca de um minuto depois, abriram uma porta na parede mais afastada e uma pessoa resplandecente de uniforme surgiu. A aparência era de um general estrangeiro ou possivelmente marechal de campo, mas o linguajar era de Londres, e da Londres iletrada ainda por cima.

– Pois não, senhor?

– A sra. Gordon Cloade.

– Terceiro andar, senhor. Devo interfonar primeiro?

– Ela está aqui, não? – perguntou Spence. – Pensei que pudesse estar no interior.

– Não, senhor, ela está aqui desde o último sábado.

– E o sr. David Hunter?

– O sr. Hunter está aqui também.

– Não esteve fora?

– Não, senhor.

– Ele estava aqui na noite passada?

– Muito bem – disse o marechal de campo, tornando-se subitamente agressivo. – Para que tudo isso? Quer saber a história da vida de todo mundo?

Sem dizer nada, Spence mostrou seu distintivo. Na mesma hora o marechal de campo murchou e tornou-se cooperativo.

– Sinto muito mesmo – ele disse. – Não podia saber, podia?

– E então, o sr. Hunter estava aqui ontem à noite?

– Sim, senhor, estava. Pelo menos creio que estivesse. Isto é, ele não disse que ia sair.

– Você saberia se ele saísse?

– Bem, de modo geral, não. Não creio que soubesse. Cavalheiros e damas em geral avisam se não vão estar aqui. Dão instruções sobre cartas ou o que querem que se diga caso alguém telefone.

– As ligações telefônicas passam por este escritório?

– Não, a maioria dos apartamentos tem linhas próprias. Um ou dois preferem não ter telefone, então avisamos pelo interfone, e as pessoas descem e falam da cabine no saguão.

– Mas o apartamento da sra. Cloade tem telefone?

– Sim, senhor.

– E pelo que você sabe os dois estavam aqui ontem à noite?

– Isso mesmo.

– E quanto às refeições?

– Há um restaurante, mas a sra. Cloade e o sr. Hunter não o utilizam com frequência. Em geral saem para jantar.

– Café da manhã?

– É servido nos apartamentos.

– Você pode verificar se foi servido café da manhã para eles hoje?

– Sim, senhor. Posso verificar com o serviço de quarto.

Spence assentiu com a cabeça.

– Vou subir agora. Me informe quando eu descer.

– Muito bem, senhor.

Spence entrou no elevador e apertou o botão para o terceiro andar. Havia apenas dois apartamentos por andar. Spence tocou a campainha do número 9.

David Hunter abriu. Ele não conhecia o superintendente e falou em tom brusco.

– Bem, o que é isso?

– Sr. Hunter?

– Sim.

– Superintendente Spence, da Polícia do Condado de Oastshire. Posso dar uma palavrinha com o senhor?

– Desculpe, superintendente – ele sorriu. – Pensei que fosse um vendedor. Entre.

Ele o conduziu para uma sala moderna e encantadora. Rosaleen Cloade estava junto à janela e se virou quando eles entraram.

– Superintendente Spence, Rosaleen – disse Hunter. – Sente-se, superintendente. Aceita uma bebida?

– Não, obrigado, sr. Hunter.

Rosaleen havia inclinado a cabeça de leve. Então sentou-se de costas para a janela, as mãos unidas com força sobre o colo.

– Fuma? – David ofereceu cigarros.

– Obrigado – Spence pegou um cigarro, esperou... Observou David enfiar a mão num bolso, tirá-la, franzir o cenho, olhar em volta e pegar uma caixa de fósforos. Riscou um e acendeu o cigarro do superintendente.

– Obrigado, senhor.

– Bem – disse David à vontade, enquanto acendia o seu cigarro. – O que há de errado em Warmsley Vale? Nossa cozinheira andou lidando com o mercado negro? Ela nos serve uma comida maravilhosa, e sempre me indaguei se haveria alguma história sinistra por trás.

– É bem mais grave do que isso – disse o superintendente. – Um homem morreu no Stag na noite passada. Talvez você tenha visto nos jornais.

David sacudiu a cabeça.

– Não, não reparei. O que houve com ele?

– Ele não morreu apenas. Foi morto. Sua cabeça foi esmagada, na verdade.

Uma exclamação semissufocada partiu de Rosaleen. David disse depressa:

– Por favor, superintendente, não se estenda em nenhum detalhe. Minha irmã é frágil. Ela não consegue evitar; se o senhor mencionar sangue e outros horrores, ela provavelmente vai desmaiar.

– Sinto muito – disse o superintendente. – Mas não há nada a se falar sobre sangue. Contudo, por certo foi assassinato.

Ele fez uma pausa. As sobrancelhas de David arquearam-se. Ele disse de modo suave:

– O senhor despertou meu interesse. Onde entramos nisso?

– Esperamos que o senhor seja capaz de nos dizer algo sobre esse homem, sr. Hunter.

– Eu?

– O senhor foi visitá-lo na noite de sábado passado. Seu nome, ou o nome sob o qual ele se registrou, era Enoch Arden.

– Sim, claro. Agora estou lembrado.

David fumou lentamente, sem se constranger.

– E então, sr. Hunter?

– Bem, superintendente, temo não poder ajudá-lo. Não sei quase nada sobre o homem.

– O nome dele era realmente Enoch Arden?

– Duvido muito.

– Por que você foi vê-lo?

– Apenas uma daquelas histórias de má sorte de sempre. Ele mencionou certos lugares, experiências de guerra, pessoas – David deu de ombros. – Apenas conversa para conseguir dinheiro, temo eu. A coisa toda era bastante espúria.

– O senhor deu algum dinheiro a ele?

Houve uma pequena pausa, e então David disse:

– Apenas cinco libras, para dar sorte. Ele com certeza esteve na guerra.

– Ele mencionou certos nomes que o senhor... conhecesse?

– Sim.

– Um desses nomes era capitão Robert Underhay?

Finalmente ele tinha causado efeito. David enrijeceu-se. Por trás dele, Rosaleen deu um pequeno grito abafado de medo.

– O que o faz pensar nisso, superintendente? – David enfim perguntou. Seus olhos eram cautelosos, perscrutadores.

– Informação recebida – disse o superintendente, impassível.

Houve um breve silêncio. O superintendente sentia os olhos de David estudando-o, avaliando-o, esforçando-se para *saber*... Ele esperou calmamente.

– Alguma ideia de quem seja Robert Underhay, superintendente? – perguntou David.

– Suponho que *o senhor* vá me dizer.

– Robert Underhay foi o primeiro marido de minha irmã. Ele morreu na África há alguns anos.

– Tem certeza disso, sr. Hunter? – Spence logo perguntou.

– Certeza. É isso, não, Rosaleen? – ele virou-se para ela.

– Oh, sim – ela falou rapidamente e sem respirar – Robert morreu de febre, malária severa. Foi muito triste.

– Às vezes circulam histórias que não são bem verdade, sra. Cloade.

Ela não disse nada. Não estava olhando para ele, mas para o irmão. Então, depois de um momento, falou:

– Robert está morto.

– Pelas informações de que disponho – disse o superintendente –, entendo que esse homem, Enoch Arden, alegava ser amigo do falecido Robert Underhay e ao mesmo tempo informou-lhe, sr. Hunter, que Robert Underhay estava vivo.

David sacudiu a cabeça.

– Bobagem – disse ele. – A mais completa bobagem.

– O senhor afirma categoricamente que o nome de Robert Underhay não foi mencionado?

– Ah – David sorriu com encanto –, foi *mencionado*. O pobre sujeito disse que havia conhecido Underhay.

– Não houve nenhuma tentativa de... extorsão, sr. Hunter?

– Extorsão? Não entendo, superintendente.

– Não mesmo, sr. Hunter? A propósito, apenas como questão de formalidade, onde o senhor estava na noite passada, entre, digamos, sete e onze horas?

– Apenas como questão de formalidade, superintendente, suponha que me recuse a responder.

– Não está se comportando de modo um tanto infantil, sr. Hunter?

– Não penso que esteja. Não gosto, nunca gostei de ser intimidado.

O superintendente pensou que aquilo provavelmente era verdade.

Ele havia encontrado testemunhas do tipo de David Hunter antes. Testemunhas que obstruíam as investigações apenas por obstruir, e nem de leve porque tivessem algo a esconder. O simples fato de serem solicitadas a relatar suas idas e vindas parecia despertar nelas um orgulho negro e teimosia. Fariam questão de causar à lei toda dificuldade que pudessem.

O superintendente Spence, embora se orgulhasse de ser um homem imparcial, tinha chegado a Shepherd's Court com uma firme convicção de que David Hunter era um assassino.

Agora, pela primeira vez, não estava tão certo. A puerilidade do desafio de David despertou dúvidas nele.

Spence olhou para Rosaleen Cloade. Ela reagiu na mesma hora.

– David, por que não conta a ele?

– Está certa, sra. Cloade. Queremos apenas esclarecer as coisas...

David interrompeu de modo selvagem:

– Pare de intimidar a minha irmã, está ouvindo? O que lhe interessa onde estive, aqui, ou em Warmsley Vale ou em Timbuctu?

Spence disse em tom de advertência:

– O senhor será intimado no inquérito, sr. Hunter, e lá terá de responder as perguntas.

– Pois vou esperar pelo inquérito! E agora, superintendente, dê o fora daqui, sim?

– Muito bem, senhor – o superintendente ergueu-se, imperturbável. – Mas tenho algo a pedir à sra. Cloade primeiro.

– Não quero minha irmã preocupada.

– Que seja. Mas quero que ela olhe o corpo e me diga se pode identificá-lo. Estou nos meus direitos quanto a isso. Precisará ser feito mais cedo ou mais tarde. Por que não deixá-la vir comigo agora e acabar com isso? Uma testemunha ouviu o finado sr. Arden dizer que conhecia Robert Underhay. *Portanto,* ele pode ter conhecido a sra. Underhay. E, por conseguinte, a sra. Underhay pode conhecê-lo. Se o nome dele não é Enoch Arden, poderíamos com isso saber qual é, na verdade.

Rosaleen levantou-se de forma um tanto inesperada.

– Eu irei, é claro – disse ela.

Spence esperou um novo ataque de David, mas para sua surpresa o outro riu.

– Muito bem, Rosaleen – disse ele. – Confesso, eu mesmo estou curioso. Afinal de contas, você pode ser capaz de dar nome ao sujeito.

Spence disse a ela:

– A senhora não o viu em Warmsley Vale?

Ela sacudiu a cabeça.

– Estou em Londres desde o último domingo.

– E Arden chegou na sexta de noite, sim.

Rosaleen perguntou:

– O senhor quer que eu vá *agora?*

Ela fez a pergunta com algo da submissão de uma garotinha. A despeito de si mesmo, o superintendente ficou favoravelmente impressionado. Havia uma docilidade, uma boa vontade nela que ele não esperava.

– Seria muita gentileza de sua parte, sra. Cloade – disse ele. – Quanto antes pudermos estabelecer certos fatos, melhor. Lamento não ter um carro da polícia aqui.

David foi para o telefone.

– Vou ligar para a locadora Daimler. Está fora do limite legal, mas espero que o senhor possa ajeitar isso, superintendente.

– Creio que possa ser arranjado, sr. Hunter.

Ele levantou-se.

– Estarei esperando vocês lá embaixo.

Desceu de elevador e abriu a porta do escritório mais uma vez.

O marechal de campo estava à espera.

– Bem?

– Ambas as camas foram usadas na noite passada, senhor. Chuveiros e toalhas usados. O café da manhã foi servido a eles no apartamento às nove e meia.

– E você não sabe a que horas o sr. Hunter chegou ontem à noite?

– Temo não poder lhe dizer nada além disso, senhor.

"Bem, era isso aí", pensou Spence. Indagou-se se haveria alguma coisa por trás da recusa de David em falar exceto puro desafio infantil. Ele deve perceber que uma acusação de assassinato paira sobre ele. Com certeza deve ver que quanto mais cedo contar sua história, melhor. Nunca é bom antagonizar com a polícia. "Mas antagonizar com a polícia", pensou ele com pesar, "era justo o que David Hunter gostaria de fazer."

Conversaram muito pouco no caminho. Quando chegaram ao necrotério, Rosaleen Cloade estava muito pálida. Suas mãos tremiam. David olhou para ela preocupado. Falou com Rosaleen como se fosse uma criancinha:

– Vai ser apenas um minuto ou dois, minha querida. Não é nada de mais, absolutamente nada. Não fique nervosa. Você vai entrar com o superintendente e eu vou esperá-la. E não há nada com o que se preocupar. Ele vai parecer pacífico e como se estivesse apenas adormecido.

Ela fez um pequeno sinal afirmativo com a cabeça e estendeu a mão. Ele a apertou de leve.

– Seja uma garota corajosa agora.

Enquanto seguia o superintendente, ela disse com sua voz suave:

– O senhor deve pensar que sou uma terrível covarde, superintendente. Mas quando todos são mortos numa casa... todos mortos menos você... naquela noite medonha em Londres...

Ele disse de modo gentil:

– Entendo, sra. Cloade. Sei que a senhora passou por uma experiência ruim durante o bombardeio, quando seu marido foi morto. Realmente vai levar apenas um minuto ou dois.

A um sinal de Spence, o lençol foi virado. Rosaleen Cloade ficou olhando o homem que se chamava de Enoch Arden. Spence, parado discretamente de um lado, na verdade estava observando-a nos mínimos detalhes.

Ela olhou o morto com curiosidade e como se especulasse. Não se sobressaltou, não manifestou nenhum sinal de emoção ou reconhecimento, apenas olhou longa e especulativamente para ele. Então, muito calmamente, de uma forma quase prosaica, fez o sinal da cruz.

– Deus conceda descanso à sua alma – disse ela. – Jamais vi esse homem na minha vida. Não sei quem é ele.

Spence pensou consigo mesmo: "Ou você é uma das melhores atrizes que já conheci, ou então está falando a verdade".

Mais tarde, Spence ligou para Rowley Cloade.

– Estive com a viúva há pouco – disse ele. – Ela diz que aquele definitivamente não é Robert Underhay e que nunca o viu antes. De modo que isso estabelece *isso!*

Houve uma pausa. Então Rowley perguntou lentamente:

– Isso *estabelece* isso?

– Creio que um júri acreditaria nela. Na ausência de prova em contrário, claro.

– Si-sim – disse Rowley, e desligou.

Então, franzindo o cenho, ele pegou a lista telefônica, não a local, mas a de Londres. Seu dedo indicador percorreu a letra P metodicamente. Ele logo achou o que queria.

# Livro II

## Capítulo I

### I

Hercule Poirot dobrou cuidadosamente o último dos jornais que havia mandado George comprar. As informações que ofereciam eram de certo modo pobres. A evidência médica havia determinado que o crânio do homem fora fraturado por uma série de golpes pesados. O inquérito havia sido suspenso por duas semanas. Solicitava-se que qualquer um que pudesse dar informações sobre um homem chamado Enoch Arden, que se acreditava ter vindo da Cidade do Cabo recentemente, contatasse o Chefe de Polícia de Oastshire.

Poirot depositou os jornais em uma pilha bem feita e entregou-se à meditação. Ele estava interessado. Poderia quem sabe ter passado pelo primeiro parágrafo sem se interessar, não fosse a recente visita da sra. Lionel Cloade. Porém, aquela visita fez com que recordasse com muita clareza os incidentes daquele dia, no clube, durante o bombardeio aéreo. Ele lembrou muito nitidamente da voz do major Porter dizendo: "Talvez um sr. Enoch Arden apareça em algum lugar a mil milhas de distância ou algo assim e comece uma vida nova". Ele agora queria muito saber mais sobre o homem chamado Enoch Arden que havia morrido de forma violenta em Warmsley Vale.

Lembrou que conhecia vagamente o superintendente Spence, da polícia de Oastshire, e que o jovem Mellon vivia não muito longe de Warmsley Heath e conhecia Jeremy Cloade.

Enquanto pensava em telefonar para o jovem Mellon, George veio anunciar que um sr. Rowland Cloade gostaria de vê-lo.

– A-ha! – disse Hercule Poirot com satisfação. – Faça-o entrar.

Um rapaz de boa aparência e ar preocupado entrou e pareceu bastante desnorteado sobre como começar.

– Bem, sr. Cloade – disse Poirot solícito –, o que posso fazer pelo senhor?

Rowley Cloade fitava Poirot bastante em dúvida. Os bigodes vistosos, a elegância de alfaiataria, as polainas brancas e os sapatos bicudos de verniz enchiam aquele rapaz provinciano de receios evidentes.

Poirot percebeu isso perfeitamente bem, e de certo modo achou divertido.

Rowley Cloade começou de maneira um tanto lerda:

– Temo que terei de explicar quem sou e tudo isso. O senhor não conhece meu nome...

Poirot interrompeu-o:

– Pois sim, conheço seu nome perfeitamente. Veja só, sua tia veio me ver na semana passada.

– Minha tia?

O queixo de Rowley caiu. Ele olhou Poirot com o mais completo espanto. Aquilo era tão claramente uma novidade para ele que Poirot deixou de lado sua primeira suposição, de que as duas visitas estivessem conectadas. Por um momento, pareceu-lhe uma notável coincidência que dois membros da família Cloade decidissem consultá-lo dentro de um período de tempo tão curto, mas um segundo depois percebeu que não era coincidência, apenas uma sequência natural oriunda de uma causa inicial única.

Ele disse em voz alta:

– Presumo que a sra. Lionel Cloade *seja* sua tia.

Rowley pareceu ainda mais espantado que antes. Ele disse, com a mais completa incredulidade:

– Tia Kathie? Com certeza... o senhor não quis dizer... sra. *Jeremy* Cloade?

Poirot sacudiu a cabeça.

– Mas o que nesse mundo tia Kathie...

Poirot murmurou em tom discreto:

– Ela veio a mim, creio, por orientação espiritual.

– Oh, Deus! – disse Rowley.

Ele pareceu aliviado e divertido. Disse, como que para tranquilizar Poirot:

– Ela é totalmente inofensiva.

– Fico pensando... – disse Poirot.

– Como assim?

– Será que alguém é... em algum momento... totalmente inofensivo?

Rowley arregalou os olhos. Poirot suspirou.

– O senhor veio me solicitar algo? Pois não? – Poirot instigou com gentileza.

O olhar preocupado voltou ao rosto de Rowley.

– Temo que seja uma longa história...

Poirot também temia. Ele tinha a impressão muito perspicaz de que Rowley Cloade não era o tipo de pessoa que vai ao ponto depressa. Recostou-se e semicerrou os olhos quando Rowley começou:

– Meu tio, veja bem, era Gordon Cloade...

– Sei tudo sobre Gordon Cloade – disse Poirot, solícito.

– Bom. Então não preciso explicar. Ele casou-se poucas semanas antes de morrer... uma jovem viúva chamada Underhay. Desde a morte dele, ela vive em Warmsley Vale... ela e um irmão. Todos acreditávamos que o primeiro marido dela tinha morrido de febre na África. Mas agora parece que pode não ter sido assim.

– Ah... – Poirot sentou-se. – E o que o levou a essa suposição?

Rowley descreveu a chegada do sr. Enoch Arden em Warmsley Vale.

– Talvez o senhor tenha visto nos jornais…

– Sim, vi – Poirot foi solícito outra vez.

Rowley prosseguiu. Descreveu sua primeira impressão de Arden, sua visita ao Stag, a carta que recebeu de Beatrice Lippincott e por fim a conversa que Beatrice ouviu.

– Claro – disse Rowley – que não se pode ter certeza do que ela *ouviu*. Ela pode ter exagerado um pouco. Ou mesmo ter entendido errado.

– Ela contou a história à polícia?

Rowley confirmou com a cabeça.

– Falei para ela que seria melhor.

– Não vejo bem... me desculpe... por que o senhor veio a mim, sr. Cloade. Quer que eu investigue esse... assassinato? Pois é um assassinato, presumo.

– Por Deus, não – disse Rowley. – Não quero nada desse tipo. Isso é trabalho da polícia. Ele foi eliminado com certeza. Não, estou atrás do seguinte: quero que o senhor descubra quem *era* o sujeito.

Os olhos de Poirot estreitaram-se.

– Quem o senhor acha que ele era, sr. Cloade?

– Bem, quer dizer... Enoch Arden não é um nome. É uma citação, ora. Tennyson. Fui estudar isso. O cara volta e descobre que sua esposa casou-se com outro homem.

– Então o senhor acha – disse Poirot calmamente – que Enoch Arden era Robert Underhay?

Rowley disse devagar:

– Bem, poderia ser. Quer dizer, pela idade certa e aparência e tudo mais. Claro que repassei tudo com Beatrice várias vezes. Ela naturalmente não consegue lembrar *com exatidão* o que ambos disseram. O camarada disse que Robert Underhay estava mal de vida e com a saúde ruim e precisava de dinheiro. Bem, ele poderia estar falando de si mesmo, não? Parece ter dito algo sobre não convir a David Hunter que Underhay aparecesse em Warmsley Vale, soando um pouco como se ele *estivesse* lá sob um nome fictício.

– Qual evidência de identificação houve no inquérito?

– Nada definido. Apenas as pessoas do Stag dizendo que ele era o homem que havia chegado lá e se registrado como Enoch Arden.

– E os documentos dele?

– Não tinha nenhum.

– O quê? – Poirot sentou-se surpreso. – Nenhum documento de espécie alguma?

– Absolutamente nada. Algumas meias extras, uma camisa, uma escova de dentes etc. Mas nada de documentos.

– Nenhum passaporte? Nem cartas? Nem mesmo um cartão de racionamento?

– Absolutamente nada.

– Isso – disse Poirot – é muito interessante. Sim, muito interessante.

Rowley prosseguiu:

– David Hunter, o irmão de Rosaleen, foi vê-lo na noite após sua chegada. A história dele para a polícia é que recebeu uma carta do sujeito dizendo que era amigo de Robert Underhay e estava em má situação. A pedido da irmã, foi ao Stag, viu o sujeito e deu cinco libras a ele. Essa é a história *dele*, e pode apostar que ele pretende sustentá-la! Claro que a polícia está mantendo sigilo sobre o que Beatrice ouviu.

– David Hunter disse que não tinha prévio conhecimento do homem?

– Isso é o que ele diz. De qualquer modo, deduzo que Hunter jamais encontrou-se com Underhay.

– E quanto a Rosaleen Cloade?

– A polícia pediu-lhe para olhar o corpo, para o caso de ela conhecer o homem. Ela disse que se tratava de um completo estranho.

– *Eh bien* – disse Poirot. – Então isso responde sua pergunta!

– Responde? – disse Rowley de forma rude. – Penso

que não. Se o morto *é* Underhay, então Rosaleen jamais foi esposa de meu tio e não tem direito a um tostão do dinheiro dele. O senhor acha que ela *iria* reconhecê-lo sob tais circunstâncias?

– Não confia nela?

– Não confio em nenhum deles.

– Sem dúvida existe bastante gente que poderia dizer com certeza se o morto é ou não é Underhay.

– Não parece tão fácil assim. É isso que quero que o senhor faça. Descubra alguém que conheça Underhay. Aparentemente ele não possui parentes vivos no país. E sempre foi um cara do tipo solitário e reservado. Suponho que deva haver velhos criados, amigos, *alguém*... mas a guerra arrebentou com tudo e deslocou as pessoas. *Eu* não saberia por onde começar a tratar dessa missão... de todo modo, não tenho tempo. Sou fazendeiro e tenho poucos empregados.

– Por que eu? – perguntou Hercule Poirot.

Rowley pareceu embaraçado.

Um leve lampejo surgiu no olhar de Poirot.

– Orientação espiritual? – murmurou.

– Por Deus, não – disse Rowley horrorizado. – Na verdade – ele hesitou – ouvi um cara que conheço falar do senhor, disse que é um gênio nesse tipo de coisa. Não sei sobre seus honorários... caros, presumo... Somos um grupo falido, mas arrisco dizer que poderíamos nos cotizar. Isto é, se o senhor aceitar.

Hercule Poirot disse lentamente:

– Sim, acho que talvez possa ajudá-lo.

Sua memória, uma memória muito precisa e exata, retrocedeu. O chato do clube, os jornais farfalhantes, a voz monótona.

O nome... ele tinha ouvido o nome... voltaria em pouco tempo à lembrança dele. Se não, poderia perguntar a Mellon... Não, conseguiu. Porter. Major Porter.

Hercule Poirot levantou-se.

– Voltará para lá hoje à tarde, sr. Cloade?

– Bem... não sei. Sim, suponho que volte. Mas por certo o senhor não pode fazer nada em tão pouco tempo.

Ele olhava Poirot com pasmo e incredulidade. Poirot não seria humano se tivesse resistido à tentação de se exibir. Tendo em mente a recordação de um brilhante predecessor, disse em tom solene:

– Tenho meus métodos, sr. Cloade.

Era sem dúvida a coisa certa a dizer. A expressão de Rowley tornou-se respeitosa ao extremo.

– Sim. Claro. Realmente... Não sei como vocês fazem essas coisas.

Poirot não esclareceu a ele. Quando Rowley se foi, ele sentou-se e escreveu um bilhetinho. Entregou-o a George, instruindo-o para levá-lo ao Coronation Club e esperar uma resposta.

A resposta foi altamente satisfatória. O major Porter apresentava seus cumprimentos a monsieur Poirot e ficaria feliz em encontrar-se com ele e seu amigo na Edgeway Street, 79, Campden Hill, às cinco horas daquela tarde.

## II

Rowley reapareceu às quatro e meia.

– Teve sorte, monsieur Poirot?

– Mas claro, sr. Cloade, iremos nos encontrar agora com um velho amigo do capitão Robert Underhay.

– *O quê?*

Rowley ficou de boca aberta. Arregalou os olhos para Poirot com o assombro que um garotinho demonstra quando um mágico tira coelhos da cartola.

– Mas isso é *incrível*! Não entendo como consegue fazer essas coisas... nossa, em apenas algumas horas.

Poirot fez um gesto depreciativo e tentou parecer modesto. Não tinha a intenção de revelar a simplicidade com que seu truque de magia havia sido feito. Impressionar aquele Rowley ingênuo satisfazia sua vaidade.

Os dois homens saíram juntos, chamaram um táxi e foram a Campden Hill.

## III

O major Porter ocupava o primeiro andar de uma casinha em mau estado. Foram recebidos por uma mulher jovial de aspecto desarrumado que os conduziu para cima. Era uma sala quadrada com prateleiras ao redor e algumas gravuras desportivas bastante ruins. Havia dois tapetes no chão; bons tapetes de adorável coloração pálida, mas muito surrados. Poirot reparou que o centro do piso estava coberto com verniz novo e espesso, ao passo que o verniz perto dos cantos estava velho e desgastado. Ele notou que até bem pouco tempo havia outros tapetes melhores; tapetes que valiam um bom dinheiro hoje em dia. Olhou o homem parado ereto junto à lareira em seu traje puído e bem-talhado. Poirot imaginou que para o major Porter, oficial aposentado do exército, a vida estivesse restrita quase ao essencial. Os impostos e o aumento do custo de vida atingiam com mais força os velhos soldados. Ele intuiu que o major Porter se agarraria a algumas coisas até o fim. Ser membro do clube, por exemplo.

O major Porter estava falando aos trancos:

– Temo não estar lembrado de tê-lo encontrado, monsieur Poirot. No clube, o senhor disse? Há uns dois anos? Conheço-o de *nome*, é claro.

– Este – disse Poirot – é o sr. Rowland Cloade.

O major Porter deu um solavanco com a cabeça em honra à apresentação.

– Como vai? – disse. – Temo não poder oferecer-lhes uma taça de xerez. Acontece que meu vendedor de vinhos perdeu o estoque no bombardeio. Tenho um gim. Coisa asquerosa, sempre penso. Ou que tal uma cerveja?

Aceitaram cerveja. O major Porter veio com uma cigarreira.

– Fuma?

Poirot aceitou um cigarro. O major riscou um fósforo e acendeu o cigarro de Poirot.

– *Você* não, eu sei – disse o major para Rowley. – Importa-se se eu acender meu cachimbo?

Porter acendeu o cachimbo com uma boa quantidade de tragadas e baforadas.

– E então? – perguntou o major quando todas essas preliminares estavam concluídas. – De que se trata?

Ele olhou de um para o outro.

Poirot disse:

– Talvez o senhor tenha lido nos jornais sobre a morte de um homem em Warmsley Vale.

Porter sacudiu a cabeça.

– Posso ter lido. Não creio.

– O nome dele era Arden. Enoch Arden.

Porter sacudiu a cabeça de novo.

– Foi encontrado no Stag Inn com a parte de trás da cabeça esmagada.

Porter franziu o cenho.

– Deixe-me ver... sim, li algo a respeito, creio. Uns dias atrás.

– Sim. Tenho uma fotografia aqui. É uma foto de jornal e não está muito nítida, creio eu. O que gostaríamos de saber, major Porter, é se o senhor alguma vez já viu esse homem.

Ele alcançou a melhor reprodução que conseguiu encontrar do rosto do homem.

O major Porter pegou-a e franziu o cenho.

– Espere um pouco.

O major pegou seus óculos, ajustou-os no nariz e estudou a fotografia mais de perto. Então teve um sobressalto repentino.

– Valha-me Deus! – disse ele. – Com todos os diabos!

– Conhece o homem, major?

– Claro que conheço! É Underhay. Robert Underhay.

– Tem certeza disso? – havia triunfo na voz de Rowley.

– Claro que tenho certeza. Robert Underhay! Juro por qualquer coisa.

## Capítulo 2

O telefone tocou e Lynn foi atendê-lo.

A voz de Rowley falou.

– Lynn?

– Rowley?

A voz dela soou deprimida. Ele disse:

– O que tem feito? Não vejo nunca você esses dias.

– Oh, bem... é o serviço de casa, você sabe. Correr por aí com uma cesta, esperar o peixe e entrar na fila por um pedacinho de um bolo completamente repulsivo. Todo tipo de coisa. Vida doméstica.

– Quero ver você. Tenho algo para contar.

– Que tipo de coisa?

Ele deu uma risadinha.

– Boas notícias. Encontre-me perto de Rolland Copse. Estamos arando por lá.

Boas notícias? Lynn largou o telefone. O que seriam boas notícias para Rowley Cloade? Finanças? Teria vendido aquele touro novo por um preço melhor do que esperava obter?

"Não", ela pensou, "deve ser mais do que isso." Enquanto seguia pelo campo até Rolland Copse, Rowley deixou o trator e veio encontrá-la.

– Olá, Lynn.

– Ei, Rowley, você parece... de algum modo *diferente*.

Ele riu.

– Acho que sim. *Nossa sorte virou*, Lynn!

– A que você se *refere*?

– Lembra do velho Jeremy mencionar um camarada chamado Hercule Poirot?

– Hercule Poirot? – Lynn franziu o cenho. – Sim, lembro *de alguma coisa*...

– Faz bastante tempo. Na guerra. Estavam naquele mausoléu que é o clube dele e houve um ataque aéreo.

– Bem? – Lynn inquiriu impaciente.

– O sujeito usa roupas impróprias e tudo mais. Francês. Ou belga. Sujeito esquisito, mas é mesmo o bom.

Lynn franziu as sobrancelhas.

– Ele não era um... *detetive*?

– Isso mesmo. Bem, você sabe, aquele sujeito que foi liquidado no Stag. Não lhe contei, mas estava circulando por aí a ideia de que ele possivelmente seria o primeiro marido de Rosaleen Cloade.

Lynn riu.

– Simplesmente porque se nomeou Enoch Arden? Que ideia absurda!

– Não tão absurda, minha garota. O velho Spence levou Rosaleen para dar uma olhada nele. E ela jurou com total firmeza que *não era* seu marido.

– Então acabou?

– Poderia ter – disse Rowley. – Não fosse *eu*!

–Você? O que você *fez*?

– Fui até esse camarada, Hercule Poirot. Falei que queríamos outra opinião. Será que ele poderia encontrar alguém que de fato tivesse conhecido Robert Underhay? Palavra, esse cara é absolutamente genial! Foi como tirar coelhos da cartola. Em poucas horas arranjou um camarada que era grande amigo de Underhay. Um velho chamado Porter.

Rowley parou. Então deu outra risadinha com aquele tom de excitação que havia surpreendido e sobressaltado Lynn.

– Agora, *guarde só para você*, Lynn. O superintendente me fez jurar segredo, mas eu gostaria que *você* soubesse. O morto é Robert Underhay.

– O quê?

Lynn deu um passo para trás. Olhou para Rowley, confusa.

– O próprio Robert Underhay. Porter não teve a menor dúvida. Então, veja, Lynn – a voz de Rowley elevou-se excitada –, *nós vencemos*! No fim das contas, *vencemos*! Derrotamos aqueles malditos vigaristas!

– Que malditos vigaristas?

– Hunter e a irmã dele. Estão acabados. Fora. Rosaleen não fica com o dinheiro de Gordon. *Nós* ficamos. É *nosso*! O testamento que Gordon fez antes de se casar com Rosaleen mantém-se válido e divide o dinheiro entre nós. Eu ganho uma quarta parte. Vê? *Se* o primeiro marido estava vivo quando ela se casou com Gordon, *ela jamais foi casada com Gordon de modo algum*!

– Você tem... você tem *certeza* do que está dizendo?

Ele fitou-a e pela primeira vez pareceu um pouquinho intrigado.

– Claro que tenho certeza! É elementar. Está tudo certo agora. É como Gordon queria que fosse. Tudo está como se esse precioso par jamais tivesse se intrometido.

Ela perguntou lentamente:

– O que eles vão fazer?

– Hein?

Ela viu que até aquele momento Rowley nem havia considerado a questão.

– Não sei. Voltar para o lugar de onde vieram, suponho. Penso, sabe...

Ela pôde vê-lo chegar à conclusão lentamente:

– Sim, penso que devemos fazer algo para *ela*. Quer dizer, ela casou-se com Gordon em boa-fé. Acho que ela realmente acreditava que o primeiro marido estivesse morto. Sim, devemos fazer algo a respeito dela. Dar-lhe uma pensão decente. Angariar entre todos nós.

– Você gosta dela, não? – perguntou Lynn.

– Bem, sim – ele considerou. – De certo modo sim. É uma boa moça. Ela reconhece uma vaca quando vê uma.

– Eu não – disse Lynn.

– Ah, você vai aprender – disse Rowley, gentil.

– E quanto a... David? – questionou Lynn.

Rowley ficou carrancudo.

– Para o inferno com David! Jamais foi o dinheiro *dele* em todo caso. Ele apenas veio junto e sugou a irmã.

– Não, Rowley, não é assim. Não é. Ele *não* é um sugador. Ele é um... aventureiro, talvez...

– *E* um maldito assassino!

Ela ofegou:

– Como assim?

– Bem, quem você acha que matou Underhay?

Ela gritou:

– Não acredito! Não acredito!

– Claro que ele matou Underhay! Quem mais teria feito isso? Ele estava aqui naquele dia. Chegou pelas cinco e meia da tarde. Eu estava resolvendo coisas na estação e o vi de longe.

Lynn afirmou de um jeito ríspido:

– Ele voltou para Londres naquela noite.

– Depois de ter matado Underhay – disse Rowley, triunfante.

– Você não deveria dizer uma coisa dessas, Rowley. A que horas Underhay foi morto?

– Bem, não sei *exatamente* – Rowley ficou mais lento. Ponderou. – Não suponho que saibamos até o inquérito de amanhã. Em algum momento entre 21h e 22h, imagino.

– David pegou o trem das 21h20 para Londres.

– Escute aqui, Lynn, como *você* sabe?

– Eu... eu encontrei com ele. Ele estava correndo para pegar o trem.

– Como você sabe que ele pegou mesmo o trem?

– Porque ele telefonou para mim de Londres mais tarde.

Rowley fechou a carranca, zangado.

– Por que diabos ele telefonaria para *você*? Olhe aqui, Lynn, que o diabo me carregue se...

– O que *importa*, Rowley? De qualquer modo, isso mostra que ele pegou o trem.

– Com bastante tempo para ter assassinado Underhay e então corrido atrás do trem.

– Não se ele foi morto depois das nove horas da noite.

– Bem, pode ter sido morto pouco antes das nove.

Mas a voz dele tinha um pouco de dúvida.

Lynn semicerrou os olhos. *Seria* essa a verdade? Quando David emergiu do bosque sem fôlego, praguejando, teria sido um assassino que acabara de cometer seu crime que a pegou nos braços? Ela lembrou da curiosa agitação dele, do espírito temerário. Será que assassinato o afetaria daquela maneira? Poderia. Ela tinha de admitir. Será que David estava muito distante de cometer assassinato? Ele *mataria* um homem que nunca lhe fez mal, um fantasma do passado? Um homem cujo único crime era ficar entre Rosaleen e uma grande herança, entre David e o desfrute do dinheiro de Rosaleen?

Ela murmurou:

– *Por que* ele mataria Underhay?

– Meu Deus, Lynn, e você ainda *pergunta*? Acabei de lhe *dizer*! Underhay vivo significa que *nós* pegamos o dinheiro de Gordon! De todo modo, Underhay estava chantageando-o.

Ah, aquilo se encaixava melhor no padrão. David poderia matar um chantagista. De fato, não era exatamente assim que ele *lidaria* com um chantagista? Sim, tudo se encaixava no padrão. A pressa de David, sua agitação, a abordagem amorosa impetuosa, quase irada. E, mais tarde, a renúncia a ela. "É melhor eu dar o fora..." Sim, combinava.

Ela ouviu a voz de Rowley muito ao longe perguntando:

– Qual o problema, Lynn? Você está se sentindo bem?

– Sim, claro.

– Bem, pelo amor de Deus, não faça uma cara tão séria.

Ele se virou, olhando para Long Willows na encosta do morro.

– Graças a Deus, agora poderemos dar uma ajeitada no lugar, colocar uns apetrechos para facilitar a vida, deixá-lo bom para você. Não quero que você passe trabalho, Lynn.

Aquele seria seu lar. Aquela casa. Seu lar com Rowley...

E às oito horas de uma certa manhã, David seria pendurado pelo pescoço até a morte...

# CAPÍTULO 3

Com um rosto pálido e determinado e olhos alertas, David estava com as mãos nos ombros de Rosaleen.

– Vai ficar tudo bem, estou dizendo, vai ficar tudo bem. Mas você tem de manter a cabeça no lugar e fazer exatamente como lhe digo.

– E se levarem você? Você disse! Você disse que poderiam levá-lo.

– Sim, é uma possibilidade. Mas não será por muito tempo. Não se você mantiver a cabeça no lugar.

– Farei o que você diz, David.

– É isso aí, garota! Tudo que você tem a fazer, Rosaleen, é manter a sua história. Sustente que o morto *não* é seu marido Robert Underhay.

– Vão lançar armadilhas para eu dizer coisas que não pretendia.

– Não, não vão. Está tudo bem, estou dizendo.

– Não, está errado. Está errado o tempo todo. Pegar dinheiro que não nos pertence. Passo as noites em claro pensando nisso, David. Pegar o que não nos pertence. Deus está nos punindo por nossa perversidade.

Ele olhou para ela franzindo o cenho. Ela estava desmoronando. Sim, estava desmoronando definitivamente. Sua consciência jamais havia sido plenamente aquietada. Não, a menos que ele tivesse muita sorte, ela entraria em colapso total. Bem, só havia uma coisa a ser feita.

– Escute, Rosaleen – disse ele com gentileza. – Você quer que eu seja enforcado?

Os olhos dela arregalaram-se em horror.

– Oh, David, você não seria... não poderiam...

– Só existe uma pessoa que pode me enforcar. É você. Se você admitir uma só vez, por olhar, gesto ou palavra, que o morto pode ser Underhay, você vai colocar a corda no meu pescoço. Entendeu?

Sim, aquilo pegou em cheio. Ela fitou-o com olhos arregalados, horrorizados.

– Sou tão estúpida, David.

– Não, não é. Em todo caso, você não tem de ser esperta. Você precisa jurar solenemente que o morto não é seu marido. Pode fazer isso?

Ela assentiu.

– Pareça estúpida se quiser. Olhe como se não entendesse direito o que estão perguntando. Isso não vai fazer mal. Mas mantenha-se firme nos pontos que examinei com você. Gaythorne vai cuidar de você. Ele é um advogado criminal muito capaz, foi por isso que o chamei. Ele estará no inquérito e vai protegê-la de qualquer importunação. Mas, mesmo para ele, *mantenha a sua história.* Pelo amor de Deus, não tente ser esperta, nem pense que poderá me ajudar com alguma ideia sua.

– Vou fazer isso, David. Vou fazer exatamente o que você diz.

– Boa menina. Quando tudo isso acabar iremos embora. Para o sul da França. Para a América. Nesse meio tempo, cuide de sua saúde. Não passe as noites acordada atormentando-se e ficando nervosa. Tome aquelas coisas para dormir que o dr. Cloade prescreveu, brometo ou algo assim. Tome uma por noite, anime-se e lembre-se que *os bons tempos estão chegando*! Agora – ele olhou o relógio – está na hora de ir para o inquérito. Está marcado para as onze.

Ele olhou em volta da bela e ampla sala de estar. Beleza, conforto, riqueza... Ele tinha desfrutado de tudo aquilo. Uma linda casa, Furrowbank. Talvez esse fosse o adeus...

Ele havia se metido numa encrenca, isso era certo.

Mas mesmo agora não se arrependia. E quanto ao futuro... bem, ele continuaria arriscando. "*E devemos pegar a corrente quando é propícia, ou perder nossos ousados empreendimentos.*"

Ele olhou para Rosaleen. Ela o observava com grandes olhos suplicantes, e David soube intuitivamente o que ela queria.

– Não o matei, Rosaleen – disse ele, gentil. – Juro a você por todos os santos do seu calendário!

## Capítulo 4

O inquérito foi realizado em Cornmarket.

O magistrado encarregado do caso, sr. Pebmarsh, era um homenzinho exagerado, de óculos e com uma noção considerável de sua importância.

Atrás dele postava-se o corpanzil do superintendente Spence. Em um assento discreto estava um homenzinho de aspecto estrangeiro com um bigodão negro. A família Cloade: os Jeremy Cloade, os Lionel Cloade, Rowley Cloade, a sra. Marchmont e Lynn, estavam todos lá. O major Porter sentou-se sozinho, irrequieto e constrangido. David e Rosaleen chegaram por último. Sentaram-se isolados.

O magistrado pigarreou e, lançando um olhar para o júri de nove ilustres cidadãos locais, deu início aos procedimentos.

Chefe Peacock.

Sargento Vane.

Dr. Lionel Cloade...

– O senhor estava atendendo uma paciente profissionalmente no Stag quando Gladys Aitkin veio até o senhor. O que ela disse?

– Ela informou que o ocupante do número 5 estava caído morto no chão.

– Em consequência o senhor subiu ao número 5?

– Subi.

– Pode descrever o que encontrou lá?

O dr. Cloade descreveu. O corpo de um homem... de rosto para baixo... ferimentos na cabeça... nuca... pinças de lareira.

– Na sua opinião, os ferimentos foram infligidos com as pinças em questão?

– Alguns deles inquestionavelmente foram.

– E foram desferidos vários golpes?

– Sim. Não fiz um exame detalhado, pois considerei que a polícia deveria ser chamada antes de o corpo ser tocado ou ter sua posição alterada.

– Muito acertado. O homem estava morto?

– Sim. Estava morto há algumas horas.

– Há quanto tempo, na sua opinião, ele estava morto?

– Eu hesitaria em ser muito preciso quanto a isso. Pelo menos onze horas, muito possivelmente treze ou catorze. Digamos que entre sete e meia e dez e meia da noite anterior.

– Obrigado, dr. Cloade.

A seguir veio o legista da polícia, fornecendo uma descrição técnica completa dos ferimentos. Havia um esfolado e um inchaço no maxilar inferior e cinco ou seis golpes tinham sido desferidos na base do crânio, alguns dos quais após a morte.

– Foi um ataque de grande brutalidade?

– Exatamente.

– Seria necessária muita força para infligir esses golpes?

– N-não, não força exatamente. As pinças, agarradas pelas extremidades, poderiam ser facilmente giradas sem muito esforço. A pesada bola de aço que forma a base das pinças faz delas uma arma formidável. Uma pessoa bem delicada poderia ter provocado os ferimentos se, por assim dizer, os golpes fossem desferidos num acesso de excitação.

– Obrigado, doutor.

Seguiram-se detalhes sobre as condições do corpo: bem nutrido, saudável, cerca de 45 anos de idade. Nenhum sinal de enfermidade ou doença. Coração, pulmão etc., todos bem.

Beatrice Lippincott prestou testemunho sobre a chegada do falecido. Ele se registrou como Enoch Arden, da Cidade do Cabo.

– O falecido apresentou um cartão de racionamento?

– Não, senhor.

– A senhorita pediu?

– De início não. Não sabia quanto tempo ele ficaria.

– Mas enfim pediu a ele?

– Sim, senhor. Ele chegou na sexta, e no sábado eu disse que, se fosse permanecer por mais de cinco dias, fizesse-me o favor de dar seu cartão de racionamento.

– O que ele disse sobre isso?

– Disse que daria.

– Mas na verdade não o fez?

– Não.

– Ele não disse que o havia perdido? Ou que não possuía um?

– Oh, não. Apenas disse: "Vou procurar e trazer".

– Srta. Lippincott, na noite de sábado a senhorita ouviu uma conversa sem querer?

Com uma grande quantidade de explicações detalhadas sobre a necessidade em que se viu de visitar o número 4, Beatrice Lippincott contou sua história. O magistrado conduziu-a astutamente.

– Obrigado. A senhorita mencionou essa conversa que ouviu para alguém?

– Sim, contei para o sr. Rowley Cloade.

– Por que contou para o sr. Cloade?

– Achei que ele deveria saber – Beatrice corou.

Um homem alto e magro (sr. Gaythorne) ergueu-se e pediu permissão para fazer uma pergunta.

– No curso da conversa entre o falecido e o sr. David Hunter, o morto em algum momento mencionou com clareza que ele era Robert Underhay?

– Não. Não. Ele não mencionou.

– De fato ele falou de "Robert Underhay" como se Robert Underhay fosse outra pessoa?

– Sim. Sim, falou.

– Obrigado, sr. magistrado, isso era tudo que eu queria deixar claro.

Beatrice Lippincott saiu e Rowley Cloade foi chamado.

Ele confirmou que Beatrice havia repetido a história para ele e então fez o relato de sua entrevista com o falecido.

– As últimas palavras dele para o senhor foram: "Não creio que você vá provar isso sem a *minha* cooperação?" – "*Isso*" sendo o fato de que Robert Underhay ainda estava vivo?

– Foi o que ele disse, sim. E riu.

– Ele riu? O que o senhor presumiu que essas palavras significassem?

– Bem... apenas pensei que ele estivesse tentando me levar a fazer uma oferta, mas depois fiquei pensando...

– Sim, sr. Cloade, mas o que o senhor pensou depois é pouco relevante. Podemos dizer que, como resultado dessa entrevista, o senhor tratou de tentar achar alguma pessoa conhecida do falecido Robert Underhay? E que, com certa ajuda, foi bem-sucedido?

Rowley assentiu:

– Está certo.

– Que horas eram quando o senhor deixou o falecido?

– Pelo que posso dizer, faltavam cinco minutos para as nove da noite.

– O que o fez fixar essa hora?

– Enquanto andava pela rua, ouvi as badaladas das nove horas por uma janela aberta.

– O falecido mencionou a que horas esperava seu cliente?

– Disse que "a qualquer momento".

– Ele não mencionou qualquer nome?

– Não.

– David Hunter!

Houve um leve burburinho sussurrante enquanto os habitantes de Warmsley Vale esticavam a cabeça para olhar o jovem alto e esguio de ar desagradável que, de pé, encarava o magistrado de modo desafiador.

As preliminares ocorreram rapidamente. O magistrado continuou:

– O senhor foi ver o falecido na noite de sábado?

– Sim. Recebi uma carta dele pedindo ajuda e afirmando que havia conhecido o primeiro marido de minha irmã na África.

– O senhor tem essa carta?

– Não, não guardo cartas.

– O senhor ouviu o relato feito por Beatrice Lippincott de sua conversa com o falecido. É um relato verdadeiro?

– Bastante incorreto. O falecido falou que conhecia meu finado cunhado, queixou-se de sua própria má sorte e de estar mal de vida e pediu algum auxílio financeiro que, como sempre, tinha muita confiança de que seria capaz de ressarcir.

– Ele disse que Robert Underhay ainda estava vivo?

David sorriu.

– Com certeza não. Ele disse: "*Se* Robert ainda estivesse vivo, sei que me ajudaria".

– Isso é bastante diferente do que Beatrice Lippincott nos contou.

– Bisbilhoteiros – disse David – em geral ouvem apenas uma parte do que se passa e com frequência entendem tudo errado, tendo que preencher os detalhes que faltam com sua imaginação fértil.

Beatrice agitou-se, furiosa, e exclamou:

– Ora! Eu nunca...

O magistrado a repreendeu:

– Silêncio, por favor. Então, sr. Hunter, o senhor visitou o falecido de novo na noite de terça-feira...

– Não, não visitei.

– O senhor ouviu o sr. Rowley Cloade dizer que o falecido esperava uma visita?

– Poderia esperar uma visita. Sendo assim, o visitante não era eu. Já havia dado cinco libras antes. Achei que estava bastante bom para ele. Não havia prova nem de que tivesse conhecido Robert Underhay. Desde que herdou uma vultosa renda do marido, minha irmã tem sido alvo de todo escritor de cartas suplicantes e de todos os sanguessugas das vizinhanças.

Ele deixou seus olhos percorrerem lentamente os Cloade reunidos.

– Sr. Hunter, vai nos dizer onde estava na noite de terça-feira?

– Descubra! – disse David.

– Sr. Hunter! – o magistrado bateu na mesa. – Essa é a coisa mais tola e irrefletida de se dizer.

– Por que eu deveria lhe dizer onde estava e o que estava fazendo? Terei tempo de sobra para isso quando o senhor me acusar de assassinar o homem.

– Se persistir nessa atitude, pode-se chegar a isso antes do que o senhor pensa. O senhor reconhece *isso*, sr. Hunter?

Inclinando-se à frente, David pegou o isqueiro de ouro na mão. Seu rosto estava intrigado. Devolvendo-o, disse devagar:

– Sim, é meu.

– Quando o viu pela última vez?

– Eu o perdi – ele fez uma pausa.

– Sim, sr. Hunter? – a voz do magistrado era suave.

Gaythorne inquietou-se, pareceu prestes a falar. Mas David foi mais rápido que ele.

– Eu estava com ele na última sexta-feira. Sexta de manhã. Não lembro de vê-lo desde então.

O sr. Gaythorne ergueu-se.

– Com sua permissão, sr. magistrado. O senhor visitou o falecido na noite de sábado. Não poderia ter deixado o isqueiro lá?

– Poderia, creio – disse David lentamente. – Com certeza não lembro de vê-lo depois de sexta-feira.

E acrescentou:

– Onde foi encontrado?

O magistrado disse:

– Entraremos nisso mais adiante. Pode retirar-se agora, sr. Hunter.

David voltou vagarosamente para seu assento. Inclinou a cabeça e sussurrou algo a Rosaleen Cloade.

– Major Porter.

O major Porter sentou-se no banco das testemunhas um pouco hesitante. Ficou lá, uma figura militar ereta, como em revista de tropa. Apenas o modo como umedecia os lábios revelava o intenso nervosismo que o acometia.

– O senhor é George Douglas Porter, major reformado dos Rifles Africanos do Rei?

– Sim.

– Quão bem o senhor conhecia Robert Underhay?

Em uma voz de praça de armas, o major Porter bradou locais e datas.

– Viu o corpo do falecido?

– Sim.

– Pode identificar o corpo?

– Sim. É o corpo de Robert Underhay.

Um zumbido de agitação varreu a corte.

– O senhor afirma categoricamente e sem a menor dúvida?

– Afirmo.

– Não existe possibilidade de estar enganado?

– Nenhuma.

– Obrigado, major Porter. Sra. Gordon Cloade.

Rosaleen ergueu-se. Passou pelo major Porter. Ele olhou-a com alguma curiosidade. Ela sequer olhou de relance para ele.

– Sra. Cloade, a senhora foi levada pela polícia para ver o corpo do falecido?

Ela estremeceu.

– Sim.

– A senhora afirmou de forma cabal que era o corpo de um homem completamente desconhecido?

– Sim.

– Em vista da afirmação que o major Porter acaba de fazer, gostaria de retirar ou corrigir sua própria declaração?

– Não.

– A senhora ainda assegura de modo cabal que o corpo não era de seu marido Robert Underhay?

– Não era o corpo de meu marido. Era um homem que nunca vi na vida.

– Ora vamos, sra. Cloade, o major Porter reconheceu-o com certeza como o corpo de seu amigo Robert Underhay.

Rosaleen disse impassível:

– O major Porter está enganado.

– A senhora não está sob juramento nessa corte, sra. Cloade. Mas é provável que esteja sob juramento em outra corte em pouco tempo. Está preparada para então jurar que o corpo não é de Robert Underhay, mas de um estranho desconhecido?

– Estou preparada para jurar que não é o corpo de meu marido, mas de um homem totalmente desconhecido para mim.

A voz dela estava clara e firme. Seus olhos enfrentaram os do magistrado resolutamente.

Ele murmurou:

– Pode se sentar.

Então, retirando o pincenê, dirigiu-se ao júri.

Eles estavam ali para descobrir como aquele homem tinha morrido. Quanto a isso havia poucas questões. Não podia se pensar em acidente ou suicídio. Nem poderia haver qualquer sugestão de homicídio involuntário. Restava um único veredito: homicídio proposital. Quanto à identidade do homem, esta não estava estabelecida com clareza.

Eles tinham ouvido uma testemunha, homem de caráter reto e probo em cuja palavra podiam confiar, dizer que o corpo era de um antigo amigo seu, Robert Underhay. Por outro lado, a morte de Robert Underhay de febre na África foi estabelecida de modo aparentemente satisfatório para as autoridades locais, e na ocasião não foi levantada nenhuma questão. Em contradição à afirmativa do major Porter, a viúva de Robert Underhay, agora sra. Gordon Cloade, declarou de modo cabal que o corpo *não* era de Robert Underhay. Eram afirmações diametralmente opostas. Indo além da questão de identidade, eles teriam de decidir se havia alguma evidência que revelasse quem havia assassinado o falecido. Podiam pensar que a evidência apontava para uma certa pessoa, mas seria necessária uma grande quantidade de evidências antes que se pudesse provar um caso – evidências, motivo e oportunidade. A pessoa teria de ter sido avistada por alguém nas proximidades da cena do crime na hora apropriada. Se não houvesse tal evidência, o melhor veredito seria o de assassinato premeditado sem prova suficiente quanto à autoria. Tal veredito deixaria a polícia livre para realizar as investigações necessárias.

Ele então dispensou-os para que considerassem o veredito.

Levaram 45 minutos.

Voltaram com um veredito de homicídio proposital contra David Hunter.

# Capítulo 5

– Temia que fizessem isso – disse o magistrado em tom de desculpas. – Preconceito local! Emoção em vez de lógica.

O magistrado, o chefe de polícia, o superintendente Spence e Hercule Poirot estavam reunidos em conferência após o inquérito.

– O senhor fez o máximo – disse o chefe de polícia.

– É prematuro, para dizer o mínimo – falou Spence, franzindo o cenho. – E nos tolhe. O senhor conhece monsieur Hercule Poirot? Ele foi decisivo na apresentação de Porter.

O magistrado disse em tom afável:

– Ouvi falar do senhor, monsieur Poirot.

Poirot fez uma tentativa fracassada de parecer modesto.

– Monsieur Poirot está interessado no caso – disse Spence com um sorriso largo.

– É verdade, é isso mesmo – afirmou Poirot. – Eu estava nele, pode-se dizer, antes que *houvesse* um caso.

E em resposta aos olhares interessados, ele contou sobre a pequena cena bizarra no clube quando ouviu pela primeira vez uma menção ao nome de Robert Underhay.

– Esse será um fator adicional ao testemunho de Porter quando o caso for a julgamento – disse o chefe de polícia, pensativo. – Underhay de fato *planejou* uma morte fingida. E falou em usar o nome Enoch Arden.

O chefe de polícia murmurou:

– Ah, mas isso será admitido como evidência? Palavras de um homem que agora está morto?

– Pode não ser admissível como evidência – disse Poirot, ponderando. – Mas levanta uma linha de raciocínio muito interessante e sugestiva.

– O que *nós* queremos – falou Spence – não são sugestões, mas uns poucos fatos concretos. Alguém que realmente tenha visto David Hunter no Stag ou perto dali na noite de terça-feira.

– Deve ser fácil – disse o chefe de polícia, com a testa franzida.

– Se fosse no meu país seria bem fácil – afirmou Poirot. – Haveria um pequeno café onde alguém toma o café da noite... mas na Inglaterra provincial! – ele jogou as mãos para o alto.

O superintendente concordou.

– Algumas pessoas vão aos pubs e ficam lá até a hora do fechamento, e o resto da população fica dentro de casa escutando o noticiário das nove horas. Se você anda pela rua principal daqui entre nove e meia e dez da noite, está completamente deserta. Nenhuma viva alma.

– Ele contava com isso? – sugeriu o chefe de polícia.

– Talvez – disse Spence. Sua expressão não estava feliz.

Em seguida, o chefe de polícia e o magistrado foram embora. Spence e Poirot ficaram a sós.

– O senhor não gosta do caso, não é? – perguntou Poirot, solidário.

– Aquele rapaz me preocupa – disse Spence. – Ele é do tipo com o qual nunca dá para saber em que pé se está. Quando é o mais inocente em algum negócio, age como se fosse culpado. E, quando é culpado, ora, você juraria que é um anjo celestial!

– *O senhor* acha que ele *é* culpado? – perguntou Poirot.

– O senhor não acha? – contrapôs Spence.

Poirot estendeu as mãos.

– Estou interessado em saber – disse ele – quanto exatamente o senhor tem contra ele.

– Não em termos legais? Em termos de probabilidade?

Poirot assentiu.

– Temos o isqueiro – disse Spence.

– Onde o encontraram?

– Embaixo do corpo.

– Digitais nele?

– Nenhuma.

– Ah – disse Poirot.

– Sim – disse Spence. – Também não gosto muito disso. E o relógio do homem morto parou às 21h10. Isso se encaixa bastante bem com a evidência médica. E com a evidência de Rowley Cloade de que Underhay esperava seu cliente a qualquer momento. Presume-se que o cliente estivesse quase chegando.

Poirot assentiu.

– Sim, tudo muito arrumadinho.

– E a coisa que não sai de minha cabeça, monsieur Poirot, é que ele é a única pessoa (ele e sua irmã, quero dizer) com um vislumbre ou sombra de motivo. Ou David Hunter matou Underhay, ou então Underhay foi morto por alguém de fora que o seguiu até aqui por alguma razão que desconhecemos. E isso parece uma loucura improvável.

– Oh, concordo, concordo.

– Veja, não há ninguém em Warmsley Vale que possivelmente tivesse um motivo. A menos que por coincidência alguém (além dos Hunter) que esteja morando aqui tivesse uma conexão com Underhay no passado. Jamais excluo coincidências, mas não houve um indício ou sugestão de nada desse tipo. O homem era um estranho para todo mundo, exceto para o irmão e a irmã.

Poirot assentiu.

– Para a família Cloade, Robert Underhay seria a menina dos olhos a ser mantida viva com a máxima precaução possível. Robert Underhay vivinho significava a certeza de uma enorme fortuna dividida entre eles.

– Outra vez, *mon ami*, concordo entusiasticamente com o senhor. Robert Underhay vivinho é do que a família Cloade precisa.

– Assim, lá voltamos nós: Rosaleen e David Hunter são as duas únicas pessoas que têm um motivo. Rosaleen Cloade estava em Londres. Mas David, sabemos, estava em Warmsley Vale naquele dia. Ele chegou às cinco e meia da tarde.

– Então agora temos o motivo bem claro, e temos o fato de que das cinco e meia em diante até alguma hora não determinada, ele estava no local.

– Exatamente. Agora vamos pegar a história de Beatrice Lippincott. Acredito naquela história. Ela ouviu o que disse que ouviu, embora possa ter exagerado um pouco, o que é simplesmente humano.

– Simplesmente humano, como o senhor diz.

– Além de conhecer a moça, acredito nela porque não poderia ter inventado algumas coisas. Ela jamais tinha ouvido falar de Robert Underhay antes, por exemplo. Por isso, acredito na história dela sobre o que se passou entre os dois homens, e não na de David Hunter.

– Eu também – disse Poirot. – Ela me impressiona como uma testemunha singularmente confiável.

– Temos confirmação de que a história dela é verdadeira. Para que o senhor supõe que o irmão e a irmã foram a Londres?

– Essa é uma das coisas que mais me interessa.

– Bem, a situação do dinheiro é a seguinte: Rosaleen Cloade dispõe apenas de usufruto vitalício dos bens de Gordon Cloade. Ela não pode tocar no capital, exceto, creio, umas mil libras. Mas joias etc. são dela. A primeira coisa que ela fez ao ir para a cidade foi levar algumas das peças mais valiosas para Bond Street e vendê-las. Ela queria uma grande soma em dinheiro depressa. Em outras palavras, precisava pagar um chantagista.

– O senhor chama isso de evidência contra David Hunter?

– O senhor não?

Poirot sacudiu a cabeça.

– Evidência de que havia chantagem, sim. Evidência de intenção de cometer assassinato, não. Não se pode ter as duas coisas, *mon cher*. Ou aquele rapaz ia pagar, ou então estava planejando matar. O senhor obteve evidência de que ele planejava *pagar*.

– Sim. Sim, talvez seja assim. Mas ele pode ter mudado de ideia.

Poirot deu de ombros.

– Conheço o tipo dele – disse o superintendente, pensativo. – É um tipo que se saiu bem na guerra. Coragem física além de qualquer medida. Audácia e um descaso imprudente em relação à segurança pessoal. O tipo que encara qualquer adversidade. É o tipo com possibilidades de ganhar a Cruz da Vitória; embora, veja bem, com frequência seja póstuma. Sim, em tempos de guerra, um homem assim é um herói. Mas na paz, bem, na paz esses homens em geral acabam na prisão. Gostam de excitação, não conseguem andar na linha e não dão a mínima para a sociedade. E, por fim, não têm consideração pela vida humana.

Poirot assentiu.

– Estou dizendo – repetiu o superintendente –, eu *conheço* o tipo.

Houve alguns minutos de silêncio.

– *Eh bien* – enfim disse Poirot. – Concordamos que temos aqui o *tipo* de um assassino. Mas isso é tudo. Não nos leva adiante.

Spence olhou para ele, curioso.

– O senhor está realmente interessado neste assunto, monsieur Poirot?

– Sim.

– Por quê? Posso perguntar?

– Francamente – Poirot estendeu as mãos –, não sei bem. Talvez seja porque quando, há dois anos, eu estava sentado muito mal do estômago (pois não gosto de ataques aéreos e não sou muito bravo, embora me esforce para fazer uma cara boa), quando, como disse, eu estava sentado com uma sensação ruim aqui – Poirot agarrou o estômago de um jeito expressivo –, no salão de fumar do clube do meu amigo, lá estava o chato do clube, o bom major Porter, falando de forma cansativa, recontando uma história comprida que ninguém escutava, exceto eu; eu escutava porque desejava me distrair das bombas e porque os fatos que ele relatava me pareciam interessantes e sugestivos. E pensei comigo mesmo que um dia algo poderia resultar da situação que ele relatava.

– O inesperado aconteceu, hein?

– Pelo contrário – corrigiu Poirot. – Foi o *esperado* que aconteceu. O que em si é notável o bastante.

– O senhor esperava um assassinato? – perguntou Spence, cético.

– Não, não, não! Mas uma esposa casou-se de novo. Possibilidade de que o primeiro marido ainda estivesse vivo? Ele *estava* vivo. Ele poderia aparecer? Ele *apareceu*! Poderia haver chantagem. Houve *chantagem!* Possibilidade, portanto, de que o chantagista fosse silenciado? *Ma foi*, ele foi silenciado!

– Bem – disse Spence, fitando Poirot com bastante dúvida. – Suponho que essas coisas estejam bem próximas do modelo. É um tipo comum de crime, chantagem que resulta em assassinato.

– Nada de interessante, o senhor diria? Em geral não. Mas esse caso é interessante porque, veja – disse Poirot placidamente –, *está tudo errado.*

– Tudo errado? O que quer dizer com tudo errado?

– Nada disso está, como direi, *no feitio correto.*

Spence arregalou os olhos.

– O inspetor-chefe Japp – comentou ele – sempre disse que o senhor tinha uma mente tortuosa. Me dê um exemplo do que chama de errado.

– Bem, o morto, por exemplo; *ele* está todo errado.

Spence sacudiu a cabeça.

– O senhor não sente isso? – perguntou Poirot. – Oh, bem, talvez eu seja fantasista. Então pegue esta parte. Underhay chega ao Stag. Escreve para David Hunter. Hunter recebe a carta na manhã seguinte. Na hora do café da manhã?

– Sim, isso. Admitiu ter recebido a carta de Arden nessa hora.

– Essa foi a primeira insinuação da chegada de Underhay em Warmsley Vale, não foi? Qual a primeira coisa que Hunter faz? *Despacha a irmã para Londres*!

– Isso é bem compreensível – disse Spence. – Ele queria liberdade total para tratar das coisas do seu jeito. Pode temer que a mulher fraquejasse. Ele é o espírito de liderança, lembre-se. A sra. Cloade está inteiramente sob seu domínio.

– Oh, sim, isso se revela de modo evidente. Assim, ele a manda para Londres e visita o tal Enoch Arden. Temos um relato bastante claro da conversa por meio de Beatrice Lippincott, e o que salta aos olhos, como se diz, é que David Hunter *não tinha certeza de que o homem com quem estava falando era Robert Underhay*. Ele *suspeitava* disso, mas não *sabia*.

– Mas não há nada de estranho nisso, monsieur Poirot. Rosaleen Hunter casou-se com Underhay na Cidade do Cabo e foi com ele direto para a Nigéria. Hunter e Underhay nunca se encontraram. Portanto, como o senhor diz, embora Hunter suspeitasse que Arden fosse Underhay, ele não podia *saber* ao certo, pois nunca encontrou-se com o homem.

Poirot olhou para o superintendente, pensativo.

– Então não há nada que o impressione como... peculiar? – perguntou.

– Sei onde o senhor quer chegar. Por que Underhay não disse logo que *era* Underhay? Bem, penso que isso também seja compreensível. Pessoas respeitáveis que fazem alguma vigarice gostam de manter as aparências. Gostam de colocar as coisas de tal forma que se mantenham limpas, se é que me entende. Não, não acho que isso seja muito notável. O senhor tem de levar em conta a natureza humana.

– Sim – disse Poirot. – Natureza humana. Essa, penso, é talvez a verdadeira resposta de por que estou interessado nesse caso. Estava olhando ao redor na corte de inquérito, olhando todas as pessoas, olhando em especial os Cloade, tantos deles, todos ligados por um interesse comum, todos de personalidades, pensamentos e sentimentos tão diferentes. Todos dependentes por muitos anos do homem forte, do poderoso da família, de Gordon Cloade! Não quero dizer diretamente dependentes, quem sabe. Todos tinham meios independentes de sustento. Mas todos acabaram, devem ter acabado, de forma consciente ou inconsciente, se apoiando nele. E vou lhe perguntar o seguinte, superintendente: *o que acontece à hera quando o carvalho em que se agarra é abatido?*

– Essa não é uma questão que me interesse muito – disse Spence.

– Acha que não? Pois eu acho que é. Caráter, *mon cher*, não se mantém inalterado. Pode adquirir vigor. Também pode se deteriorar. Aquilo que uma pessoa realmente *é* só fica aparente quando vem o teste, ou seja, no momento em se fica firme sobre os próprios pés ou se tomba.

– Realmente não entendo onde o senhor está querendo chegar, monsieur Poirot – Spence parecia atônito. – De qualquer modo, os Cloade estão bem agora. Ou vão estar, tão logo as formalidades legais sejam cumpridas.

Poirot lembrou-o de que isso poderia levar algum tempo.

– Ainda há o testemunho da sra. Gordon Cloade a ser descartado. Afinal de contas, uma mulher deve reconhecer seu marido quando o vê.

Ele virou a cabeça um pouco de lado e fitou o superintendente de modo inquiridor.

– Não valeria a pena para uma mulher *não* reconhecer seu marido se a renda de alguns milhões de libras depender disso? – perguntou o superintendente, sendo cínico. – Além disso, se não era Robert Underhay, por que ele foi morto?

– Essa – murmurou Poirot – é de fato a questão.

# Capítulo 6

Poirot deixou a delegacia de polícia com um semblante carrancudo. Seus passos ficaram mais lentos à medida que avançava. Na praça do mercado ele parou, olhando ao redor. Havia a casa do dr. Cloade, com sua placa de bronze batida pelo tempo, e logo depois o posto do correio. Do outro lado ficava a casa de Jeremy Cloade. Diante de Poirot, um pouco recuada, estava a Igreja Católica Romana da Assunção, uma coisinha modesta, uma violeta retraída em comparação com a agressividade de Santa Maria, arrogantemente situada no meio da praça, de frente para Cornmarket, proclamando o predomínio da religião protestante.

Movido por um impulso, Poirot cruzou o portão e o caminho até a porta do prédio católico romano. Tirou o chapéu, fez a genuflexão diante do altar e ajoelhou-se atrás de um dos bancos. Suas preces foram interrompidas pelo som de soluços abafados.

Ele virou a cabeça. Do outro lado do corredor, uma mulher de vestido escuro estava ajoelhada com a cabeça enterrada entre as mãos. Em seguida levantou-se e, com a respiração ainda entrecortada por soluços, rumou para a porta. Poirot, de olhos arregalados pelo interesse, levantou-se e a seguiu. Havia reconhecido Rosaleen Cloade.

Ela ficou parada no pórtico, lutando para se controlar, e ali Poirot falou com ela de forma muito gentil:

– Madame, posso ajudá-la?

Ela não exibiu sinais de surpresa, mas respondeu com a singeleza de uma criança infeliz.

– Não – disse ela. – Ninguém pode me ajudar.

– A senhora está em uma tremenda enrascada. É isso, não é?

Ela disse:

– Levaram David embora... Estou completamente sozinha. Dizem que ele matou... Mas ele não matou! Não matou!

Ela olhou para Poirot e falou:

– O senhor estava lá hoje? No inquérito. Eu vi o senhor!

– Sim. Se eu puder ajudá-la, madame, ficarei muito feliz em fazê-lo.

– Estou assustada. David disse que eu estaria a salvo enquanto ele estivesse aqui para cuidar de mim. Mas agora levaram-no embora... Estou com medo. Ele disse que... todos me querem morta. Isso é uma coisa horrível de se dizer. Mas talvez seja verdade.

– Deixe-me ajudá-la, madame.

Rosaleen sacudiu a cabeça.

– Não – disse ela. – Ninguém pode me ajudar. Não posso sequer me confessar. Tenho de carregar o peso de minha maldade sozinha. Estou excluída da misericórdia de Deus.

– Ninguém – disse Hercule Poirot – é excluído da misericórdia de Deus. Você sabe bem disso, minha filha.

Ela olhou para ele outra vez. Um olhar desvairado e infeliz.

– Eu teria de confessar meus pecados. Confessar. Se eu pudesse confessar...

– Não pode se confessar? Você veio à igreja para isso, não foi?

– Vim em busca de conforto. Conforto. Mas que conforto existe para mim? Sou uma pecadora.

– Todos nós somos pecadores.

– Mas a pessoa deve se arrepender. Eu teria de dizer... que contar... – Ela levou as mãos ao rosto. – Oh, as mentiras que eu contei... as mentiras que eu contei!

– A senhora contou uma mentira sobre seu marido? Sobre Robert Underhay? *Foi* Robert Underhay quem foi morto aqui, não foi?

Ela virou-se bruscamente para ele. Os olhos estavam desconfiados, cautelosos. Ela gritou de modo ríspido:

– Garanto que *não* foi meu marido. Não tinha nada a ver com ele!

– O morto não tinha nada a ver com seu marido?

– Não – disse ela desafiadora.

– Conte-me – disse Poirot –, como *era* seu marido?

Ela cravou os olhos nele. Então seu rosto enrijeceu-se de susto. Os olhos ficaram sombrios de medo. Ela gritou:

– Não vou falar mais nada com o senhor!

Passando veloz por ele, Rosaleen correu pelo caminho e cruzou o portão para a praça do mercado.

Poirot não tentou segui-la. Em vez disso, balançou a cabeça muito satisfeito.

– Ah – disse ele. – Então é *isso*!

Caminhou lentamente para a praça.

Depois de uma hesitação momentânea, seguiu pela High Street até chegar ao Stag, que era o último prédio antes da zona rural.

Na porta do Stag, encontrou Rowley Cloade e Lynn Marchmont.

Poirot olhou com interesse para a garota. Uma moça bonita, ele pensou, e inteligente também. Não do tipo que ele admirasse. Ele preferia algo mais delicado, mais feminino. Lynn Marchmont, ele pensou, era essencialmente um tipo moderno. Embora se pudesse dizer, com igual exatidão, um tipo elisabetano. Mulheres que pensam por si, que falam com liberdade e que admiram iniciativa e audácia nos homens.

– Somos muito gratos ao senhor, monsieur Poirot – disse Rowley. – Por Deus, realmente foi como um passe de mágica!

E era exatamente o que havia sido, refletiu Poirot. Feita uma pergunta para a qual você conhece a resposta, não existe qualquer dificuldade em realizar um truque com as devidas firulas. Ele apreciava muito que, para o simplório Rowley, o surgimento do major Porter do nada, por assim dizer, tivesse sido tão empolgante quanto coelhos tirados da cartola de um mágico.

– O modo como o senhor trata dessas coisas me deixa bobo – disse Rowley.

Poirot não esclareceu a ele. Afinal de contas, ele era apenas humano. Um mágico não conta para a plateia como o truque foi feito.

– Em todo caso, Lynn e eu somos muito gratos – prosseguiu Rowley.

Lynn Marchmont, pensou Poirot, não parecia especialmente grata. Havia linhas de tensão em torno dos olhos dela, seus dedos exibiam um tique nervoso de se torcerem e entrelaçarem.

– Fará uma grande diferença para nossa futura vida de casados – disse Rowley.

Lynn disse de modo brusco:

– Como é que você sabe? Há todo tipo de formalidades e coisas, tenho certeza.

– Vocês vão se casar quando? – perguntou Poirot, bem-educado.

– Junho.

– E estão noivos desde quando?

– Quase seis anos – disse Rowley. – Lynn acaba de voltar do Wrens.

– E é proibido casar-se no Wrens?

Lynn disse sucintamente:

– Estive no exterior.

Poirot notou uma carranca fugaz de Rowley. Ele disse em tom seco:

– Vamos, Lynn. Temos de ir andando. Creio que monsieur Poirot quer voltar para a cidade.

Poirot disse, sorridente:

– Mas não estou voltando para a cidade.

– O quê?

Rowley estacou no lugar, o que provocou um efeito bizarro.

– Mas... mas por quê?

– *C'est un beau paysage* – disse Poirot de um jeito sereno.

Rowley falou, hesitante:

– Sim, claro... Mas o senhor não está... bem, quero dizer, ocupado?

– Fiz minhas economias – disse Poirot sorrindo. – Não preciso me ocupar em excesso. Não, posso desfrutar de meu lazer e passar o tempo onde os caprichos me levarem. E meu capricho inclina-se para Warmsley Vale.

Ele viu Lynn Marchmont erguer a cabeça e olhar atentamente para ele. Rowley, pensou Poirot, estava ligeiramente aborrecido.

– Imagino que jogue golfe – disse ele. – Há um hotel muito melhor em Warmsley Heath. Este lugar aqui é muito insignificante.

– Meus interesses – disse Poirot – jazem por completo em Warmsley Vale.

Lynn disse:

– Venha, Rowley.

Um tanto relutante, Rowley acompanhou-a. Na porta, Lynn deu uma parada e então voltou depressa. Falou com Poirot em voz baixa e calma.

– Prenderam David após o inquérito. O senhor... o senhor acha que estão certos?

– Eles não tinham alternativa, mademoiselle, depois do veredito.

– Quero dizer... o senhor acha que ele fez aquilo?

– *A senhorita* acha? – perguntou Poirot.

Mas Rowley estava de volta ao lado dela. O rosto dela enrijeceu-se, impassível como uma máscara. Ela disse:

– Adeus, monsieur Poirot. Eu... eu espero encontrá-lo outra vez.

– E agora essa – disse Poirot consigo mesmo.

Em seguida, após arranjar um quarto com Beatrice Lippincott, ele saiu de novo. Seus passos o levaram à casa do dr. Lionel Cloade.

– Oh! – disse tia Kathie, que abriu a porta, dando um ou dois passos para trás. – Monsieur Poirot!

– A seu dispor, madame. – Poirot curvou-se. – Vim saudá-la.

– Bem, isso é muito gentil de sua parte, tenho certeza. Sim. Bem... creio que seja melhor entrar. Sente-se... vou tirar o livro de madame Blavatsky. E quem sabe uma xícara de chá... só que o bolo está terrivelmente velho. Queria ir a Peacocks buscar um, eles às vezes têm rocambole na quarta-feira... mas um inquérito acaba com a rotina de uma casa, não acha?

Poirot disse que achava inteiramente compreensível.

Ele havia imaginado que Rowley Cloade tivesse se aborrecido com o anúncio de sua permanência em Warmsley Vale. O comportamento de tia Kathie, sem dúvida, estava longe de ser acolhedor. Ela olhava para ele com algo muito próximo da consternação. Inclinando-se à frente e falando num sussurro conspiratório rouco, ela disse:

– O senhor não contará a meu marido, não é, que fui consultá-lo sobre... bem, sobre aquilo?

– Meus lábios estão selados.

– Quero dizer... claro que na ocasião eu não fazia ideia... de que Robert Underhay, pobre homem, tão *trágico*... de fato estivesse *em* Warmsley Vale. Isso ainda me parece a mais *extraordinária* coincidência!

– Teria sido mais simples – concordou Poirot – se o tabuleiro ouija a tivesse conduzido direto ao Stag.

Tia Kathie alegrou-se um pouco com a menção do tabuleiro ouija.

– O modo como as coisas acontecem no mundo espiritual parece deveras imprevisível – disse ela. – Mas sinto que existe um *propósito* em tudo, monsieur Poirot.

O senhor não sente isso na vida? Que sempre existe um *propósito*?

– Sim, de fato, madame. Até mesmo para eu estar sentado aqui, agora, em sua sala de visitas, existe um propósito.

– Oh, existe? – a sra. Cloade pareceu um tanto confusa. – Existe realmente? Sim, suponho que sim... O senhor está a caminho de Londres, *é claro*.

– Não de momento. Vou ficar uns dias no Stag.

– No *Stag*? Oh... no Stag! Mas foi onde... oh, monsieur Poirot, o senhor acha que isso é sensato?

– Fui guiado ao Stag – disse Poirot, solene.

– *Guiado*? Como assim?

– Guiado pela *senhora*.

– Oh, mas nunca pretendi... quer dizer, eu não fazia *ideia*. É tudo tão medonho, não acha?

Poirot sacudiu a cabeça pesarosamente e disse:

– Estive falando com o sr. Rowley Cloade e a srta. Marchmont. Ouvi dizer que vão se casar em breve.

Tia Kathie distraiu-se na mesma hora.

– Querida Lynn, ela é uma moça tão doce. E tão boa em números. Pois bem, eu não tenho cabeça para números... cabeça nenhuma. Ter Lynn em casa é uma bênção absoluta. Se me meto em alguma trapalhada terrível, ela sempre endireita as coisas para mim. Menina querida, espero que seja feliz. Rowley é uma pessoa esplêndida, claro, mas possivelmente... bem, um pouco *insípido*. Digo, insípido para uma moça que viu tanto do mundo quanto Lynn. Rowley, você entende, ficou aqui na fazenda dele durante toda guerra. Oh, muito acertadamente, claro... quero dizer, o governo quis que ele ficasse... Por esse lado está *muito* certo. Nada de pluma branca ou coisas como as que fizeram na Guerra Boer. Mas o que quero dizer é que isso o deixou bastante limitado em suas ideias.

– Seis anos de noivado é um bom teste para o afeto.

– Oh, é! Mas acho que essas garotas, quando vêm para casa, ficam um tanto inquietas. E se há algum outro por perto... alguém que tenha levado uma vida aventureira, quem sabe...

– Como David Hunter?

– Não há nada entre eles – disse tia Kathie, ansiosa. – *Absolutamente* nada. Tenho *plena* certeza disso. Teria sido horrível se houvesse, não seria, com ele revelando-se um *assassino*? Seu próprio cunhado ainda por cima! Oh, não, monsieur Poirot, por favor, não se vá daqui com a ideia de que existe algum tipo de relacionamento entre Lynn e David. Na verdade parecia que eles discutiam mais do que qualquer outra coisa toda vez que se encontravam. O que eu sinto é que... oh, meu caro, creio que meu marido esteja chegando. O senhor está lembrado, não está, monsieur Poirot, *nenhuma* palavra sobre nosso primeiro encontro. Meu pobre e querido marido ficará tão aborrecido se pensar que... Oh, meu caro Lionel, aqui está monsieur Poirot, que tão habilmente trouxe aquele major Porter para ver o corpo.

O dr. Cloade parecia cansado e desfigurado. Seus olhos azul-claros com pupilas minúsculas vagaram a esmo pela sala.

– Como vai, monsieur Poirot; voltando para a cidade?

"*Mon Dieu*, outro que quer me mandar de volta para Londres!", pensou Poirot. Em voz alta, ele disse pacientemente:

– Não, permanecerei no Stag por um dia ou mais.

– No Stag? – Lionel Cloade franziu o cenho. – É? A polícia quer mantê-lo aqui mais um pouco?

– Não. É uma decisão pessoal.

– De fato? – de repente o doutor teve um lampejo de olhar inteligente. – Então o senhor não está satisfeito?

– Por que o senhor pensaria isso, dr. Cloade?

– Vamos, homem, é verdade, não é?

Alvoroçada por causa do chá, a sra. Cloade deixou a sala. O doutor continuou:

– O senhor tem uma sensação, não tem, de que há alguma coisa errada?

Poirot ficou atônito.

– É estranho que você diga isso. Então o senhor sente isso?

Cloade hesitou.

– N-n-não. Não é bem isso... Talvez seja apenas uma sensação de *irrealidade*. Nos livros o chantagista leva chumbo. Será assim na vida real? Aparentemente a resposta é sim, mas parece antinatural.

– Houve algo de insatisfatório quanto ao aspecto médico do caso? Pergunto de modo extraoficial, é claro.

O dr. Cloade disse pensativo:

– Não, não creio.

– Sim, há alguma coisa. Posso ver que há alguma coisa.

Quando Poirot queria, sua voz podia assumir uma qualidade quase hipnótica. O dr. Cloade franziu um pouco a testa e então falou, hesitante:

– Não tenho experiência em casos de polícia, claro. E, de qualquer forma, evidência médica não é o negócio rigoroso e inflexível que leigos e romancistas parecem pensar. Somos falíveis. A ciência médica é falível. O que é o diagnóstico? Um palpite baseado em um conhecimento muito pequeno e algumas pistas imprecisas que apontam para mais de uma direção. Sou muito bom em diagnosticar sarampo, talvez porque tenha visto centenas de casos de sarampo em minha vida e conheço uma extraordinária e ampla variedade de sinais e sintomas. O médico quase nunca se depara com o que um livro diz que é um "caso típico" de sarampo. Mas vi algumas coisas bizarras em minha carreira. Vi uma mulher praticamente na mesa de operação para ter o apêndice extirpado ser diagnosticada com paratifoide a tempo! Vi uma criança com problema de pele identificado como um caso grave de falta de vitamina por um jovem médico cuidadoso e consciencioso, e o veterinário local chega e menciona para a mãe que o gato que o filho está abraçando tem porrigem e a criança contraiu o fungo! Médicos, como todo mundo, são vítimas de ideias preconcebidas. Eis um homem, obviamente assassinado, caído com um par de pinças de lareira manchadas de sangue ao seu lado. Seria bobagem dizer que ele foi atingido com qualquer outra coisa, contudo, falando com completa inexperiência a respeito de gente que teve a cabeça esmigalhada, eu teria suspeitado de algo bem diferente, algo não tão liso e redondo. Algo... não sei, algo com uma ponta mais cortante. Um tijolo, algo assim.

– O senhor não disse isso no inquérito?

– Não. Porque realmente não sei. Jenkins, o legista da polícia, ficou satisfeito, e ele é o cara que conta. Mas existe a ideia preconcebida, a arma ao lado do corpo. O ferimento *poderia* ter sido infligido com aquilo? Sim, *poderia.* Mas se lhe mostrassem o ferimento e perguntassem o que o fez... bem, não sei se o senhor diria isso, porque realmente não faz sentido... Quer dizer, se houvesse dois sujeitos, um golpeando com um tijolo e outro com as pinças... – O doutor parou, sacudiu a cabeça de modo insatisfeito. – Não faz sentido, faz? – perguntou a Poirot.

– Ele poderia ter caído sobre um objeto pontiagudo?

O dr. Cloade balançou a cabeça.

– Ele estava caído de cara no meio do chão. Sobre um bom e velho tapete Axminster espesso.

Ele cortou o assunto quando a esposa entrou na sala.

– Aí vem Kathie com o chá aguado – comentou.

Tia Kathie equilibrava uma bandeja coberta de louça de cerâmica, com a metade de um pão e uma geleia de aspecto deprimente no fundo de um pote de um quilo.

– *Acho* que a chaleira estava fervendo – ela comentou em dúvida enquanto levantava a tampa do bule e espiava.

O dr. Cloade bufou de novo e resmungou:

– Chá aguado! – e com essas palavras explosivas deixou a sala.

– Pobre Lionel, os nervos dele estão em um estado terrível desde a guerra. Ele trabalhou duríssimo. Tantos médicos partiram. Ele não se permitiu descansar. Na rua de manhã, ao meio-dia e à noite. Me espanto de que não tenha se esgotado por completo. Claro que estava ansioso para se aposentar assim que houvesse paz. Estava tudo acertado com Gordon. O hobby dele, o senhor sabe, é botânica, com ênfase especial em ervas medicinais da Idade Média. Está escrevendo um livro a respeito. Estava ansioso por uma vida sossegada e para fazer as pesquisas necessárias. Mas então Gordon morreu daquele jeito. Bem, o senhor sabe como estão as coisas hoje em dia, monsieur Poirot. Impostos e tudo mais. Ele não pode se dar ao luxo de se aposentar e isso o deixa muito amargo. E realmente *parece* injusto. Gordon morrer daquele jeito, sem um testamento... bem, isso realmente abalou a minha fé. Quer dizer, eu realmente não conseguia ver o *propósito* disso. Não pude deixar de sentir que parecia um *engano*.

Ela suspirou, então animou-se um pouco.

– Mas obtive adoráveis garantias lá do outro lado. "Coragem e paciência, e um caminho será encontrado." E realmente, quando aquele distinto major Porter apresentou-se hoje e disse de modo tão firme e másculo que o pobre assassinado era Robert Underhay... bem, eu vi que um caminho *havia* sido encontrado! É maravilhoso, não é, monsieur Poirot, como as coisas saem pelo melhor?

– Até mesmo um assassinato – disse Hercule Poirot.

# Capítulo 7

Poirot entrou no Stag com um humor pensativo e tremendo de leve, pois havia um vento cortante de leste. O saguão estava deserto. Ele abriu a porta da sala de descanso à direita. Cheirava a fumaça rançosa, e a lareira estava quase apagada. Poirot seguiu de mansinho até a porta na extremidade do corredor que indicava *Apenas para hóspedes.* Ali havia um belo fogo, mas em uma poltrona grande, tostando os dedos dos pés confortavelmente, estava uma velha senhora monumental que fuzilou Poirot com tamanha ferocidade que ele bateu em retirada constrangida.

Ficou parado por um momento no saguão olhando do escritório envidraçado vazio para a porta rotulada em sólido estilo à moda antiga como SALÃO DE CAFÉ. Pela experiência em hotéis do interior, Poirot sabia muito bem que a única ocasião em que o café era servido ali era no café da manhã, um tanto de má vontade, e mesmo então o principal componente era uma boa quantidade de leite quente aguado. Pequenas xícaras de um líquido melequento e barrento chamado café preto eram servidas não no salão de café, mas na Sala de Estar. A sopa *windsor*, o bife à Viena com batatas e o pudim cozido a vapor que constituíam o jantar seriam obtidos no salão de café às sete da noite em ponto. Até então, uma paz profunda pairava sobre a área residencial do Stag.

Poirot subiu a escada pensativo. Em vez de virar à esquerda, onde ficava seu quarto, o número 11, virou à direita e parou defronte à porta do número 5. Olhou ao redor. Silêncio e vazio. Abriu a porta e entrou.

A polícia havia concluído o trabalho no quarto. Estava claro que ele havia sido limpo e esfregado há pouco.

Não havia tapete no chão. Possivelmente o "velho Axminster" tinha ido para a lavanderia. As cobertas estavam dobradas sobre a cama em uma pilha bem-feita.

Fechando a porta atrás de si, Poirot vagou pelo quarto. Estava limpo e estranhamente desprovido de interesse humano. Poirot observou a mobília: uma escrivaninha, uma cômoda de bom e velho mogno, um guarda-roupa da mesma madeira (aquele que presumivelmente escondia a porta para o número 4), uma grande cama de casal de latão, uma pia com água quente e fria (tributo à modernidade e à falta de empregados), uma poltrona grande mas bastante desconfortável, duas cadeiras pequenas, uma antiga lareira vitoriana com um atiçador e uma pá perfurada do mesmo conjunto das pinças, um consolo pesado de mármore e um sólido corta-fogo de mármore com cantos retos.

Poirot inclinou-se sobre este último e olhou. Umedeceu o dedo, passou ao longo do canto direito e inspecionou o resultado. O dedo ficou ligeiramente preto. Repetiu a ação com outro dedo no canto esquerdo do rebordo. Dessa vez o dedo continuou bem limpo.

– Sim – disse Poirot para si mesmo, pensativo. – Sim.

Olhou o lavatório adaptado. Então foi até a janela. Dava para um telhado de zinco, o teto de uma garagem, imaginou ele, e para uma ruela mais adiante. Um jeito fácil de ir ao quarto número 5 e sair sem ser visto. Mas também era igualmente fácil subir as escadas até o número 5 sem ser visto. Ele mesmo tinha acabado de fazer isso.

Poirot retirou-se de mansinho, fechando a porta sem fazer ruído. Foi até seu quarto. Estava decididamente frio. Desceu de novo, hesitou e então, movido pela friagem do entardecer, entrou audaciosamente na sala *Apenas para hóspedes*, arrastou uma segunda poltrona até a lareira e sentou-se.

A monumental senhora de idade era ainda mais formidável vista bem de pertinho. Tinha cabelo cinza-escuro, um bigode viçoso e, tão logo falou, uma voz grave e aterradora.

– Essa sala – disse ela – é reservada a pessoas hospedadas no hotel.

– Estou hospedado no hotel – replicou Hercule Poirot.

A velha senhora meditou por uns momentos antes de voltar ao ataque. Então disse em tom acusador:

– O senhor é estrangeiro.

– Sim – replicou Hercule Poirot.

– Na minha opinião – disse a idosa –, vocês todos deveriam voltar.

– Voltar para onde? – inquiriu Poirot.

– Para o lugar de onde vieram – disse a velha com firmeza. – E acrescentou como uma entrelinha, a *sotto voce*: – Estrangeiros! – e bufou.

– Isso – disse Poirot – seria difícil.

– Bobagem – disse a senhora. – Foi para isso que lutamos na guerra, não foi? A fim de que as pessoas pudessem voltar para seus locais apropriados e lá permanecer.

Poirot não entrou na controvérsia. Ele já havia aprendido que cada indivíduo possuía uma diferente versão para o tema "Para que lutamos na guerra?"

Reinou um silêncio um tanto hostil.

– Não sei onde as coisas vão parar – disse a velha senhora. – Realmente não sei. Venho para cá e me hospedo nesse lugar todos os anos. Meu marido morreu aqui há dezesseis anos. Está enterrado aqui. Fico um mês aqui todo ano.

– Uma romaria por devoção – disse Poirot, bem-educado.

– E a cada ano as coisas estão piores. Nenhum serviço. Comida intragável! Bifes à Viena, pois sim! Um bife de alcatra ou filé, não de carne de cavalo!

Poirot sacudiu a cabeça, entristecido.

– Uma boa coisa: fecharam o aeródromo – disse a velha senhora. – Que desgraça era aquilo, todos aqueles jovens aviadores vindo aqui com aquelas moças horríveis. Moças, pois sim! Não sei o que as mães delas estão pensando hoje em dia. Deixando que andem por aí vadiando como fazem. Acho que a culpa é do governo. Mandar as mães trabalhar nas fábricas. Só as deixavam de fora se tivessem filhos pequenos. Filhos pequenos, quanta bobagem! Qualquer um pode cuidar de um bebê! Um bebê não sai correndo atrás de soldados. Garotas de catorze a dezoito anos, essas são as que precisam ser cuidadas! Precisam de suas mães. Só a mãe para saber o que uma garota está querendo. Soldados! Aviadores! Elas só pensam nisso. Americanos! Negros! Ralé polonesa!

Àquela altura a indignação fez a velha tossir. Quando se recobrou, foi adiante, entregando-se a um prazeroso frenesi e usando Poirot como alvo para sua irritação.

– Por que colocam arame farpado em volta das bases deles? Para impedir que os soldados cheguem até as moças? Não, para impedir que as moças cheguem aos soldados! Loucas por homem, é isso que elas são! Olhe o modo como se vestem. Calças compridas! Algumas pobres tolas usam shorts. Não o fariam se soubessem como ficam vistas por trás!

– Concordo com a senhora, madame, de fato concordo com a senhora.

– O que elas usam na cabeça? Chapéus adequados? Não, uma coisa de pano torcida para cima, e rostos cobertos de pintura e pó. Uma coisa repulsiva por toda a boca. Não apenas unhas vermelhas... mas unhas *dos pés* vermelhas!

A velha senhora fez uma pausa explosiva e olhou Poirot com expectativa. Ele suspirou e balançou a cabeça.

– Até na igreja – disse a senhora. – Nada de chapéus. Às vezes nem mesmo aqueles lenços idiotas. Apenas aquele cabelo feio, ondulado, permanentemente cacheado. Cabelo? Ninguém sabe o que é cabelo hoje em dia. Quando era jovem, eu sabia *arrumar* meu cabelo.

Poirot deu uma olhadinha furtiva nos feixes cinza--escuros. Parecia impossível que aquela velha feroz pudesse ter sido jovem um dia!

– Meteu-se aqui uma noite dessas, uma delas – prosseguiu a velha senhora. – Com um lenço cor de laranja amarrado, pintada e empoada. Olhei para ela. Só *olhei* para ela! Foi embora logo!

A velha senhora seguiu em frente:

– *Ela* não era uma hóspede. Nenhuma do tipo *dela* fica aqui, me alegro em dizer! Então o que estava fazendo, saindo do quarto de um homem? Repulsivo, é o que acho. Falei a respeito com a moça Lippincott, mas ela é tão safada quanto qualquer uma... Vai longe atrás de qualquer coisa que use calças.

Um leve interesse atiçou a mente de Poirot.

– Saindo do quarto de um homem? – ele indagou.

A velha atirou-se no assunto com gosto.

– Foi o que eu disse. Vi com os meus olhos. Número 5.

– Em que dia foi isso, madame?

– Um dia antes de todo aquele alvoroço pelo assassinato de um homem. Que desgraça uma coisa dessas acontecer *aqui*! Esse era um lugar muito decente e antiquado. Mas *agora*...

– E a que hora do dia foi isso?

– Dia? Não era dia coisa nenhuma. Noite. Tarde da noite, aliás. Uma completa pouca vergonha. Passava das dez horas. Subi para o quarto às dez e quinze. Ela saiu do número 5 no maior descaramento, me lançou um olhar, então se esquivou para dentro de novo, rindo e falando com o homem lá dentro.

– Você ouviu *ele* falar?

– Não é o que estou dizendo? Ela se esquivou para dentro de novo e ele gritou: "Ah, vamos, saia daqui. Estou farto." Bela maneira de um homem falar com uma moça. Mas elas pedem! Assanhadas!

Poirot disse:

– A senhora não relatou isso à polícia?

Ela crivou-o com um olhar de basilisco e se ergueu da cadeira cambaleando. Parada acima dele e fuzilando-o do alto, disse:

– Jamais tive *nada* que ver com a polícia. A polícia, pois sim! *Eu*, num tribunal da *polícia*?

Tremendo de raiva e com um último olhar dardejante malévolo para Poirot, ela deixou a sala.

Poirot ficou sentado e pensativo por alguns minutos, alisando o bigode, então foi atrás de Beatrice Lippincott.

– Oh, sim, monsieur Poirot, o senhor se refere à velha sra. Leadbetter? Viúva de Canon Leadbetter. Vem aqui todos os anos, mas, cá entre nós, claro, ela é realmente uma provação. Na verdade, às vezes é espantosamente rude com as pessoas e não parece entender que as coisas são diferentes hoje em dia. Ela tem quase oitenta anos, claro.

– Mas está com a mente lúcida? Ela sabe o que está dizendo?

– Oh, sim. Ela é uma senhora idosa bastante esperta; até demais, às vezes.

– Você sabe quem é a moça que visitou o homem assassinado na noite de terça-feira?

Beatrice pareceu atônita.

– Não lembro de uma moça vir visitá-lo a hora nenhuma. Como era ela?

– Usava um lenço cor de laranja na cabeça e imagino que uma boa quantidade de maquiagem. Estava no número 5 falando com Arden às dez e quinze da noite de terça-feira.

– Francamente, monsieur Poirot, não faço a mínima ideia.

Poirot saiu pensativo em busca do superintendente Spence.

Spence ouviu a história de Poirot em silêncio. Depois recostou-se na cadeira e assentiu com a cabeça lentamente.

– Engraçado, não é? – disse ele. – Com que frequência se chega à mesma velha fórmula. *Cherchez la femme.*

A pronúncia em francês do superintendente não era tão boa quanto a do sargento Graves, mas Spence orgulhava-se dela. Ele levantou-se e atravessou a sala. Voltou com algo na mão. Era um batom em um estojo de papelão dourado.

– Desde o começo tivemos um indício de que poderia haver uma mulher metida nisso – disse ele.

Poirot pegou o batom e espalhou um pouquinho, delicadamente, no dorso da mão.

– De boa qualidade – disse ele. – Vermelho-cereja escuro. Usado provavelmente por uma morena.

– Sim. Foi encontrado no chão do número 5. Tinha rolado para baixo da cômoda, e claro que poderia estar ali há algum tempo. Não há digitais. Hoje em dia não existe a variedade de batons de antes, claro, apenas alguns produtos básicos.

– E o senhor sem dúvida fez investigações?

Spence sorriu.

– Sim – disse –; como o senhor diz, fizemos nossas investigações. Rosaleen Cloade usa esse tipo de batom. Lynn Marchmont também. Frances Cloade usa uma cor mais clara. A sra. Lionel Cloade não usa batom algum. A sra. Marchmont usa um tom de malva claro. Beatrice Lippincott não parece usar nada tão caro quanto isso; nem sua camareira, Gladys.

Ele fez uma pausa.

– O senhor foi meticuloso.

– Não meticuloso o bastante. Agora parece que alguém de fora está metido nisso. Quem sabe alguma mulher que Underhay conhecesse em Warmsley Vale.

– E que estava com ele às dez e quinze na noite de terça-feira?

– Sim – disse Spence.

E acrescentou com um suspiro:

– Isso deixa David Hunter de fora.

– *Deixa*?

– Sim. Sua senhoria enfim aquiesceu em dar uma declaração. Depois de o advogado dele entrar em cena para chamá-lo à razão. Cá está o relato de suas atividades.

Poirot leu um memorando datilografado com capricho.

*Deixou Londres no trem das 16h16 para Warmsley Heath. Chegou às 17h30. Foi a pé para Furrowbank pela trilha.*

– Seu motivo para vir – interrompeu o superintendente –, segundo ele, foi buscar certas coisas que havia esquecido, cartas e papéis, um talão de cheques, e ver se algumas camisas tinham voltado da lavanderia... claro que não tinham! Vou lhe dizer uma coisa, lavanderia é um problema hoje em dia. Quatro malditas semanas desde que estiveram lá em casa. Não sobrou uma toalha limpa, e agora minha esposa lava todas as minhas coisas.

Depois desse aparte muito humano, o superintendente voltou ao itinerário das movimentações de David.

*Deixou Furrowbank às 19h25 e afirma ter ido dar uma caminhada, pois tinha perdido o trem das 19h20 e não haveria trem até as 21h20.*

– Em que direção ele foi dar a caminhada? – perguntou Poirot.

O superintendente consultou as anotações.

– Disse que por Downe Copse, Bats Hill e Long Ridge.

– De fato, um círculo completo em volta da White House!

– Minha nossa, o senhor inteirou-se rapidamente da geografia local, monsieur Poirot!

Poirot sorriu e sacudiu a cabeça.

– Não, não conheço os lugares que o senhor citou. Estava dando um palpite.

– Estava, é?

O superintendente inclinou a cabeça para o lado e seguiu:

– Pois bem: segundo ele, quando estava em Long Ridge, percebeu que estava em cima da hora e saiu voando para a estação de Warmsley Heath, atravessando o campo. Pegou o trem no último instante, chegou em Victoria às 22h45, foi a pé até Shepherd's Court, chegando lá às onze horas da noite, o que foi confirmado pela sra. Gordon Cloade.

– E que confirmação o senhor tem do restante?

– Pouquíssimas. Mas existem algumas. Rowley Cloade e outros o viram chegar em Warmsley Heath. As empregadas de Furrowbank estavam fora (ele tem uma chave, é claro), por isso não o viram, mas encontraram um toco de cigarro na biblioteca, o que presumo que as intrigou, e também havia uma grande confusão no armário de roupa de cama e mesa. Um dos jardineiros que estava trabalhando até mais tarde, fechando as estufas ou coisa assim, avistou-o. A srta. Marchmont encontrou-o perto de Mardon Wood, quando ele corria para pegar o trem.

– Alguém o viu pegar o trem?

– Não. Mas ele telefonou de Londres para a srta. Marchmont tão logo chegou. Às 23h05.

– Isso foi verificado?

– Sim, já concluímos uma investigação sobre as chamadas feitas daquele número. Houve um interurbano às 23h04 para Warmsley Vale, nº 34. É o telefone das Marchmont.

– Muito, muito interessante – murmurou Poirot.

Mas Spence seguiu meticulosa e metodicamente:

– Rowley Cloade deixou Arden às 20h55. Ele está bem convicto de que não foi antes disso. Por volta de

21h10, Lynn Marchmont viu Hunter em Mardon Wood. Admitindo-se que ele tenha corrido todo o trajeto desde o Stag, teria tido tempo de encontrar-se com Arden, discutir com ele, matá-lo e chegar a Mardon Wood? Vamos verificar isso, mas não acho que possa ser feito. Contudo, agora estamos recomeçando. Longe de ter sido morto às nove horas da noite, Arden estava vivo às *22h10*, isto é, a menos que nossa velha senhora esteja sonhando. Ou ele foi morto pela mulher que deixou cair o batom, a mulher de lenço cor de laranja, ou por alguém que entrou *depois* que essa mulher saiu. E, quem quer que tenha sido, esse alguém atrasou deliberadamente os ponteiros do relógio para 21h10.

– Assim, se David Hunter não tivesse encontrado Lynn Marchmont em um lugar muito improvável, seria notavelmente embaraçoso para ele – disse Poirot.

– Sim, seria. O trem das 21h20 é o último de Warmsley Heath. Estava ficando escuro. Sempre há jogadores de golfe voltando nele. Ninguém teria reparado em Hunter; de fato, as pessoas da estação não o conhecem de vista. E ele não pegou táxi na chegada. De modo que teríamos apenas a palavra da irmã de que ele voltou a Shepherd's Court quando disse que o fez.

Poirot ficou calado e Spence perguntou:

– Em que está pensando, monsieur Poirot?

Poirot disse:

– Uma longa caminhada em volta da White House. Um encontro em Mardon Woods. Um telefonema mais tarde... E Lynn Marchmont está noiva de Rowley Cloade... Gostaria muito de saber o que foi dito naquele telefonema.

– É o interesse humano que está lhe atiçando?

– Sim – disse Poirot. – É sempre o interesse humano.

## Capítulo 8

Estava ficando tarde, mas ainda havia mais uma visita que Poirot queria fazer. Ele foi até a casa de Jeremy Cloade.

Lá foi conduzido ao gabinete de Jeremy Cloade por uma jovem empregada de ar inteligente.

Deixado a sós, Poirot olhou interessado ao redor. Tudo muito correto, insípido e árido, pensou ele, até em casa. Havia um grande retrato de Gordon Cloade em cima da mesa. Um outro, desbotado, de lorde Edward Trenton a cavalo, e Poirot estava examinando este quando Jeremy Cloade entrou.

– Ah, *pardon*. – Poirot largou o porta-retrato um tanto confuso.

– O pai de minha esposa – disse Jeremy, com um leve toque de autocongratulação na voz. – E um de seus melhores cavalos, Chestnut Trenton. Ficou em segundo no Derby em 1924. O senhor se interessa por corridas?

– Oh, não.

– Consome montes de dinheiro – disse Jeremy em tom seco. – Lorde Edward faliu por causa disso, teve de ir morar no exterior. Sim, um esporte dispendioso.

Mas ainda assim havia uma nota de orgulho em sua voz.

Jeremy Cloade, pensou Poirot, seria tão capaz de jogar dinheiro pela janela quanto de investir em cavalos, mas tinha uma admiração secreta e respeito por aqueles que o faziam.

Cloade prosseguiu:

– O que posso fazer pelo senhor, monsieur Poirot? Como família, sinto que temos um débito de gratidão para com o senhor por ter encontrado o major Porter para fornecer evidência da identificação.

– A família parece muito jubilosa com isso – disse Poirot.

– Ah – disse Jeremy secamente. – Cedo demais para júbilo. Muita água ainda vai rolar por baixo da ponte. Afinal de contas, a morte de Underhay foi confirmada na África. Leva anos para se reverter uma coisa desse tipo. E a evidência de Rosaleen foi muito positiva. De fato, muito positiva. Ela causou uma boa impressão, o senhor sabe.

Era quase como se Jeremy Cloade estivesse relutante em confiar em qualquer melhora nas suas perspectivas.

– Eu não gostaria de decidir por uma coisa ou outra – disse ele. – Não poderia dizer que rumo o caso tomaria.

Então, empurrando alguns papéis para o lado com um gesto impaciente, quase saturado, perguntou:

– Mas o senhor queria me ver?

– Ia perguntar, sr. Cloade, se o senhor está realmente bem certo de que seu irmão não deixou um testamento. Um testamento posterior ao casamento, quero dizer.

Jeremy pareceu surpreso.

– Não creio que jamais tenha tido uma ideia dessas. Ele com certeza não fez um antes de deixar Nova York.

– Ele poderia ter feito um testamento durante os dois dias em que esteve em Londres.

– Ido a um advogado lá?

– Ou redigido por si mesmo.

– E fazer com que fosse testemunhado? Testemunhado por quem?

– Havia três criados na casa – recordou Poirot. – Três criados que morreram na mesma noite que ele.

– Ah, sim. Mas, se por algum acaso ele *fez* o que o senhor sugere, bem, o testamento também foi destruído.

– Essa é exatamente a questão. Nos últimos tempos, uma grande quantidade de documentos que se acreditavam destruídos, na verdade, foram decifrados por um novo processo. Incinerados dentro de cofres domésticos, por exemplo, mas não tão destruídos que não pudessem ser lidos.

– Bem, realmente, monsieur Poirot, essa sua ideia é muito notável... Muito notável. Mas não penso... não, realmente não acredito que haja algo aí... Pelo que sei, não havia cofre na casa de Sheffield Terrace. Gordon guardava todos os papéis valiosos etc. em seu escritório. E lá não havia testamento com certeza.

– Mas se poderiam fazer investigações? – Poirot foi persistente. – Com os oficiais das atividades antiataque, por exemplo? O senhor me autorizaria a fazer isso?

– Oh, com certeza, com certeza. Muita gentileza de sua parte oferecer-se para se incumbir de tal coisa. Mas temo não ter qualquer convicção em seu sucesso. Ainda assim... bem, é uma possibilidade remota, suponho. O senhor... então está voltando para Londres imediatamente?

Os olhos de Poirot estreitaram-se. O tom de Jeremy havia sido inequivocamente ansioso. Voltando para Londres... Será que *todos* eles queriam-no fora do caminho?

Antes que pudesse responder, a porta foi aberta e Frances Cloade entrou.

Poirot ficou impressionado com duas coisas. Primeiro, pelo fato de que ela parecia bastante enferma. Segundo, por sua forte semelhança com a fotografia do pai.

– Monsieur Hercule Poirot veio nos ver, minha cara – disse Jeremy, o que era desnecessário.

Frances apertou a mão dele, e em seguida Jeremy Cloade expôs a sugestão de Poirot sobre o testamento.

Frances pareceu duvidar.

– Parece muito improvável.

– Monsieur Poirot está indo para Londres e muito gentilmente fará investigações.

– Pelo que sei, o major Porter era voluntário nas ações antiataque naquele distrito – disse Poirot.

Uma expressão curiosa passou pelo rosto da sra. Cloade.

– Quem é o major Porter?

Poirot deu de ombros.

– Um oficial aposentado do exército, que vive de sua pensão.

– Ele realmente *esteve* na África?

Poirot olhou para ela curioso.

– Com certeza, madame. Por que não?

Ela disse de modo vago:

– Não sei. Ele me deixou intrigada.

– Sim, sra. Cloade – disse Poirot. – Posso entender isso.

Ela olhou para ele de modo penetrante. Uma expressão quase de medo veio-lhe aos olhos.

Voltando para o marido, ela disse:

– Jeremy, sinto-me muito aflita quanto a Rosaleen. Está sozinha em Furrowbank e deve estar medonhamente transtornada com a prisão de David. Você se oporia se eu a convidasse para vir ficar aqui?

– Você realmente acha que isso seja conveniente, minha cara? – Jeremy pareceu em dúvida.

– Oh... conveniente? Não sei! Mas é algo humano. Ela é uma criatura tão indefesa.

– Duvido muito que ela vá aceitar.

– Em todo caso, posso fazer a oferta.

O advogado disse em tom calmo:

– Faça, se isso a deixar mais feliz.

– Mais feliz!

A palavra foi proferida com uma estranha amargura. Então ela lançou um rápido olhar de dúvida para Poirot.

Poirot murmurou de modo formal:

– Devo partir agora.

Ela acompanhou-o até o vestíbulo.

– O senhor está indo para Londres?

– Devo ir amanhã, mas por 24 horas no máximo. E então retorno para o Stag. Onde a senhora me encontrará, madame, caso deseje.

Ela questionou de modo brusco:

– Por que eu haveria de querer?

Poirot não replicou a pergunta, apenas disse:

– Estarei no Stag.

Mais tarde naquela noite, no escuro, Frances Cloade falou com o marido.

– Não acredito que aquele homem esteja indo a Londres pelo motivo que disse. Não acredito nessa história de Gordon ter feito um testamento. Você acredita, Jeremy?

Uma voz desesperançada e muito cansada respondeu:

– Não, Frances. Não. Ele está indo por outro motivo.

– Que motivo?

– Não faço ideia.

Frances perguntou:

– O que vamos fazer, Jeremy? O que vamos *fazer*?

Na mesma hora ele respondeu:

– Penso, Frances, que só há uma coisa a ser feita...

# Capítulo 9

Munido das necessárias credenciais de Jeremy Cloade, Poirot obteve respostas para suas perguntas. Elas foram muito precisas. A casa estava uma completa ruína. O local havia sido desobstruído apenas há bem pouco tempo nos preparativos para a reconstrução. Não houve sobreviventes com exceção de David Hunter e da sra. Cloade. Havia três criados na casa: Frederick Game, Elizabeth Game e Eileen Corrigan. Os três haviam morrido na hora. Gordon Cloade fora retirado com vida, mas havia morrido a caminho do hospital sem recobrar a consciência. Poirot pegou os nomes e endereços dos parentes mais próximos dos três criados.

– É possível – disse ele – que tenham falado aos amigos algo em tom de fofoca ou comentário que me dê uma dica para as informações de que tanto necessito.

O oficial com quem ele falava pareceu cético.

Os Game tinham vindo de Dorset; Eileen Corrigan, de County Cork.

A seguir Poirot norteou seus passos para a residência do major Porter. Ele lembrava da afirmação de Porter de que era um *warden* e queria saber se ele por acaso estivera de serviço naquela noite específica e se havia visto qualquer coisa do incidente em Sheffield Terrace.

Ele tinha, além disso, outros motivos para querer dar uma palavra com o major Porter.

Ao dobrar a esquina em Edgeway Street, ficou alarmado ao ver um policial de uniforme parado defronte à casa particular para onde ele rumava. Havia um círculo de meninos e outras pessoas paradas olhando para a casa. O coração de Poirot apertou-se enquanto ele interpretava os indícios.

O policial interceptou o avanço de Poirot.

– Não pode entrar aí, senhor – disse ele.

– O que aconteceu?

– Não mora na casa, não é, senhor?

Poirot sacudiu a cabeça.

– Quem o senhor desejava ver?

– Desejava ver o major Porter.

– É amigo dele, senhor?

– Não, eu não me descreveria como amigo. O que aconteceu?

– O cavalheiro deu um tiro em si mesmo, pelo que sei. Ah, cá está o inspetor.

A porta abriu-se e duas pessoas saíram. Uma era o inspetor local, a outra Poirot reconheceu: era o inspetor Graves, de Warmsley Vale. Este o reconheceu e de imediato apresentou-o para o inspetor.

– Melhor entrar – disse o inspetor.

Os três homens entraram na casa.

– Telefonaram para Warmsley Vale – explicou Graves. – E o superintendente Spence me mandou.

– Suicídio?

O inspetor respondeu:

– Sim. Parece um caso óbvio. Não sei se ter prestado testemunho no inquérito afetou sua mente. Às vezes as pessoas são estranhas a respeito disso, mas presumo que ele estivesse deprimido nos últimos tempos. Dificuldades financeiras e uma coisa e outra. Atirou com o próprio revólver.

Poirot perguntou:

– Seria permitido eu subir?

– Se quiser, monsieur Poirot. Leve monsieur Poirot lá em cima, sargento.

– Sim, senhor.

Graves foi na frente até o quarto no primeiro andar. Estava bem como Poirot se lembrava: as cores desbotadas dos tapetes velhos, os livros. O major Porter estava na poltrona grande. Sua postura era quase natural, apenas com a cabeça caída para a frente. O braço direito pendia ao lado do corpo; embaixo, no tapete, jazia o revólver. Ainda havia um leve odor pungente de pólvora no ar.

– Acham que foi há umas duas horas – disse Graves. – Ninguém ouviu o tiro. A mulher da casa estava na rua fazendo compras.

Com o cenho franzido, Poirot olhou o corpo imóvel com o pequeno ferimento chamuscado na têmpora direita.

– Alguma ideia sobre por que ele faria isso, monsieur Poirot? – perguntou Graves.

Ele era respeitoso com Poirot porque tinha visto o superintendente ser respeitoso, embora na sua opinião particular Poirot fosse um daqueles horrorosos fuçadores.

Poirot replicou em termos vagos:

– Sim. Sim, havia um motivo muito bom. Não é essa a dificuldade.

Seu olhar voltou-se para a mesinha à esquerda do major Porter. Havia um grande cinzeiro de vidro maciço sobre ela, com um cachimbo e uma caixa de fósforos. Nada ali. Seus olhos deram uma volta pela sala. Então ele foi até uma escrivaninha com tampo corrediço.

Estava bem arrumada. Os papéis guardados com capricho nos escaninhos. Um pequeno mata-borrão de couro ao centro, um porta-canetas com uma caneta e dois lápis, uma caixa de clipes para papel e um livro de selos. Tudo muito arrumado e em ordem. Uma vida ordinária e uma morte ordeira... claro, era isso... era isso que estava faltando! Poirot perguntou a Graves:

– Ele não deixou nenhum bilhete, nenhuma carta para o magistrado?

Graves sacudiu a cabeça.

– Não, não deixou... coisa que se esperaria de um ex-soldado.

– Sim, é muito curioso.

Meticuloso em vida, o major Porter não havia sido meticuloso na morte. Era completamente errado, pensou Poirot, que Porter não tivesse deixado um bilhete.

– Um golpe para os Cloade, isso – disse Graves. – Vai atrapalhá-los. Terão de ir à caça de outra pessoa que conheça Underhay intimamente.

Ele agitou-se de leve.

– Algo mais que queira ver, monsieur Poirot?

Poirot sacudiu a cabeça e seguiu Graves para fora do quarto.

Encontraram a dona da casa na escada. Ela estava nitidamente desfrutando de seu estado de agitação e no mesmo instante começou um verboso discurso. Graves afastou-se com destreza e deixou Poirot receber a enxurrada em cheio.

– Não consigo recobrar o fôlego direito. Coração, é isso. Angina do peito, minha mãe morreu disso, caiu morta enquanto cruzava Caledonian Market. Quase que eu caí dura ao encontrá-lo... oh, me deu um troço! Jamais suspeitei de nada assim, embora ele andasse desanimado há muito tempo. Preocupado com dinheiro, penso, e não comia o bastante para se manter vivo. Não que ele jamais aceitasse alguma coisinha de nós. E então ontem teve de ir até um lugar em Oastshire, Warmsley Vale, prestar testemunho em um inquérito. Aquilo afetou sua mente. Ele voltou parecendo *péssimo*. Zanzou por aí a noite inteira. Para cima e para baixo, para cima e para baixo. Um cavalheiro assassinado e que era amigo dele, afinal de contas. Pobre coitado, isso o transtornou. Para cima e para baixo, para cima e para baixo. E enquanto eu estava fora fazendo minhas comprinhas e tendo que esperar tanto na fila do peixe... subi para ver se ele queria uma bela xícara de chá... e cá estava ele, pobre cavalheiro, o revólver caído da mão, recostado em sua cadeira. Foi um choque medonho para mim isso tudo. Tive de chamar a polícia e tudo. Onde vai parar esse mundo, é isso que pergunto.

Poirot disse lentamente:

– O mundo está se tornando um lugar difícil de se viver. Exceto para os fortes.

## Capítulo 10

Passava das oito horas quando Poirot voltou para o Stag. Encontrou um bilhete de Frances Cloade pedindo para ir vê-la. Ele saiu na mesma hora.

Frances o aguardava na sala de estar. Ele não tinha visto aquela sala antes. As janelas abertas davam para um jardim murado com pereiras em flor. Havia vasos de tulipas em cima das mesas. A velha mobília brilhava devido a cera de abelha e muito polimento, e o bronze do guarda-fogo da lareira e do balde para o carvão resplandecia, cintilante.

Era uma sala muito bonita, pensou Poirot.

– O senhor disse que eu desejaria vê-lo, monsieur Poirot. Estava certíssimo. Há algo que precisa ser contado. E penso que o senhor é a melhor pessoa a quem contar.

– É sempre mais fácil, madame, contar algo para alguém que já tenha uma boa ideia do que seja.

– Acha que sabe o que vou dizer?

Poirot assentiu.

– Desde quando...

Ela deixou a pergunta inacabada, mas ele respondeu prontamente:

– Desde o momento em que vi a fotografia de seu pai. As feições de sua família são muito características. Não se poderia duvidar que a senhora e ele fossem da mesma família. A semelhança era igualmente grande com o homem que chegou aqui dizendo se chamar Enoch Arden.

Ela suspirou. Um suspiro profundo e infeliz.

– Sim. Sim, o senhor está certo, embora o pobre Charles tivesse barba. Era meu primo em segundo grau, de certo modo a ovelha negra da família. Nunca o conheci muito bem, mas brincávamos juntos quando crianças... e eu o trouxe para morrer... uma morte horrível e sórdida...

Ela ficou calada por alguns minutos. Poirot disse em tom gentil:

– A senhora vai me contar...

Ela se endireitou.

– Sim, a história tem de ser contada. Estávamos desesperados por dinheiro... é aí que começa. Meu marido... meu marido estava numa séria dificuldade... o pior tipo de dificuldade. Desonra e talvez prisão pairavam diante dele. Ainda pairam, aliás. Pois bem, entenda o seguinte, monsieur Poirot: o plano que arquitetei e executei foi *meu* plano; meu marido não teve nada a ver com isso. De qualquer modo não era o tipo de plano dele; seria por demais arriscado. Mas eu jamais me importei em correr riscos. E sempre fui, suponho, bastante inescrupulosa. Antes de mais nada, deixe lhe dizer, solicitei um empréstimo a Rosaleen Cloade. Não sei se, por si, Rosaleen teria concedido ou não. Mas seu irmão entrou em cena. Ele estava de péssimo humor e foi, ou assim pensei eu, desnecessariamente ofensivo. Quando concebi essa trama não tive escrúpulo algum quanto a colocá-la em andamento. Para explicar as coisas, devo dizer que no ano passado meu marido havia relatado uma informação deveras interessante que ouviu no clube. Creio que o senhor estava lá, de modo que não preciso repeti-la em detalhes. Mas ela abria a possibilidade de que o primeiro marido de Rosaleen pudesse não estar morto, e nesse caso é claro que ela não teria direito nenhum a nada do dinheiro de Gordon. Era, é claro, apenas uma vaga possibilidade, mas ficou lá no fundo de nossa mente, uma espécie de chance remota que poderia se tornar verdade. E em minha mente vislumbrei que se poderia fazer algo *usando* essa possibilidade. Charles, meu primo, estava no país, em má situação. Temo que ele tenha estado na prisão, e não era uma pessoa escrupulosa, mas saiu-se bem na guerra. Apresentei a proposta a ele. Era chantagem, claro, nada mais, nada menos. Mas pensamos ter uma boa chance de sermos bem-sucedidos. Na pior das hipóteses, pensei, David Hunter se recusaria a pagar. Não pensei que ele fosse à polícia; gente como ele não é chegada em polícia.

A voz dela ficou mais dura.

– Nosso plano foi muito bem. David caiu melhor do que esperávamos. Charles não se passou explicitamente por "Robert Underhay", é claro. Rosaleen denunciaria tal coisa na mesma hora. Mas por sorte ela foi para Londres e isso deu a Charles ao menos a chance de sugerir que pudesse ser Robert Underhay. Bem, como eu disse, David pareceu ter caído no plano. Ficou de trazer o dinheiro na noite de terça-feira, às nove horas. Em vez disso...

A voz dela falseou.

– Deveríamos saber que David era... uma pessoa perigosa. Charles está morto... assassinado. E, se não fosse por mim, estaria vivo. Mandei-o para a morte.

Um instante depois, ela seguiu em voz seca:

– O senhor pode imaginar como me sinto desde então.

– Não obstante – disse Poirot –, a senhora foi rápida o bastante para ver um desenvolvimento adicional na trama. Foi a senhora que induziu o major Porter a identificar seu primo como "Robert Underhay"?

Mas na mesma hora ela interrompeu com veemência:

– Não, juro ao senhor, não. Isso não! Ninguém ficou mais espantada... Espantada? Ficamos estarrecidos quando esse major Porter veio prestar testemunho de que Charles... *Charles!*... era Robert Underhay. Não pude entender... *ainda* não consigo entender!

– Mas *alguém* foi ao major Porter. Alguém persuadiu-o ou o subornou... para identificar o morto como Underhay.

Frances disse, resoluta:

– Não fui eu. E não foi Jeremy. Nenhum de nós faria uma coisa dessas. Oh, imagino que isso soe absurdo para o senhor! Acha que, por estar pronta para chantagem, eu me rebaixaria muito facilmente a fraude. Mas na minha cabeça as duas coisas são mundos distintos. O senhor deve entender que eu sentia, de fato ainda sinto, que temos *direito* a uma parte do dinheiro de Gordon. O que fracassei em conseguir por meios honestos estava pronta a obter com trapaça. Mas deliberadamente tirar tudo de Rosaleen por falcatrua, fabricando a evidência de que ela não era esposa de Gordon... oh, não, de fato, monsieur Poirot, eu não faria uma coisa dessas. Por favor, *por favor*, acredite em mim.

– Vou ao menos admitir – disse Poirot lentamente – que cada um tem seus pecados particulares. Sim, vou acreditar nisso.

Então olhou para ela de modo penetrante.

– A senhora sabe, sra. Cloade, que o major Porter matou-se com um tiro nesta tarde?

Ela retraiu-se, os olhos arregalados e horrorizados.

– Oh, não, monsieur Poirot... *não*!

– Sim, madame. O major Porter, veja bem, *au fond* era um homem honesto. Estava numa situação financeira muito precária e, quando veio a tentação, ele, como muitos outros homens, falhou em resistir. Pode ter lhe parecido, ele pode ter gerado em si a sensação de que sua mentira era quase justificável em termos morais. Em sua mente ele já nutria profundo preconceito contra aquela mulher com quem seu amigo Underhay havia se casado. Ele julgava que ela havia tratado seu amigo de forma desonrosa. E agora aquela pequena interesseira sem coração havia se casado com um milionário e se safado com a fortuna do segundo marido em detrimento dos parentes de sangue dele. Deve ter lhe parecido tentador arruinar os planos dela... nada mais merecido. E apenas por identificar um homem morto ele mesmo estaria com o futuro assegurado. Quando os Cloade obtivessem seus direitos, ele teria sua cota... Sim, posso ver a tentação... Mas, como muitos homens de seu tipo, ele carecia de imaginação. Estava infeliz, muito infeliz, no inquérito. Dava para ver. No futuro próximo, ele precisaria repetir a mentira sob juramento. Não só isso: agora um homem estava preso, acusado de assassinato, e a identidade do morto fornecia um motivo muito poderoso para essa acusação. Ele voltou para casa e encarou as coisas de frente. Tomou a saída que lhe pareceu a melhor.

– Ele se matou?

– Sim.

Frances murmurou:

– Ele não disse quem... quem...

Poirot sacudiu a cabeça lentamente.

– Ele tinha seu código. Não houve qualquer referência a quem o instigou a cometer perjúrio.

Ele a observou com atenção. Houve um lampejo súbito de alívio, ou de relaxamento da tensão? Sim, mas de todo modo seria algo natural...

Ela levantou-se e caminhou até a janela. Disse:

– Assim, estamos de volta onde estávamos.

Poirot ficou imaginando o que se passava na mente dela.

# Capítulo 11

Na manhã seguinte, o superintendente Spence usou quase as mesmas palavras de Frances:

– Estamos de volta ao ponto de partida – disse ele com um suspiro. – Temos de descobrir quem de fato era esse camarada Enoch Arden.

– Isso eu posso lhe contar, superintendente – disse Poirot. – O nome dele era Charles Trenton.

– Charles Trenton! – o superintendente assoviou. – Hum! Um dos Trenton... suponho que *ela* o meteu nisso... a sra. Jeremy, quero dizer... Contudo, não devemos ser capazes de provar a conexão dela com isso. Charles Trenton? Parece que lembro...

Poirot assentiu.

– Sim. Ele tem ficha.

– Foi o que pensei. Se bem me lembro, aplicava golpes em hotéis. Chegava no Ritz, comprava um Rolls, com direito a testá-lo por uma manhã, rodava no Rolls por todas as lojas mais caras e comprava coisas... e posso garantir que um homem que tem um Rolls à espera na porta para levar suas compras para o Ritz não tem os cheques questionados! Além do mais, ele tinha atitude e educação. Ficava por cerca de uma semana e então, quando começavam a surgir suspeitas, desaparecia de mansinho, vendendo de barbada para uns conhecidos os vários artigos que havia comprado. Charles Trenton... hum... – Ele olhou para Poirot. – O senhor descobre coisas, não?

– Como vai seu caso contra David Hunter?

– Teremos de soltá-lo. *Havia* uma mulher com Arden naquela noite. Não dependemos apenas da palavra daquela megera velha. Jimmy Pierce estava indo para casa, tinha sido expulso do Load of Hay, ele fica brigão depois de uns canecos. Viu uma mulher sair do Stag e entrar na cabine telefônica na frente do correio; isso foi logo depois das dez da noite. Disse que não era ninguém que ele conhecesse, pensou que fosse alguém que estivesse no Stag. "Uma vadia de Londres", foi como *ele* a definiu.

– Ele não estava muito próximo dela?

– Não, do outro lado da rua. Quem diabos *era* ela, monsieur Poirot?

– Ele disse como ela estava vestida?

– Casaco de tweed, disse ele, lenço cor de laranja em torno da cabeça. Calças compridas e um monte de maquiagem. Combina com a descrição da velha senhora.

– Sim, combina – Poirot franziu o cenho.

Spence perguntou:

– Bem, quem era ela, de onde veio, para onde foi? O senhor sabe como é nosso serviço de trens. O último trem para Londres é o das 21h20, e o das 22h03 que vem de lá. Será que essa mulher ficou por aí a noite toda e pegou o das 6h18 da manhã? Será que tinha um carro? Pediu carona? Andamos atrás por tudo... mas sem resultados.

– E o das 6h18?

– Está sempre lotado, na maioria por homens, contudo. Penso que teriam reparado em uma mulher... quer dizer, nesse tipo de mulher. Suponho que ela pudesse ter vindo e ido de carro, mas um carro é notado em Warmsley Vale hoje em dia. Estamos fora da estrada principal, como você sabe.

– Nenhum carro foi visto na rua naquela noite?

– Só o do dr. Cloade. Ele tinha saído a trabalho, lá para os lados de Middlingham. É de se pensar que alguém teria reparado em uma mulher estranha num carro.

– Não precisa ser uma estranha – disse Poirot com lentidão. – Um homem levemente bêbado e a uns cem metros de distância poderia não reconhecer uma pessoa que não conheça muito bem. Alguém quem sai vestido de um jeito diferente da sua forma habitual.

Spence olhou para ele com um ar interrogativo.

– Esse jovem Pierce reconheceria, por exemplo, Lynn Marchmont? Ela esteve fora por alguns anos.

– Lynn Marchmont estava na White House com a mãe naquela hora – disse Spence.

– O senhor tem certeza?

– A sra. Lionel Cloade, aquela doidivanas, a esposa do médico, disse que telefonou para ela às 22h10. Rosaleen Cloade estava em Londres. A sra. Jeremy... bem, jamais a vi de calças e ela não usa muita maquiagem. De todo modo, não é jovem.

– Oh, *mon cher* – Poirot inclinou-se à frente. – Em uma noite sombria, com iluminação pública fraca, dá para ver juventude ou idade debaixo de uma máscara de maquiagem?

– Olhe aqui, Poirot – disse Spence –, onde o senhor está querendo chegar?

Poirot recostou-se e semicerrou os olhos.

– Calças compridas, casaco de tweed, um lenço cor de laranja envolvendo a cabeça, uma grande quantidade de maquiagem, um batom caído no chão. É sugestivo.

– Acho que o senhor é o oráculo de Delfos – resmungou o superintendente. – Não que eu saiba o que seja o oráculo de Delfos... daquelas coisas que o jovem Graves dá ares de conhecer... não ajuda em nada no seu trabalho policial. Mais algum pronunciamento enigmático, monsieur Poirot?

– Eu falei – disse Poirot – que esse caso tem o formato errado. Com um exemplo, disse que o homem morto estava equivocado. E estava mesmo, como Underhay. Underhay era sem dúvida um indivíduo excêntrico, cavalheiresco, antiquado e reacionário. O homem no Stag era um chantagista; não era nem cavalheiresco, antiquado, nem reacionário, tampouco era particularmente excêntrico;

portanto, não era Underhay. Não poderia ser Underhay, porque *as pessoas não mudam.* O interessante foi Porter ter dito que era Underhay.

– Levando-o à sra. Jeremy?

– A semelhança me levou à sra. Jeremy. Um ar fisionômico muito característico, o perfil dos Trenton. Permitindo-me um pequeno jogo de palavras, como Charles Trenton, o morto *tem* o formato certo. Mas ainda há perguntas que exigem respostas. Por que David Hunter deixou-se chantagear tão prontamente? Ele é o tipo de homem que se deixa chantagear? Poderia se dizer com muita convicção que não. Assim, ele também agiu de modo estranho a seu temperamento. E aí temos Rosaleen Cloade. O comportamento dela é incompreensível no todo, mas tem uma coisa que eu gostaria muito de saber. Por que ela tem medo? Por que ela acha que algo irá lhe acontecer agora que o irmão não está mais ali para protegê-la? Alguém... ou alguma coisa deve ter lhe causado esse medo. E não é que ela tema perder sua fortuna. Não, é mais que isso. Ela teme por sua *vida*...

– Meu Deus, monsieur Poirot, o senhor não pensa que...

– Vamos lembrar, Spence, que, como o senhor acaba de dizer, estamos de volta ao ponto de partida. Isto é, a família Cloade está de volta ao ponto de partida. Robert Underhay morreu na África. E a vida de Rosaleen Cloade paira entre eles e o desfrute do dinheiro de Gordon Cloade...

– O senhor acha sinceramente que um deles faria isso?

– Penso o seguinte. Rosaleen Cloade tem 26 anos e, embora mentalmente um tanto instável, fisicamente é forte e saudável. Pode viver até os setenta anos, pode viver ainda mais. Quarenta e quatro anos, digamos. O senhor não acha, superintendente, que 44 anos é tempo demais para alguém esperar?

## Capítulo 12

Quando Poirot deixou a delegacia de polícia, foi abordado quase no mesmo instante por tia Kathie. Ela tinha várias sacolas de compras e veio até ele com uma atitude ansiosa esbaforida.

– Que terrível o pobre major Porter – disse ela. – Não posso deixar de achar que a visão de vida dele deve ter sido muito materialista. Vida militar, o senhor sabe. Muito limitadora e, embora ele tenha passado boa parte da vida na Índia, temo que jamais tenha aproveitado as oportunidades espirituais. Deve ter sido tudo *pukka* e *chota hazri* e *tiffin* e caça de javali... o limitado âmbito militar. Pensar que ele poderia ter se sentado como um *chela* aos pés de um *guru*! Ah, as oportunidades perdidas, monsieur Poirot, que tristeza!

Tia Kathie sacudiu a cabeça e afrouxou um pouco o modo como segurava uma das sacolas. Um pedaço de bacalhau de aspecto deprimente escorregou e resvalou para dentro da sarjeta. Poirot juntou-o, e, em sua agitação, tia Kathie deixou uma segunda sacola escorregar, com o que uma lata de melaço começou uma alegre carreira rolando High Street afora.

– Muito obrigada, monsieur Poirot.

Tia Kathie agarrou o bacalhau. Ele correu atrás do melaço.

– Oh, obrigada. Sou tão desastrada... Mas realmente fiquei muito transtornada. Que homem desafortunado... Sim, *está* grudento, mas não quero usar seu lenço limpo. Bem, é muito gentil de sua parte... Como eu ia dizendo, na vida estamos na morte, e na morte estamos na vida...

Eu jamais deveria ficar surpresa ao ver o corpo astral de qualquer um dos meus amigos queridos já falecidos. O senhor sabe, pode-se passar por eles na rua. Ora, na outra noite mesmo eu...

– Me permite? – Poirot socou o bacalhau nas profundezas da sacola. – A senhora estava falando... sobre?

– Corpos astrais – disse tia Kathie. – Sabe, eu pedi dois pence, porque só tinha meio penny. Mas na ocasião achei que o rosto fosse familiar, só que não consegui *situá-lo*. Ainda não consigo... mas agora acho que deve ser alguém que faleceu, talvez há algum tempo, de modo que minha lembrança é muito incerta. É maravilhoso o modo como as pessoas são *enviadas* quando se necessita... mesmo que seja apenas o caso de uns trocados para o telefone. Oh, meu caro, que fila no Peacocks; devem ter bolo ou rocambole! Espero não ter chegado tarde demais!

A sra. Lionel Cloade atravessou a rua e juntou-se ao fim de uma fila de mulheres de cara amarrada do lado de fora da confeitaria.

Poirot seguiu pela High Street. Não entrou no Stag. Em vez disso, guiou seus passos para a White House.

Ele queria muito ter uma conversa com Lynn Marchmont e suspeitava que ela não se oporia a conversar com ele.

Estava uma manhã adorável, uma daquelas manhãs de verão na primavera que possuem o frescor negado a um verdadeiro dia de verão.

Poirot saiu da estrada principal. Viu a trilha que subia de Long Willows até a encosta acima de Furrowbank. Charles Trenton tinha vindo por ali desde a estação na sexta-feira antes de sua morte. Em seu trajeto morro abaixo, tinha encontrado Rosaleen Cloade subindo. Não a havia reconhecido, o que não era de surpreender, visto que ele não era Robert Underhay, e ela naturalmente não o havia reconhecido pelo mesmo motivo. Mas, ao ver o corpo, ela jurou que jamais tinha visto sequer de relance o rosto do homem por quem havia passado na trilha. Sendo assim, no que ela estava pensando? Estaria, por algum acaso, pensando em Rowley Cloade?

Poirot dobrou na estradinha que levava à White House. O jardim da White House estava com uma aparência adorável. Apresentava muitos arbustos floridos, lilases e laburnos, e no centro do gramado havia uma grande macieira velha e retorcida. Debaixo dela, estendida em uma espreguiçadeira, estava Lynn Marchmont.

Ela deu um pulo nervoso quando Poirot, em voz formal, desejou-lhe:

– Bom dia!

– O senhor me assustou, monsieur Poirot. Não o ouvi se aproximar pelo gramado. Então ainda está aqui em Warmsley Vale?

– Ainda estou aqui... sim.

– Por quê?

Poirot deu de ombros.

– É um lugar agradável e afastado onde se pode relaxar. Eu relaxo.

– Estou contente que esteja aqui – disse Lynn.

– A senhorita não me pergunta como o resto de sua família: "Quando vai voltar para Londres, monsieur Poirot?", esperando ansiosamente pela resposta.

– Eles querem que o senhor volte para Londres?

– Parece que sim.

– Eu não.

– Não... entendi. Por quê, mademoiselle?

– Porque significa que o senhor não está convencido. Digo, convencido de que foi David Hunter.

– E a senhorita quer tanto assim... que ele seja inocente?

Ele viu um leve rubor insinuar-se na pele bronzeada dela.

– Naturalmente não quero ver um homem enforcado por algo que não fez.

– Naturalmente, oh, sim!

– E a polícia simplesmente está predisposta contra ele porque ele os irritou. Isso é o pior de David, ele gosta de hostilizar as pessoas.

– A polícia não está tão predisposta quanto a senhorita pensa, srta. Marchmont. A predisposição contra ele estava na mente do júri. Eles se recusaram a seguir a orientação do magistrado. Deram um veredito contra ele, e por isso a polícia teve de prendê-lo. Mas posso lhe dizer que eles estão muito longe de satisfeitos com o caso contra ele.

Ela perguntou animada:

– Então podem soltá-lo?

Poirot deu de ombros.

– Quem eles acham que fez aquilo, monsieur Poirot?

Poirot disse devagar:

– Havia uma mulher no Stag naquela noite.

Lynn exclamou:

– Eu não entendo *nada*. Quando pensamos que o homem fosse Robert Underhay, tudo pareceu muito simples. Por que o major Porter disse que era Underhay se não era? Por que ele se matou? Estamos de volta ao ponto de partida.

– A senhorita é a terceira pessoa a usar essa frase!

– Sou? – ela olhou atônita. – O que *o senhor* está fazendo, monsieur Poirot?

– Falando com as pessoas. É isso que eu faço. Apenas falo com as pessoas.

– Mas não pergunta coisas sobre o assassinato?

Poirot sacudiu a cabeça.

– Não, eu apenas, como direi... cato mexericos.

– Isso ajuda?

– Às vezes sim. Ficaria surpresa com o quanto aprendi sobre a vida cotidiana de Warmsley Vale nas últimas semanas. Sei quem andou por onde, e com quem se encontrou, e às vezes o que falou. Sei por exemplo que Arden pegou a trilha para a aldeia passando por Furrowbank e depois perguntando o caminho ao sr. Rowley Cloade, e que ele tinha uma mochila nas costas e nenhuma bagagem. Sei que Rosaleen Cloade passou mais de uma hora na fazenda com Rowley Cloade e que ela estava feliz ali, ao contrário do habitual.

– Sim – disse Lynn. – Rowley me contou. Disse que ela parecia uma pessoa tirando uma tarde de folga.

– Ah, ele disse isso?

Poirot fez uma pausa e prosseguiu:

– Sim, sei de muitas idas e vindas. E ouvi um bocado de coisas sobre as dificuldades das pessoas... suas e da sua mãe, por exemplo.

– Não é segredo sobre nenhum de nós – disse Lynn. – Todos nós tentamos filar dinheiro de Rosaleen. É a isso que se refere, não?

– Eu não disse isso.

– Bem, é verdade! E suponho que o senhor tenha ouvido coisas sobre eu e Rowley e David.

– Mas a senhorita vai se casar com Rowley Cloade?

– Vou? Gostaria de saber... Era isso que eu estava tentando decidir naquele dia... quando David irrompeu de dentro do bosque. Era como um grande ponto de interrogação na minha cabeça. Vou? Vou? Até o trem no vale parecia perguntar a mesma coisa. A fumaça fez um belo ponto de interrogação no céu.

O rosto de Poirot assumiu uma expressão curiosa. Lynn entendeu errado. Exclamou:

– Oh, monsieur Poirot, o senhor não vê, é tudo tão difícil! Não tem nada a ver com David. É *comigo*! Eu mudei. Estive fora por três... quatro anos. Agora que voltei não sou a mesma pessoa que era ao partir. Essa é a tragédia por toda parte. As pessoas voltam para casa mudadas, tendo que se reajustar. Não se pode ir embora, levar um tipo de vida diferente e *não* mudar!

– A senhorita está errada – disse Poirot. – A tragédia da vida é que *as pessoas não mudam.*

Ela fitou-o sacudindo a cabeça. Ele insistiu:

– É sim. É assim. Para começar, por que a senhorita partiu?

– Por quê? Entrei para o Wrens. Me alistei.

– Sim, sim, mas por que, para começar, a senhorita entrou para o Wrens? Estava noiva e ia se casar. Estava apaixonada por Rowley Cloade. Poderia ter trabalhado como lavradora aqui em Warmsley Vale, não poderia?

– Suponho que poderia, mas eu queria...

– *Queria ir embora.* Queria ir para o exterior, ver a vida. Queria, talvez, *escapar de Rowley Cloade...* E agora está inquieta, ainda quer... escapar! Oh, não, mademoiselle, as pessoas não mudam!

– Quando eu estava fora, no Oriente, ansiava por voltar para casa! – exclamou Lynn na defensiva.

– Sim, sim, a senhorita vai querer estar onde não estiver! Talvez vá ser sempre assim com a senhorita. Veja, você faz uma imagem de si mesma, uma imagem de Lynn Marchmont voltando para casa... Mas a imagem não se torna real porque a Lynn Marchmont que você imagina não é a Lynn Marchmont verdadeira. Ela é a Lynn Marchmont que a senhorita gostaria de ser.

Lynn perguntou com um tom amargo:

– Assim, de acordo com o senhor, eu jamais estarei satisfeita em lugar nenhum?

– Não digo isso. Mas digo que, quando partiu, estava insatisfeita com seu noivado e, agora que voltou, ainda está insatisfeita com o noivado.

Lynn arrancou uma folha e a mascou, meditativa.

– O senhor é mesmo danado para saber das coisas, não é, monsieur Poirot?

– É meu *métier* – disse Poirot, modesto. – Existe uma verdade adicional, creio, que a senhorita ainda não reconheceu.

Lynn disse de jeito brusco:

– O senhor se refere a David, não? Acha que estou apaixonada por David?

– Isso cabe à senhorita dizer – murmurou Poirot com discrição.

– E eu... não sei! Há algo em David de que tenho medo. Mas também há algo que me atrai... – ela ficou em silêncio por um instante e então prosseguiu: – Falei com o brigadeiro dele ontem. Ele veio para cá quando soube que David tinha sido preso para ver o que podia fazer. Ele me contou coisas sobre David, como era incrivelmente audacioso. Disse que David era uma das pessoas mais corajosas que ele já teve sob seu comando. Ainda assim, sabe, monsieur Poirot, a despeito de tudo que falou e das louvações, ele não tinha certeza absoluta de que David não tivesse feito aquilo!

– E a senhorita tampouco tem certeza?

Lynn deu um sorriso torto, patético.

– Não... veja, jamais confiei em David. Pode-se amar alguém em quem não se confia?

– Infelizmente sim.

– Sempre fui injusta com David. Porque não confiava nele. Acreditei em muitas coisas dos infames mexericos locais. Insinuações de que David não era David Hunter coisa nenhuma... apenas um namorado de Rosaleen. Fiquei envergonhada quando encontrei com o brigadeiro e ele me falou que conhecia David desde garoto na Irlanda.

– *C'est épatant* – murmurou Poirot – como as pessoas conseguem ver as coisas pelo lado contrário.

– O que o senhor quer dizer?

– Apenas um ditado. Diga-me, a sra. Cloade, me refiro à esposa do doutor... ela ligou na noite do assassinato?

– Tia Kathie? Sim, ligou.

– Para quê?

– Alguma trapalhada incrível em que havia se metido com algumas contas.

– Ela ligou de casa?

– Não, na verdade o telefone dela estava estragado. Teve de ir a uma cabine.

– Às 22h10?

– Por aí. Nossos relógios nunca estão particularmente bem acertados.

– Por aí – disse Poirot, pensativo. Ele seguiu em tom delicado: – Essa foi a única chamada naquela noite?

– Não – Lynn respondeu secamente.

– David Hunter ligou de Londres?

– Sim – ela arrebatou-se de repente. – Suponho que queira saber o que *ele* disse?

– Oh, de fato não presumo...

– Está convidado a saber! Ele disse que estava indo embora, dando o fora da minha vida. Disse que ele não era bom para mim e que jamais andaria na linha, nem mesmo por minha causa.

– E, visto que isso provavelmente é verdade, a senhorita não gostou – disse Poirot.

– Espero que ele vá embora. Isto é, se for devidamente inocentado... Espero que ambos vão para a América ou algum lugar. Talvez então tenhamos condições de parar de pensar neles. Aprenderemos a viver por nossa conta. Pararemos de sentir rancor.

– Rancor?

– Sim. Senti pela primeira vez na casa de tia Kathie certa noite. Ela deu uma espécie de festa. Talvez tenha sido porque eu acabara de chegar do exterior e estava muito impaciente, mas parece que senti aquilo rodando no ar à nossa volta. Rancor contra ela, contra Rosaleen. O senhor não percebe, *estávamos querendo que ela morresse...* todos nós! E isso é medonho, desejar que alguém que jamais lhe fez qualquer mal... morresse...

– A morte dela, claro, é a única coisa que pode fazer bem a vocês em termos práticos – Poirot falou em um tom vivaz e prático.

– O senhor diz nos fazer bem em termos financeiros? O simples fato de ela estar aqui nos causou mal em todos os sentidos! Invejar uma pessoa, ressentir-se dela, filar dinheiro dela... isso não é *bom*. Agora, lá está ela, sozinha em Furrowbank. Parece um fantasma, parece morta de medo... parece... oh, é como se estivesse ficando doida. E ela não nos deixa ajudar! Nenhum de nós. Todos nós tentamos. Minha mãe convidou-a para ficar conosco, tia Frances a convidou. Até tia Kathie foi se oferecer para ficar com ela em Furrowbank. Mas ela não quer nada conosco, e eu não a culpo. Ela não viu sequer o brigadeiro Conroy. Acho que ela está doente, doente de preocupação, medo e aflição. E não estamos fazendo nada a respeito porque ela não deixa.

– *A senhorita* tentou? A senhorita em pessoa?

– Sim – disse Lynn. – Fui até lá ontem. Perguntei se havia alguma coisa que eu pudesse fazer. Ela me olhou... – Lynn parou de repente e estremeceu. – Acho que ela me odeia. Ela disse: "*Você menos que todos*". Creio que David disse a ela para ficar em Furrowbank, e ela sempre faz o que David diz. Rowley levou ovos e manteiga de Long Willows para ela. Acho que ele é o único de nós de quem ela gosta. Ela agradeceu e disse que ele sempre foi gentil. Rowley, claro, *é* gentil.

– Existem pessoas – disse Poirot – por quem sentimos grande piedade, grande pena, pessoas que têm um fardo pesado demais para carregar. Tenho grande pena de Rosaleen Cloade. Se eu pudesse, a ajudaria. Mesmo agora, se ela escutasse...

Ele pôs-se de pé com uma resolução súbita.

– Venha, mademoiselle – disse ele –, vamos até Furrowbank.

– Você quer que eu vá junto?

– Se você estiver preparada para ser generosa e compreensiva...

Lynn exclamou:

– Estou... de fato estou...

# Capítulo 13

Levaram apenas cinco minutos para chegar a Furrowbank. O acesso serpenteava por uma rampa através de fileiras de azaleias cuidadosamente aglomeradas. Gordon Cloade não havia poupado trabalho ou dinheiro para fazer de Furrowbank um espetáculo.

A copeira que atendeu a porta pareceu surpresa ao vê-los e um pouco na dúvida quanto a poderem conversar com a sra. Cloade. Madame ainda não havia se levantado, disse ela. Contudo, conduziu-os à sala de visitas e subiu com a mensagem de Poirot.

Poirot olhou ao redor. Comparou aquele ambiente com a sala de visitas de Frances Cloade, uma sala muito íntima, bem característica de sua dona. A sala de visitas de Furrowbank era estritamente impessoal, expressando apenas riqueza temperada com bom gosto. Gordon Cloade havia se encarregado do espaço; tudo na sala era de boa qualidade e tinha valor artístico, mas não havia qualquer sinal de preferências, nenhuma pista sobre os gostos pessoais da dona da casa. Parecia que Rosaleen não havia imprimido qualquer individualidade pessoal ao lugar.

Ela vivia em Furrowbank como um visitante estrangeiro poderiar viver no Ritz ou no Savoy.

"Fico imaginando", pensou Poirot, "se a outra..."

Lynn rompeu a sequência do pensamento perguntando em que ele estava pensando e por que parecia tão soturno.

– Dizem que o resultado do pecado é a morte, mademoiselle. Mas às vezes o resultado do pecado parece ser o luxo. Me pergunto se isso é mais suportável. Ser arrancado da sua vida caseira. Ter, quem sabe, apenas um vislumbre dela quando o caminho de volta está fechado...

Ele parou. A copeira entrou correndo na sala, o ar superior deixado de lado, apenas uma mulher de meia-idade assustada, gaguejando e engasgando com palavras que mal conseguia exprimir.

– Oh, srta. Marchmont! Oh, senhor, a patroa... lá em cima... ela está muito mal... não fala e não consigo levantá-la, e as mãos dela estão muito frias.

Poirot fez a volta de modo brusco e saiu correndo da sala. Lynn e a empregada foram atrás. Ele voou para o primeiro piso. A copeira indicou a porta aberta de frente para o alto da escada.

Era um amplo e lindo quarto de dormir, o sol jorrava pelas janelas abertas sobre belos tapetes claros.

Rosaleen jazia na enorme cama esculpida, aparentemente adormecida. Os longos cílios negros pousados sobre as maçãs do rosto, a cabeça voltada naturalmente para o travesseiro. Havia um lenço amarrotado em uma das mãos. Ela parecia uma criança triste que havia chorado até dormir.

Poirot pegou a mão e sentiu o pulso. A mão estava gelada e revelou o que ele já adivinhara.

Ele disse baixinho para Lynn:

– Ela está morta há algum tempo. Morreu durante o sono.

– Oh, senhor... oh... o que faremos? – a copeira irrompeu em pranto.

– Quem era o médico dela?

– Tio Lionel – disse Lynn.

Poirot disse à copeira:

– Telefone para o doutor Cloade.

Ela saiu do quarto, ainda soluçando. Poirot deslocou-se de um lado para o outro do quarto. Uma caixinha de papelão ao lado da cama exibia o rótulo: "Pó para tomar ao deitar". Usando o lenço, ele abriu a caixa. Havia três doses de pó. Ele foi até o consolo da lareira, depois à escrivaninha. A cadeira diante dela estava empurrada para o lado, o mata-borrão estava aberto. Havia ali uma folha de papel, com palavras garatujadas por uma letra infantil disforme.

*Não sei o que fazer... Não posso continuar... Fui tão perversa. Devo contar para alguém e ter paz... Não queria ser tão perversa, para começar. Não sabia tudo que resultaria disso. Tenho que escrever*

As palavras acabavam estateladas em um borrão. A caneta jazia onde havia sido atirada. Poirot ficou parado olhando o texto. Lynn ainda estava parada ao lado da cama olhando a moça morta.

Então a porta foi escancarada com violência e David Hunter avançou esbaforido quarto adentro.

– David – Lynn adiantou-se. – Soltaram você? Estou tão contente...

Ele repeliu as palavras dela, assim como a repeliu, quase empurrando-a rudemente do caminho ao se curvar sobre o vulto branco e imóvel.

– Rosa! Rosaleen... – tocou a mão dela, então girou na direção de Lynn, o rosto ardendo em fúria. As palavras saíram altas e ponderadas: – *Então vocês mataram-na, não foi?* Enfim livraram-se dela! Livraram-se de mim, mandaram-me para a prisão sob uma acusação forjada e então, entre vocês, tiraram *ela* do caminho! Todos vocês? Ou apenas um de vocês? Não me importa quem foi! Vocês a mataram! Vocês queriam o maldito dinheiro. Agora o têm! A morte dela o concede a vocês! Todos vocês vão sair da rua da amargura agora. Vão ficar todos ricos... um bando de ladrões assassinos imundos, é isso que vocês são! Não foram capazes de tocá-la enquanto eu estava ao lado. Eu sabia como proteger minha irmã, ela nunca foi alguém capaz de se proteger. Mas, quando ficou sozinha aqui, vocês viram a chance e a agarraram.

Ele fez uma pausa, cambaleou de leve e disse em voz baixa e trêmula:

– *Assassinos.*

Lynn exclamou:

– Não, David. Não, você está errado. Nenhum de nós a mataria. Não faríamos uma coisa dessas.

– Um de vocês matou-a, Lynn Marchmont. E você sabe disso tão bem quanto eu!

– Juro que não fizemos isso, David. Juro que não fizemos nada do tipo.

A selvageria do olhar dele abrandou-se um pouco.

– Talvez não tenha sido *você*, Lynn...

– Não foi, David, juro que não foi...

Hercule Poirot deu um passo à frente e tossiu. David girou na direção dele.

– Penso – disse Poirot – que suas pressuposições são um pouco dramáticas demais. Por que concluir às pressas que sua irmã foi assassinada?

– Você diz que ela não foi assassinada? Você chama isso – ele apontou o corpo na cama – de morte natural? Sim, Rosaleen sofria dos nervos, mas não tinha fraqueza orgânica. Seu coração era bem saudável.

– Na noite passada – disse Poirot –, antes de ir para a cama, ela sentou-se aqui para escrever...

David passou por ele, inclinou-se sobre a folha de papel.

– Não toque nela – Poirot advertiu.

David recolheu a mão e, sem se mover, leu as palavras.

Virou a cabeça de forma brusca e olhou para Poirot com um ar inquiridor.

– Você está sugerindo suicídio? Por que Rosaleen cometeria suicídio?

A voz que respondeu à pergunta não foi de Poirot. A voz pausada de Oastshire do superintendente Spence soou pelo vão da porta:

– Suponha que na noite de terça-feira passada a sra. Cloade não estivesse em Londres, mas em Warmsley Vale. Suponha que ela foi ver o homem que a estava chantageando. Suponha que ela o matou em um frenesi nervoso.

David virou-se para ele. Seus olhos estavam severos e zangados.

– Minha irmã estava em Londres na terça-feira à noite. Estava no apartamento quando eu cheguei às onze horas da noite.

– Sim – disse Spence –, essa é a sua história, sr. Hunter. E ouso dizer que o senhor vai mantê-la. Mas não sou obrigado a acreditar nessa história. E, em todo caso, não é um pouco tarde?

Ele gesticulou na direção da cama:

– O caso jamais irá a julgamento agora.

# Capítulo 14

– Ele não vai admitir – disse Spence. – Mas acho que ele sabe que ela o fez.

Sentado em sua sala na delegacia de polícia, ele olhou para Poirot do outro lado da mesa.

– O engraçado é que fomos tão cuidadosos em checar o *álibi* dele. Jamais demos muita atenção ao *dela*. Contudo, não há corroboração nenhuma para o fato de ela estar no apartamento em Londres naquela noite. Temos apenas a palavra dele de que ela estava lá. Sabíamos o tempo todo que apenas duas pessoas tinham motivo para acabar com Arden, David Hunter e Rosaleen Cloade. Fui reto atrás *dele* e não tomei conhecimento *dela*. O fato é que ela parecia uma coisa tão meiga, até um pouquinho burra, mas me atrevo a dizer que isso explica o caso em parte. É bem provável que David Hunter tenha mandado-a para Londres às pressas exatamente por esse motivo. Pode ter percebido que ela havia perdido a cabeça, e poderia saber que ela era do tipo que se torna perigosa quando entra em pânico. Outra coisa engraçada: muitas vezes a vi andando por aí com um traje camponês de linho cor de laranja. Era uma de suas cores favoritas. Lenços cor de laranja, um traje camponês listrado cor de laranja, uma boina cor de laranja. Contudo, mesmo quando a velha sra. Leadbetter descreveu uma moça com a cabeça envolta em um lenço cor de laranja, não atinei que devia ser a sra. Gordon Cloade. Ainda não acho que a garota estivesse bem ciente do que fazia... não foi totalmente responsável. O modo como você a descreveu rondando a igreja católica soa como se estivesse meio fora de si por remorso e sensação de culpa.

– Ela tinha sensação de culpa, sim – disse Poirot.

Spence disse pensativo:

– Ela deve ter atacado Arden em uma espécie de frenesi. Não creio que ele tivesse a menor ideia do que o aguardava. Ele não manteria a guarda com uma garota franzina como aquela.

Ele ruminou por alguns instantes em silêncio e então comentou:

– Há uma coisa sobre a qual ainda não estou bem certo. *Quem foi até Porter?* O senhor disse que não foi a sra. Jeremy. Aposto que foi a mesma coisa!

– Não – disse Poirot. – Não foi a sra. Jeremy. Ela me garantiu, e acredito nela. Fui estúpido quanto a isso. Eu devia saber quem foi. O major Porter mesmo me contou.

– Ele lhe contou?

– De forma indireta, claro. Ele não sabia que o havia feito.

– Bem, quem foi?

Poirot inclinou a cabeça um pouco de lado.

– Se me permite, posso primeiro fazer duas perguntas?

O superintendente ficou surpreso.

– Pergunte o que quiser.

– Aquele pó para dormir em uma caixa ao lado da cama de Rosaleen Cloade. O que era?

O superintendente pareceu mais surpreso.

– Aquilo? Oh, era bastante inofensivo. Brometo. Calmante para os nervos. Ela tomava um por noite. Analisamos, claro. Estava tudo certinho.

– Quem prescreveu?

– Dr. Cloade.

– Quando ele prescreveu?

– Ah, há algum tempo.

– Qual foi o veneno que a matou?

– Bem, na verdade ainda não temos o relatório, mas não creio que haja muita dúvida a respeito. Morfina, e uma dose bem forte dela.

– Foi encontrada alguma morfina de posse dela?

– Não. Onde está querendo chegar, monsieur Poirot?

– Vou passar agora para minha segunda questão – disse Poirot de modo evasivo. – David Hunter fez uma chamada de Londres para Lynn Marchmont às 23h05 naquela noite de terça-feira. O senhor disse que conferiu as ligações. Aquela foi a única chamada feita do apartamento em Shepherd's Court. Houve alguma chamada recebida?

– Uma. Às 22h15. Também de Warmsley Vale. Foi feita de uma cabine pública.

– Entendo.

Poirot ficou em silêncio por uns instantes.

– Qual é a grande ideia, monsieur Poirot?

– Aquela chamada foi atendida? O operador, quero dizer, obteve uma resposta do número em Londres?

– Estou vendo o que o senhor quer dizer – falou Spence lentamente. – Tinha de haver alguém no apartamento. Não podia ser David Hunter, ele estava voltando de trem. Parece então que deve ter sido Rosaleen Cloade. E, assim sendo, Rosaleen Cloade não poderia estar no Stag poucos minutos antes. Onde quer chegar, monsieur Poirot, é que a mulher de lenço cor de laranja *não era* Rosaleen Cloade. E assim, não foi Rosaleen Cloade que matou Arden. Mas então por que ela cometeu suicídio?

– A resposta para isso – disse Poirot – é muito simples. Ela não cometeu suicídio. Rosaleen Cloade foi assassinada!

– *O quê?*

– Foi assassinada de forma premeditada, a sangue frio.

– Mas quem matou Arden? Eliminamos David...

– Não foi David.

– E agora o senhor elimina Rosaleen? Mas ora essa, aqueles eram os únicos com um indício de motivo!

– Sim – disse Poirot. – *Motivo.* Foi isso que nos extraviou. Se A tem um motivo para matar C, e B tem um motivo para matar D, bem, não parece fazer sentido que A matasse D e B matasse C, não é?

Spence gemeu.

– Vá com calma, monsieur Poirot, vá com calma. Não comecei sequer a entender o que o senhor está falando sobre seus A's, B's e C's.

– É complicado – disse Poirot. – É muito complicado. Porque, veja você, temos aqui *dois tipos diferentes de crime.* E consequentemente temos, *temos* de ter, dois assassinos diferentes. Entra o primeiro assassino, e entra o segundo assassino.

– Não cite Shakespeare – gemeu Spence. – Isso não é um drama elisabetano.

– Mas sim, é muito shakespeariano. Há todas as emoções, todas as emoções humanas com as quais Shakespeare teria se deleitado: ciúmes, ódios, ações apaixonadas e repentinas. E aqui há também o oportunismo bem-sucedido. *"Há uma maré nos assuntos dos homens que, quando pega na cheia, conduz à fortuna..."* Alguém agiu baseado nisso, superintendente. Agarrar uma oportunidade e usá-la para seus próprios fins. Isso foi executado de forma triunfal... bem debaixo do seu nariz, por assim dizer!

Spence coçou o nariz, irritado.

– Fale às claras, monsieur Poirot – ele suplicou. – Se for possível, apenas diga a que se refere.

– Serei muito claro... claro como cristal. Temos três mortes aqui, não temos? Concorda com isso, não concorda? Três pessoas estão mortas.

Spence olhou para ele curioso.

– Certamente que sim... O senhor não vai me fazer acreditar que um deles ainda esteja vivo...

– Não, não – disse Poirot. – Estão mortos. Mas *como* morreram? Isto é, como o senhor classificaria as mortes?

– Bem, o senhor conhece minhas opiniões quanto a isso, monsieur Poirot. Um assassinato e dois suicídios. Mas de acordo com o senhor, o último suicídio não foi suicídio. Foi outro assassinato.

– Para mim – disse Poirot –, *houve um suicídio*, um acidente e um assassinato.

– Acidente? O senhor acha que a sra. Cloade envenenou-se por acidente? Ou quer dizer que o major Porter atirou em si mesmo por acidente?

– Não – disse Poirot. – O acidente foi a morte de Charles Trenton... ou Enoch Arden.

– Acidente! – o superintendente explodiu. – *Acidente?* O senhor diz que um assassinato especialmente brutal, no qual a cabeça de um homem é arrebentada com golpes repetidos, é um *acidente?*

Impassível diante do vigor do superintendente, Poirot replicou com calma:

– Quando digo acidente, quero dizer que não houve intenção de matar.

– Não houve intenção de matar... quando a cabeça de um homem é rachada! O senhor quer dizer que ele foi atacado por um lunático?

– Creio que isso esteja bem próximo da verdade, embora não no sentido a que você se refere.

– A sra. Gordon era a única mulher maluca neste caso. Eu a vi com um ar muito esquisito algumas vezes. Claro que a sra. Lionel Cloade é um tantinho biruta, mas nunca foi violenta. A sra. Jeremy tem todos os parafusos no lugar certo, se é que alguém os tem. A propósito, o senhor afirma que *não* foi a sra. Jeremy que subornou Porter?

– Não. Eu sei quem foi. Como eu disse, Porter mesmo entregou quem foi. Um simples comentariozinho. Ah, eu poderia bater na minha cabeça com um gato morto até ele miar, como se diz, por não ter reparado nisso na ocasião.

– E então seu lunático anônimo ABC assassinou Rosaleen Cloade? – a voz de Spence era cada vez mais cética.

Poirot sacudiu a cabeça com vigor.

– De modo algum. É aqui que o primeiro assassino sai de cena e entra o segundo. Um tipo bem diferente de crime esse, sem ardor e sem paixão. Assassinato frio e premeditado, e, superintendente Spence, pretendo cuidar para que esse assassino seja enforcado pelo crime.

Ele levantou-se enquanto falava e se encaminhou para a porta.

– Ei! – gritou Spence. – O senhor precisa me dar uns nomes. Não pode ir embora assim.

– Em bem pouco tempo... sim, vou lhe contar. Mas há uma coisa que preciso esperar. Para ser exato, uma carta do além-mar.

– Não fale como um maldito adivinho! Ei! Poirot.

Mas Poirot havia escapulido.

Ele cruzou a praça e tocou a campainha da casa do dr. Cloade. A sra. Cloade veio à porta e deu seu habitual grito abafado ao ver Poirot. Ele não perdeu tempo.

– Madame, preciso falar com a senhora.

– Oh, claro... entre... não tive muito tempo para limpar a casa, mas...

– Quero lhe perguntar uma coisa. Há quanto tempo seu marido é viciado em morfina?

Tia Kathie explodiu em lágrimas no mesmo instante.

– Oh, céus, oh, céus... eu tinha tanta esperança de que ninguém jamais soubesse... começou durante a guerra. Ele ficou tão espantosamente esgotado e tinha uma nevralgia incrível. E desde então está tentando diminuir a dose... de fato diminuiu. Mas é isso que o torna tão espantosamente irritadiço às vezes...

– Esse é um dos motivos pelos quais ele precisava de dinheiro, não é?

– Suponho que sim. Oh, caro, monsieur Poirot! Ele prometeu se tratar...

– Acalme-se, madame, e me responda mais uma perguntinha. Na noite em que ligou para Lynn Marchmont, a senhora foi até a cabine telefônica na frente do correio, não foi? Encontrou alguém na esquina naquela noite?

– Oh, não, monsieur Poirot, nenhuma *viva alma.*

– Mas pelo que sei a senhora pediu dois pence emprestados porque só tinha meio penny.

– Oh, sim. Tive de pedir a uma mulher que saiu da cabine. Ela me deu dois pence por um meio penny...

– Como era ela, essa mulher?

– Bem, bastante teatral, se é que o senhor me entende. Um lenço cor de laranja ao redor da cabeça. O engraçado é que tenho quase certeza de que a conheço de algum lugar. Seu rosto pareceu muito familiar. Creio que ela deva ser alguém que já faleceu. Contudo, não consegui lembrar onde e como a conheci, sabe?

– Obrigado, sra. Cloade – disse Hercule Poirot.

# Capítulo 15

Lynn saiu de casa e deu uma olhada para o céu.

O sol estava se pondo, o céu não estava avermelhado, mas em vez disso havia uma luminescência anormal. Um entardecer pesado, com uma sensação de falta de ar. "Vai cair um temporal mais tarde", ela pensou.

Bem, havia chegado a hora. Ela não podia adiar as coisas por mais tempo. Tinha de ir a Long Willows e contar a Rowley. Devia pelo menos isso a ele: contar em pessoa, e não optar pelo jeito mais fácil e escrever uma carta.

Sua decisão estava tomada, completamente tomada, ela dizia a si mesma, e não obstante sentia uma curiosa relutância. Olhou em volta e pensou: "É o adeus a tudo isso, a meu mundo, a meu estilo de vida".

Pois ela não tinha ilusões. A vida com David era uma aposta, uma aventura que poderia tanto terminar bem quanto acabar mal. Ele mesmo a havia avisado...

Na noite do assassinato, pelo telefone.

E agora, há poucas horas, ele tinha dito:

– Eu pretendia sair da sua vida. Fui um tolo... pensar que poderia deixar você para trás. Vamos para Londres casar com licença especial. Oh, sim, não vou lhe dar chance de vacilar. Você tem raízes aqui, raízes que a seguram. Preciso arrancá-la pela raiz.

E havia acrescentado:

– Vamos comunicar a Rowley quando você já for a sra. David Hunter. Pobre diabo, é a melhor forma de contar para ele.

Mas ela não concordou com aquilo, embora não tenha dito nada na ocasião. Não, ela tinha de contar para Rowley pessoalmente.

Ela iria até Rowley agora!

A tempestade estava começando quando Lynn bateu na porta de Long Willows. Rowley abriu e ficou atônito ao vê-la.

– Olá, Lynn, por que não ligou e disse que estava a caminho? Eu poderia ter saído.

– Queria falar com você, Rowley.

Ele deu o lado para deixá-la passar e a seguiu até a cozinha espaçosa. Os restos do jantar estavam em cima da mesa.

– Estou planejando instalar um fogão aqui – disse ele. – Mais fácil para você. E uma nova pia... de aço...

Ela interrompeu.

– Não faça planos, Rowley.

– Você se refere ao fato de a pobre garota ainda não estar sepultada? Suponho que isso pareça bastante insensível. Mas ela jamais me impressionou como uma pessoa especialmente feliz. Doente, suponho. Nunca se recuperou daquele maldito ataque aéreo. De qualquer forma, é isso aí. Ela está morta e enterrada e, ah, que diferença para mim... ou melhor, para nós...

Lynn tomou fôlego.

– Não, Rowley. Não existe nenhum "nós". É isso que vim lhe falar.

Ele fitou-a. Ela disse baixinho, odiando-se, mas firme em seu propósito:

– *Vou me casar com David Hunter, Rowley.*

Ela não sabia bem o que esperar: protestos, talvez um ataque de raiva, mas com certeza não esperava que Rowley ficasse como ficou.

Ele olhou fixo para ela por alguns instantes, então foi até o fogão e deu um murro. Finalmente virou-se de um jeito quase distraído.

– Bem – disse ele –, vamos esclarecer isso. Você vai se casar com David Hunter. Por quê?

– Porque o amo.

– Você me ama.

– Não. Eu amava você... quando fui embora. Mas faz quatro anos, e eu... eu mudei. Nós dois mudamos.

– Você está errada... – disse ele baixinho. – Eu não mudei.

– Bem, talvez você não tenha mudado tanto.

– Não mudei nada. Não tive muita chance de mudar. Apenas fiquei labutando por aqui. *Eu* não saltei de paraquedas, nem rastejei por penhascos à noite, nem passei o braço em volta de um homem e o esfaqueei na escuridão...

– Rowley...

– *Eu* não fui à guerra. *Eu* não lutei. *Eu* não sei o que é guerra! Levei uma bela vida a salvo aqui na fazenda. Rowley sortudo! Mas você teria vergonha de mim como marido!

– Não, Rowley... oh, não! Não é nada disso.

– Mas garanto que é!

Ele chegou mais perto dela. O sangue subia para o pescoço dele, as veias da fronte começavam a saltar. Aquele olhar dele... ela tinha visto uma vez ao passar por um touro no campo. Sacudindo a cabeça, pisoteando, baixando lentamente a cabeça com os grandes chifres. Espicaçado por uma fúria surda, uma raiva cega...

– *Fique quieta,* Lynn; desta vez *você* vai *me* ouvir. Eu perdi o que deveria ter tido. Perdi a chance de lutar por meu país. Vi meu melhor amigo ir e ser morto. Vi minha garota... *minha* garota... de uniforme atravessar os mares. Fui apenas o homem que ela deixou para trás. *Minha* vida *foi um inferno...* você não entende, Lynn? Foi um inferno. E então você voltou. E desde então foi um inferno ainda pior. Desde aquela noite na tia Kathie, quando vi você olhando para David Hunter do outro lado da mesa. Mas *ele não terá você, está me ouvindo?* Se você não for minha, então não será de ninguém. O que você pensa que eu sou?

– Rowley...

Ela tinha se levantado e estava recuando passo a passo, aterrorizada. Aquele homem não era mais um homem, era uma besta feroz.

– *Matei duas pessoas* – disse Rowley Cloade. – *Você acha que vou hesitar em matar uma terceira?*

– Rowley...

Ele estava em cima dela agora, as mãos em volta do pescoço...

– Não aguento mais, Lynn...

As mãos apertaram-se em torno do pescoço dela, a sala girou, escuridão, escuridão rodopiante, sufocamento... tudo ficando escuro...

E então, de repente, uma tosse. Uma tosse afetada, levemente artificial.

Rowley parou, suas mãos afrouxaram, caíram ao lado do corpo. Solta, Lynn tombou no chão como um saco amarrotado.

Hercule Poirot estava parado bem na entrada, tossindo em tom de escusas.

– Espero – disse ele – não estar interrompendo nada. Bati na porta. Sim, de fato, bati, mas ninguém atendeu... Suponho que estivessem ocupados.

Por um momento o ar ficou tenso, eletrizado. Rowley de olhos esbugalhados. Por um momento pareceu que ele poderia se atirar em cima de Hercule Poirot, mas finalmente deu as costas. E disse em uma voz monótona e indiferente:

– O senhor apareceu... na hora exata.

# Capítulo 16

Hercule Poirot trouxe a um ambiente trepidante de perigo o seu ambiente pessoal de anticlímax deliberado.

– A chaleira está fervendo? – ele indagou.

Rowley disse em tom fastidioso e estúpido:

– Sim, está fervendo.

– Então você faria um café, talvez? Ou chá, se for mais fácil.

Hercule Poirot tirou um lenço grande e limpo do bolso, embebeu-o em água fria, torceu-o e foi até Lynn.

– Aqui, mademoiselle, se prender isso em volta da garganta... assim. Sim, tenho um alfinete de segurança. Pronto, isso vai aliviar a dor logo.

Lynn agradeceu com um resmungo rouco. A cozinha de Long Willows, Poirot zanzando por ali... tudo aquilo tinha um ar de pesadelo para ela. Ela se sentia terrivelmente mal, sentia uma dor medonha na garganta. Levantou-se cambaleante, e Poirot conduziu-a gentilmente até uma cadeira e a colocou ali.

– Assim – disse ele, e por cima do ombro inquiriu: – O café?

– Está pronto – disse Rowley.

Ele trouxe. Poirot serviu uma xícara e a levou para Lynn.

– Olhe aqui – disse Rowley –, acho que o senhor não entendeu. Tentei estrangular Lynn.

– Tsc, tsc – disse Poirot com voz aborrecida. Parecia estar deplorando um lapso de mau gosto por parte de Rowley.

– Tenho duas mortes em minha consciência – disse Rowley. – A dela teria sido a terceira... se o senhor não tivesse chegado.

– Vamos tomar nosso café – disse Poirot – e não falar de mortes. Isso não é agradável para mademoiselle Lynn.

– Meu Deus! – disse Rowley, com os olhos arregalados para Poirot.

Lynn bebericou seu café com dificuldade. Estava quente e forte. Logo começou a sentir a garganta menos dolorida, e o estimulante começou a agir.

– Então, assim está melhor, certo? – perguntou Poirot.

Ela assentiu.

– Agora podemos falar – disse Poirot. – Quando digo isso, na verdade me refiro a *eu* falar.

– Quanto o senhor sabe? – perguntou Rowley em um tom fastidioso. – O senhor sabe que eu matei Charles Trenton?

– Sim – disse Poirot. – Sei disso há algum tempo.

A porta foi escancarada. Era David Hunter.

– Lynn – ele gritou. – Você não me contou...

Parou intrigado, os olhos indo de um para o outro.

– *O que aconteceu com a sua garganta?*

– Outra xícara – disse Poirot.

Rowley tirou uma do guarda-louça. Poirot pegou, encheu de café e entregou a David. Mais uma vez Poirot dominou a situação.

– Sente-se – disse a David. – Vamos sentar e tomar café, e vocês três vão escutar Hercule Poirot proferir uma palestra sobre crime.

Ele olhou-os e meneou a cabeça.

Lynn pensou: "Isso é algum pesadelo fantástico. Não é *real*!"

Parecia que os três estavam sob o controle daquele homenzinho ridículo com bigodões. Ficaram ali sentados, obedientes: Rowley, o assassino; ela, a vítima; e David, o homem que a amava. Todos segurando xícaras de café, escutando aquele homenzinho que os dominava de um jeito estranho.

– O que provoca o crime? – inquiriu Hercule Poirot numa pergunta retórica. – Essa é uma questão. Que estímulo é necessário? Qual predisposição inata deve haver? Será que *todo mundo* é apto para o crime, para *algum* crime? E o que acontece, isso é o que tenho me perguntado desde o início, o que acontece quando pessoas que estavam protegidas da vida real, de suas agressões e devastações são subitamente destituídas dessa proteção?

"Estou falando, como veem, dos Cloade. Só há um Cloade aqui, por isso posso falar com muita franqueza. Desde o início o problema me fascinou. Eis uma família cujas circunstâncias evitaram que todos se mantivessem por si. Embora cada um da família tivesse uma vida própria, uma profissão, na verdade jamais haviam escapado da sombra de um protetor benéfico. Sempre estiveram livres do medo. Viveram em segurança. Uma segurança que era antinatural, artificial. Gordon Cloade sempre esteve por trás deles.

"O que lhes digo é o seguinte: não há como saber qual é um caráter humano até a hora do teste. Para a maioria de nós, o teste chega numa fase precoce na vida. Muito cedo o homem é confrontado pela necessidade de cuidar de si, encarar perigos e dificuldades e adotar uma linha para lidar com eles. Pode ser uma linha reta, pode ser uma linha torta; qualquer que seja, um homem em geral percebe cedo na vida qual é sua natureza.

"Mas os Cloade não tiveram oportunidades de conhecer suas próprias fraquezas até o momento súbito em que se viram privados de proteção e foram forçados, mesmo que bastante despreparados, a encarar dificuldades. Uma única coisa pairava entre eles e a retomada da proteção: a vida de Rosaleen Cloade. Estou bastante convicto de que cada um dos Cloade pensou em uma ocasião ou outra: 'Se Rosaleen morresse...'."

Lynn estremeceu. Poirot fez uma pausa, deixando as palavras serem absorvidas, e então prosseguiu:

– O pensamento da morte, da morte *dela,* passou por todas as cabeças, disso estou certo. Será que o pensamento mais além, de assassinato, também passou? E será que o pensamento, em algum caso específico, foi além do pensamento e tornou-se ação?

Sem qualquer alteração na voz, ele dirigiu-se a Rowley:

– *O senhor* pensou em matá-la?

– Sim – disse Rowley. – No dia em que ela esteve na fazenda. Não havia mais ninguém aqui. Então pensei: "Poderia matá-la com facilidade". Ela parecia patética. E muito bonita. Como os novilhos que envio para o mercado. Dá para ver o quanto são patéticos, mas são levados mesmo assim. Na verdade, me espantei que ela não estivesse com medo... Teria ficado, se soubesse o que se passava em minha mente... Sim, eu tinha isso na cabeça quando peguei o isqueiro dela para acender seu cigarro.

– Ela esqueceu dele, suponho. Foi assim que o senhor ficou com ele.

Rowley concordou.

– Não sei por que *não* a matei – disse ele, intrigado. – Pensei nisso. Daria para simular um acidente ou coisa assim.

– Não era seu tipo de crime – disse Poirot. – Essa é a resposta. O homem que o senhor matou foi morto num acesso de fúria. E o senhor na verdade não *pretendia* matá-lo, presumo.

– Por Deus, não. Dei um soco no queixo dele. Ele caiu de costas e bateu com a cabeça naquele guarda-fogo de mármore. Não pude acreditar quando verifiquei que ele tinha morrido.

Então ele lançou um olhar atônito súbito para Poirot:

– Como o senhor sabia disso?

– Penso – disse Poirot – que reconstruí suas ações com muita exatidão. Corrija-me se eu estiver errado. O senhor foi ao Stag, e Beatrice Lippincott contou sobre a conversa que tinha escutado. Em razão disso o senhor foi, como disse, até seu tio Jeremy Cloade, para obter a opinião dele sobre a situação como advogado. Eis que algo aconteceu lá, algo que o fez mudar de ideia a respeito de consultá-lo. Acho que sei o que foi. *O senhor viu uma fotografia...*

Rowley assentiu.

– Sim, estava em cima da mesa. De repente notei a semelhança. Percebi também por que o rosto do sujeito parecia tão familiar. Me dei conta de que Jeremy e Frances tinham pego algum parente dela para armar um trambique e tirar dinheiro de Rosaleen. Fiquei louco de raiva. Voltei direto para o Stag, fui até o número 5 e acusei o sujeito de ser uma fraude. Ele riu e admitiu. Disse que David Hunter viria direitinho com o dinheiro naquela noite mesmo. Fiquei louco de raiva quando percebi que minha família estava, na minha visão, me passando a perna. Chamei-o de porco e dei um soco nele. Ele caiu, como eu disse.

Houve uma pausa. Poirot perguntou:

– E então?

– Foi o isqueiro – disse Rowley devagar. – Caiu do meu bolso. Eu andava com ele por aí pretendendo devolver a Rosaleen quando a visse. Ele caiu em cima do corpo, e vi as iniciais, D.H. Era de David, não dela.

“Desde aquela festa na tia Kathie percebi... bem, não interessa. Às vezes penso que estou ficando louco... talvez eu *seja* um pouco louco. Primeiro Johnnie foi embora... e então a guerra... eu... eu não consigo falar sobre as coisas, mas às vezes fico cego de raiva... e agora Lynn... e esse cara. Arrastei o morto para o meio do quarto e virei-o de cara para o chão. Então peguei uma daquelas pinças de lareira pesadas... bem, não vou entrar em detalhes. Apaguei as digitais, limpei o anteparo de mármore... então atrasei os ponteiros do relógio de pulso de propósito para as 21h10 e o quebrei. Levei embora o cartão de racionamento e os documentos dele; achei que sua identidade poderia ser rastreada por meio dessas coisas. Então saí. Pareceu-me que, com a história de Beatrice sobre o que ela tinha ouvido, obviamente David levaria a culpa."

– E então – disse Poirot – o senhor foi a *mim*. Desempenhou uma bela comediazinha lá, não foi, pedindo que eu achasse algumas testemunhas que conhecessem Underhay? Já estava claro para mim que Jeremy Cloade havia repetido para a família a história que o major Porter contou. Durante quase dois anos toda família nutriu uma esperança secreta de que Underhay pudesse aparecer. Esse desejo influenciou a sra. Lionel Cloade em sua manipulação do tabuleiro ouija; de modo inconsciente, mas foi um acaso muito revelador.

"*Eh bien,* executei meu 'truque de magia'. Me gabei por ter impressionado você, e na verdade *eu* que fui o completo trouxa. Sim, e lá no quarto do major Porter ele disse, após me oferecer um cigarro, ele disse ao senhor: 'Você não, certo?'

"*Como ele sabia que o senhor não fumava?* Ele deveria estar conhecendo o senhor naquele momento. Imbecil que fui, deveria ter visto a verdade ali: que o senhor e o major Porter já tinham feito um pequeno acordo! Não é de espantar que ele estivesse nervoso naquela manhã. Sim, *eu* que fui o trouxa, eu que levei o major Porter para identificar o corpo. Mas não continuei sendo trouxa para sempre... não, não sou o trouxa agora, sou?"

Ele olhou em volta irritado e prosseguiu:

– Mas então o major Porter voltou atrás quanto ao combinado. Ele não estava disposto a ser testemunha sob juramento em um julgamento de assassinato, e a força do caso contra David Hunter dependia em grande parte da identidade do morto. Assim, o major Porter recuou.

– Ele escreveu dizendo que não levaria aquilo adiante – disse Rowley com voz gutural. – Maldito tolo. Não viu que tínhamos ido muito longe para parar? Fui até lá para tentar meter juízo na cabeça dele. Cheguei tarde demais. Ele disse que preferia meter uma bala na cabeça a cometer perjúrio em se tratando de um caso de assassinato. A porta da frente não estava trancada, subi e o encontrei. Não posso dizer como me senti. Era como se eu fosse um assassino pela segunda vez. Se ele apenas tivesse esperado, se tivesse deixado eu conversar com ele.

– Havia um bilhete lá? – Poirot perguntou. – O senhor o levou embora?

– Sim. Agora eu estava enrolado. Podia muito bem ir até o fim. O bilhete era para o magistrado. Dizia apenas que ele havia cometido perjúrio no testemunho do inquérito. O morto *não* era Robert Underhay. Levei o bilhete e o destruí.

Rowley deu um murro na mesa.

– Era como um sonho ruim. Um pesadelo horrível! Eu tinha começado aquilo e tinha de ir adiante. Eu queria o dinheiro para ter Lynn. E queria que Hunter fosse enforcado. E então... não pude entender... o caso contra ele veio abaixo. Uma história sobre uma mulher. Uma mulher que esteve com Arden mais tarde. Não pude entender, *ainda* não consigo entender. Que mulher? Como uma mulher poderia estar lá dentro falando com Arden depois de ele estar morto?

– Não havia mulher nenhuma – disse Poirot.

– Mas, monsieur Poirot... – grasnou Lynn. – Aquela velha senhora. Ela *viu* a mulher. Ouviu-a.

– A-ha! – disse Poirot. – Mas o que ela viu? E o que ela ouviu? Ela viu alguém de calça comprida, com um casaco leve de tweed. Viu uma cabeça completamente enrolada em um lenço cor de laranja arrumado como um turbante, um rosto coberto de maquiagem e uma boca com batom. Viu isso sob uma luz fraca. E o que ela ouviu?

Ela viu a "assanhada" escapulir de volta para o número 5 e de dentro do quarto ouviu uma voz de homem dizendo: "Saia daqui, minha garota". *Eh bien,* o que ela viu foi um *homem,* e foi um *homem* que ela ouviu! Mas foi uma ideia muito engenhosa, sr. Hunter – acrescentou Poirot, voltando-se placidamente para David.

– O que quer dizer? – perguntou David em tom brusco.

– Agora é para *o senhor* que vou contar uma história. O senhor chega ao Stag às nove horas da noite ou por volta disso. Não vai lá para matar, mas para *pagar.* O que encontra? Encontra o homem que estava lhe chantageando caído no chão, assassinado de forma especialmente brutal. Consegue pensar rápido, sr. Hunter, e percebe na mesma hora que está em perigo iminente. Pelo que sabe, não foi visto entrando no Stag, e sua primeira ideia é dar o fora tão rápido quanto possível, pegar o trem das 21h20 de volta para Londres e jurar por tudo que não esteve perto de Warmsley Vale. Para pegar o trem, sua única chance é correr pelo campo. Ao fazer isso, depara inesperadamente com a srta. Marchmont e percebe também que não vai conseguir pegar o trem. Vê a fumaça dele no vale. Embora o senhor não saiba, ela também viu a fumaça, mas não percebeu de modo consciente que isso indica *que o senhor não poderia pegar o trem,* e quando o senhor diz que são *nove e quinze,* ela aceita sua afirmação sem qualquer dúvida.

"Para gravar na mente dela que o senhor pegou o trem, o senhor inventa um esquema muito engenhoso. De fato, agora é preciso planejar um esquema inteiramente novo para desviar as suspeitas de si. O senhor volta a Furrowbank, entra de mansinho com sua chave e cata um lenço de sua irmã, pega um dos batons dela, e também trata de maquiar seu rosto de maneira altamente teatral. Volta ao Stag em um horário adequado, tem sua presença gravada pela velha senhora sentada na sala *Apenas para hóspedes* e cujas peculiaridades são fofoca corrente no Stag. Então sobe para o número 5. Quando a ouve indo para a cama, sai para o corredor, então recua de novo para dentro às pressas, e diz em voz alta: 'É melhor você sair daqui, minha garota'."

Poirot fez uma pausa.

– Um desempenho muito engenhoso – observou ele.

– É verdade, David? – gritou Lynn. – É verdade?

David abriu um largo sorriso.

– Acho que sou muito bom me fazendo passar por mulher. Meu Deus, vocês tinham que ver a cara daquela górgona velha!

– Mas como você pôde estar aqui às dez horas e ainda assim telefonar para mim de Londres às onze da noite? – questionou Lynn, perplexa.

David Hunter inclinou a cabeça na direção de Poirot.

– Todas as explicações com Hercule Poirot – comentou. – O homem que sabe tudo. Como eu fiz isso?

– Muito simples – disse Poirot. – O senhor ligou da cabine pública para sua irmã no apartamento e deu certas instruções detalhadas. Às 23h04 em ponto ela fez um interurbano para Warmsley Vale, nº 34. Quando a srta. Marchmont atendeu o telefone, a operadora verificou o número, sem dúvida dizendo a seguir: "Uma chamada de Londres", ou "Vá em frente, Londres", algo assim?

Lynn assentiu.

– Rosaleen Cloade então desligou. *O senhor* – Poirot virou-se para David –, observando o horário com cuidado, discou 34, completou a ligação, apertou o botão A e disse: "Londres chamando", com uma voz levemente disfarçada, e então falou. O lapso de um ou dois minutos não seria nada estranho em um telefonema hoje em dia e seria visto pela srta. Marchmont como uma simples reconexão.

Lynn falou de forma calma:

– Então foi *por isso* que você ligou para mim, David.

Algo na entonação dela, calma do jeito que estava, fez David olhar para Lynn de modo penetrante.

Ele virou-se para Poirot e fez um gesto de quem se rende.

– Não resta dúvida. O senhor sabe de tudo *mesmo*! Para falar a verdade, fiquei morto de medo. Tinha de pensar em algo. Depois de ligar para Lynn, andei oito quilômetros até Dasleby e fui para Londres no trem leiteiro do amanhecer. Esgueirei-me para dentro do apartamento a tempo de desarrumar a cama e tomar o café da manhã com Rosaleen. Jamais me passou pela cabeça que a polícia pensaria que *ela* fez aquilo. E claro que *eu* não fazia a mais remota ideia de quem *tinha* assassinado o homem! Simplesmente não consegui imaginar quem poderia querer *matá-lo*. Tanto quanto eu podia ver, absolutamente ninguém tinha um motivo, exceto eu e Rosaleen.

– Essa – disse Poirot – foi a grande dificuldade. *Motivo*. Você e sua irmã tinham um motivo para matar Arden. Cada um dos membros da família Cloade tinha um motivo para matar Rosaleen.

David falou em tom ríspido:

– Ela *foi* morta, então? Não foi suicídio?

– Não. Foi um crime cuidadosamente premeditado e bem pensado. O brometo do pó para dormir foi substituído por morfina em uma das doses, uma mais do fundo da caixinha.

– O *pó*? – David franziu o cenho. – O senhor não se refere... *não pode* estar se referindo a *Lionel Cloade*?

– Oh, não – disse Poirot. – Veja bem, praticamente *qualquer um* dos Cloade poderia ter substituído o pó por morfina. Tia Kathie poderia ter adulterado os pós antes de eles deixarem o consultório. Rowley aqui foi a Furrowbank com ovos e manteiga para Rosaleen. A sra. Marchmont esteve lá. A sra. Jeremy Cloade também. Até Lynn Marchmont foi. E cada um tinha um motivo.

– Lynn não tinha motivo – exclamou David.

– Todos nós tínhamos motivos – disse Lynn. – É isso que o senhor quer dizer?

– Sim – disse Poirot. – É isso que tornou o caso difícil. David Hunter e Rosaleen Cloade tinham um motivo para matar Arden. Mas *não* o mataram. Todos vocês Cloade tinham um motivo para matar Rosaleen Cloade, e, contudo, nenhum de vocês a matou. Esse caso está e sempre esteve *ao contrário*. Rosaleen Cloade foi morta pela pessoa que *mais tinha a perder* com sua morte. – Ele virou a cabeça de leve. – *O senhor* a matou, sr. Hunter...

– Eu? – gritou David. – Por que nesse mundo eu mataria minha irmã?

– O senhor a matou porque não era sua irmã. Rosaleen Cloade morreu na ação inimiga em Londres há quase dois anos. A mulher que o senhor matou era uma jovem empregada doméstica, Eileen Corrigan, cuja fotografia recebi hoje da Irlanda.

Ele tirou a foto do bolso enquanto falava. Com a velocidade de um raio David arrancou-a dele, pulou até a porta, saltou por ela e, fechando-a com estrondo, foi-se. Com um rugido de fúria Rowley disparou atrás dele.

Poirot e Lynn foram deixados a sós.

Lynn gritou:

– Não é verdade. Não pode ser verdade.

– Oh, sim, é verdade. A senhorita viu parte da verdade certa vez quando imaginou que David Hunter não fosse irmão dela. Coloque a coisa ao contrário e tudo se encaixa. Essa Rosaleen era católica (a esposa de Underhay *não* era católica), atormentada pela consciência, loucamente devotada a David. Imagine o que ele sentiu naquela noite do bombardeio, a irmã morta, Gordon Cloade morrendo, toda aquela nova vida de facilidade e dinheiro arrancada dele, e então vê essa moça, da mesmíssima idade, a única sobrevivente exceto ele, atordoada e inconsciente. Sem dúvida ele já tinha um caso com ela e não tinha dúvida de que podia fazê-la agir como quisesse. Ele leva jeito com as mulheres – Poirot acrescentou secamente sem olhar para Lynn, que ficou vermelha.

"Ele é um oportunista e agarra sua chance de fazer fortuna. Identifica-a como sua irmã. Ela recobra a consciência e o encontra à cabeceira da cama. Ele a persuade e induz para que assuma o papel. Mas imagine a consternação deles quando chega a primeira carta da chantagem. O tempo todo eu me perguntava: 'Hunter é realmente um homem do tipo que se deixa chantagear com tanta facilidade?'. Parecia também que ele de fato não sabia ao certo se o homem que o chantageava era ou não Underhay. Mas como *poderia* não saber ao certo? Rosaleen Cloade poderia dizer na mesma hora se aquele homem era seu marido ou não. Por que mandá-la para Londres às pressas antes de que tivesse chance de pôr os olhos no homem? Porque... só poderia haver uma razão: porque ele não podia se arriscar a que o homem pusesse os olhos *nela*. Se o homem *fosse* Underhay, não deveria descobrir que Rosaleen Cloade não era Rosaleen Cloade coisa nenhuma. Não, só havia uma coisa a fazer. Pagar o suficiente para manter o chantagista quieto e então dar no pé... ir para a América.

"E então o inesperado: o chantagista desconhecido é assassinado, e o major Porter o identifica como Underhay. Nunca na vida David Hunter esteve mais entalado! Pior ainda, a garota está começando a desmoronar. Sua consciência está cada vez mais ativa. Ela mostra sinais de colapso mental. Mais cedo ou mais tarde ela vai confessar, revelar a coisa toda, torná-lo passível de processo criminal. Além disso, ele considera as exigências dela em relação a ele cada vez mais maçantes. Ele se apaixonou pela senhorita. Então decide reduzir as perdas. Eileen deve morrer. Ele substitui por morfina uma das doses do pó prescrito a ela pelo dr. Cloade, insiste para que ela tome uma dose toda noite, sugere-lhe temores sobre a família Cloade. David Hunter não será suspeito, visto que a morte da irmã significa que o dinheiro volta para os Cloade. Esse era seu trunfo: falta de motivo. Como eu disse, esse caso sempre esteve ao avesso."

A porta abriu-se, e o superintendente Spence entrou.

– *Eh bien?* – perguntou Poirot em tom brusco.

Spence respondeu:

– Tudo certo. Nós o pegamos.

Lynn perguntou em voz baixa:

– Ele... disse alguma coisa?

– Disse que tinha aproveitado muito... Engraçado – acrescentou o superintendente – como eles sempre falam na hora errada... Nós o avisamos, claro. Mas ele disse: "Deixe disso, homem. Sou um jogador... mas sei quando perdi a última cartada".

Poirot murmurou:

– *Há uma maré nos assuntos dos homens que, quando pega na cheia, conduz à fortuna...* Sim, a maré enche... mas também vaza... e pode levá-lo embora para o mar.

# Capítulo 17

Numa manhã de domingo, Rowley Cloade atendeu uma batida na porta da fazenda e encontrou Lynn esperando do lado de fora.

Ele deu um passo para trás.

– Lynn!

– Posso entrar, Rowley?

Ele recuou um pouquinho. Ela passou por ele e foi para a cozinha. Lynn estivera na igreja e usava um chapéu. Devagar, com um ar quase ritual, ela ergueu as mãos, tirou o chapéu e o colocou no peitoril da janela.

– *Vim para casa, Rowley.*

– O que diabos você quer dizer com isso?

– Apenas isso. Vim para casa. Minha casa é essa. Aqui, com você. Fui uma tola por não perceber isso antes... não identificar o fim da jornada quando me deparei com ele. Você não entende, Rowley? Vim para *casa*!

– Você não sabe o que está dizendo, Lynn. Eu... eu tentei matar você.

– Eu sei – Lynn fez uma careta e levou os dedos com cuidado à garganta. – Na verdade, foi quando eu pensei que você *havia* me matado que comecei a perceber que enorme papel de tola eu na verdade andava fazendo!

– Não entendo – disse Rowley.

– Oh, não seja estúpido. Sempre quis me casar com você, não quis? E então perdi o contato com você. Você me parecia tão manso, tão *dócil.* Senti que a vida seria segura com você. Tão insípida. Tive uma queda por David porque ele era perigoso e atraente. E, para ser honesta, porque ele conhece muito bem as mulheres. Mas nada daquilo era *real.* Quando você me pegou pela garganta e disse que, se eu não fosse sua, não seria de mais ninguém, bem... ali eu soube que eu era *sua* mulher! Infelizmente pareceu tarde demais... Por sorte Hercule Poirot entrou em cena e salvou a situação. E eu sou *sua* mulher, Rowley!

Rowley sacudiu a cabeça.

– É impossível, Lynn. Matei dois homens. Assassinei-os...

– Besteira – exclamou Lynn. – Não seja cabeça-dura e melodramático. Se você tem uma rixa com um homem grande e pesado, dá um soco e ele cai e bate com a cabeça num guarda-fogo... *isso* não é assassinato. Não é assassinato nem mesmo em termos legais.

– É homicídio culposo. Vai-se para a cadeia por causa disso.

– Possivelmente. Se for assim, eu estarei no portão quando você sair.

– E tem Porter. Sou moralmente responsável pela morte dele.

– Não, não é. Ele era um homem adulto plenamente responsável. Poderia ter recusado sua proposta. Não se pode culpar nenhuma outra pessoa por aquilo que se decide fazer em pleno domínio das faculdades mentais. Você sugeriu algo desonesto a ele, ele aceitou, depois se arrependeu e tomou uma saída rápida. Era apenas fraco de caráter.

Rowley sacudiu a cabeça obstinado.

– Isso não é bom, garota. Você não pode se casar com um presidiário.

– Não acho que você vá para a prisão. Se fosse, um policial já teria vindo atrás de você.

Rowley olhou fixamente.

– Mas com os diabos, homicídio culposo... suborno de Porter...

– O que leva você a pensar que a polícia sabe alguma coisa a respeito disso tudo, ou que saberá um dia?

– Aquele camarada Poirot sabe.

– Ele não é da polícia. Vou lhe dizer o que a polícia pensa. Eles pensam que David Hunter matou Arden, assim como matou Rosaleen, agora que sabem que ele estava em Warmsley Vale naquela noite. Não vão acusá-lo disso porque não é necessário. Além do mais, não creio que se possa ser preso duas vezes pela mesma acusação. Mas, enquanto *pensarem* que foi ele, não vão procurar por mais ninguém.

– Mas aquele cara, Poirot...

– Ele disse ao superintendente que foi um acidente, e presumo que o superintendente apenas tenha rido dele. Se você quer saber, acho que Poirot não dirá nada a ninguém. Ele é muito querido...

– Não, Lynn. Não posso deixar que você se arrisque. Tirando todo o resto eu... bem, quero dizer, será que posso confiar em mim? O que quero dizer é que não seria *seguro* para você...

– Talvez não... Mas veja bem, Rowley, eu *amo* você. E você passou por um período infernal. E eu realmente nunca me *importei* muito em estar segura...

# Série Agatha Christie na Coleção L&PM POCKET

*O homem do terno marrom*
*O segredo de Chimneys*
*O mistério dos sete relógios*
*O misterioso sr. Quin*
*O mistério Sittaford*
*O cão da morte*
*Por que não pediram a Evans?*
*O detetive Parker Pyne*
*É fácil matar*
*Hora Zero*
*E no final a morte*
*Um brinde de cianureto*
*Testemunha de acusação e outras histórias*
*A Casa Torta*
*Aventura em Bagdá*
*Um destino ignorado*
*A teia da aranha (com Charles Osborne)*
*Punição para a inocência*
*O Cavalo Amarelo*
*Noite sem fim*
*Passageiro para Frankfurt*
*A mina de ouro e outras histórias*

MISTÉRIOS DE HERCULE POIROT

*Os Quatro Grandes*
*O mistério do Trem Azul*
*A Casa do Penhasco*
*Treze à mesa*
*Assassinato no Expresso Oriente*
*Tragédia em três atos*
*Morte nas nuvens*
*Os crimes ABC*
*Morte na Mesopotâmia*
*Cartas na mesa*
*Assassinato no beco*
*Poirot perde uma cliente*
*Morte no Nilo*
*Encontro com a morte*
*O Natal de Poirot*
*Cipreste triste*
*Uma dose mortal*
*Morte na praia*
*A Mansão Hollow*
*Os trabalhos de Hércules*
*Seguindo a correnteza*
*A morte da sra. McGinty*
*Depois do funeral*
*Morte na rua Hickory*
*A extravagância do morto*
*Um gato entre os pombos*
*A aventura do pudim de Natal*
*A terceira moça*
*A noite das bruxas*
*Os elefantes não esquecem*
*Os primeiros casos de Poirot*
*Cai o pano: o último caso de Poirot*
*Poirot e o mistério da arca espanhola e outras histórias*
*Poirot sempre espera e outras histórias*

MISTÉRIOS DE MISS MARPLE

*Assassinato na casa do pastor*
*Os treze problemas*
*Um corpo na biblioteca*
*A mão misteriosa*
*Convite para um homicídio*
*Um passe de mágica*
*Um punhado de centeio*
*Testemunha ocular do crime*
*A maldição do espelho*
*Mistério no Caribe*
*O caso do Hotel Bertram*
*Nêmesis*
*Um crime adormecido*
*Os últimos casos de Miss Marple*

MISTÉRIOS DE TOMMY & TUPPENCE

*O adversário secreto*
*Sócios no crime*
*M ou N?*
*Um pressentimento funesto*
*Portal do destino*

ROMANCES DE MARY WESTMACOTT

*Entre dois amores*
*Retrato inacabado*
*Ausência na primavera*
*O conflito*
*Filha é filha*
*O fardo*

TEATRO

*Akhenaton*
*Testemunha de acusação e outras peças*
*E não sobrou nenhum e outras peças*